Lycoris Recoil ☕ Ordinary days Novelize

리코리스 리코일
Lycoris Recoil

MENU

Lycoris Recoil
Ordinary
days
Novelize

Presented by : Asaura   Illustration : Imigimuru

■ 인트로덕션 1

토쿠다 카즈히코, 이혼남, 자녀는 없음, 28세, 잡지 라이터.

잡지 라이터라고 하면 듣기엔 그럴싸하지만 실제로는 그저 허울뿐인, 뭐든지 닥치는 대로 다 쓰는 글쟁이다.

어떤 주문도 맡겨만 줍쇼♪라는 정신으로, 닥치는 대로 일감을 받아 촉박한 마감과 박한 원고료에 머리를 싸쥐고, 하루하루 입에 풀칠하는 그런 인물이다.

그런 토쿠다가 이번에 가깝게 지내는 편집부에 어떤 기획을 제안했다. 기본적으로 일감을 받는 입장인 그로서는 드문 일이었다.

이유가 있다.

그것은 며칠 전, 어떤 카페와의 우연한 만남 때문.

그곳은 마치 세간의 눈을 피하듯이 존재하며 아직 TV 같은 매체에도 나온 적 없는, 아는 사람만 아는 그런 가게.

자신이 소개하고 싶다, 세상에 알리고 싶다…. 그렇게 토쿠다는 생각한 것이다.

그렇다고 원고료 이외에 다른 이득이 있는 건 아니지만, 자신이 발견했고 자신이 소개했다고 당당하게 이야기하고 싶었다.

인정 욕구와도 비슷한 그 무언가가 그로 하여금 행동에 나서게 했다.

장소는 도쿄 동부 스미다구 긴시초. 역에서 조금 떨어진 곳. 그런 조용한 동네에 자리 잡은 카페다.

그 지역을 아는 사람이라면 누구나 긴시초에서 고작 카페를 소개한다고? 라고 의아하게 여길 것이다.

그렇다, 확실히 '서쪽의 가부키초, 동쪽의 긴시초'라 불릴 만큼 도쿄에서도 손꼽히는 유흥가인 그곳은 조금만 더 가면 요시와라(주1)까지 있는 지역이다.

하지만 이 지역은 그게 다는 아니다.

유흥업소 대부분은 현재 남쪽 출구 쪽에 밀집되어 있고, 그 파괴된 구 전파탑이 보이는 북쪽 출구는 재개발이 이루어져, 지금은 가족 단위 나들이객도 안심하고 찾을 수 있는 곳으로 탈바꿈한 것이다.

특히 역 바로 앞에 있는 긴시 공원에라도 가면, 아이들의 해맑은 목소리—라고 하기에는 지나치게 귀 따가운 돌고래 소리가 난무하는 것을 확인할 수 있을 것이다.

토쿠다가 발견한 가게—'카페 리코리코'도 그런 북쪽 출구 쪽에 자리한 가게였다.

긴시초 역 북쪽 출구로 나와 조금 걸어가면 나오는 곳. 조용한 동네한 귀퉁이에 약간 부자연스럽게 자리한 세련된 목조건물이 바로 그것이다.

마치 관광지에나 있을 법한 모던하고도 차분한 디자인의 외관. 스테인드글라스 창문, 정성껏 가꾼 화초들로 꾸며진 그곳은 그 매력으로 인해 지나가는 사람 모두가 무심코 발길을 멈추게 된다.

그리고 거기에 카페라고 적힌 간판이 있으면… 자연스럽게 문에 손이 갈 것이다.

그렇다, 지금의 토쿠다처럼.

다만, 오늘은 명확한 의지—기획안을 마음에 품고 있었기 때문에, 그의 발걸음에는 약간의 긴장감이 섞여 있었다.

●

주1) 요시와라: 에도 시대에 매춘업소가 모여 있던 지역으로 현재도 유흥업소가 밀집해 있다.

문을 열면 거기에 부착된 종이 울리고 가게 안에서 어서 오세요, 라고 외치는 목소리 그리고 그윽한 커피향이 맞이해준다.

카페 리코리코는 커피를 팔지만, 건물 외관은 일본 스타일이고 디저트도 전통과자를 중심으로 판매하고 있었다.

그래서일까, 점장을 비롯해 직원들 모두 일본풍 의상으로 몸을 감싸고 있지만, 유명 관광지처럼 부담스러운 일본 느낌은 없다.

점포 자체는 모던 스타일. 직원은 친근…하다기보다 좋은 의미에서 편한 분위기라 더없이 기분 좋은 느낌이다.

다행히 다른 손님이 없는 걸 확인하고, 토쿠다는 좋아하는 카운터석 가운데 자리에 앉았다.

평소처럼 아메리칸⁽주2⁾을 주문하려고 하자….

"늘 드시던 걸로 드릴까요?"

안도감을 주는 깊고 차분한 목소리. 언제나 카운터 안쪽에 있는 점장 미카였다. 토쿠다는 잠자코 고개를 끄덕였다.

이 '늘'이라는 말을 들을 수 있게 되는 건 의외로 기쁜 일이다. 토쿠다도 지난주 즈음부터 간신히 들을 수 있게 되었다.

토쿠다는 카운터 안쪽에서 커피를 내리기 시작하는 미카의 모습을 응시했다.

국내에서 북유럽계 유흥업소가 가장 많은 것으로 알려진 긴시초지만, 그래도 검은 피부에 일본풍 복장을 한 거구의 남성이 운영하는 가게라니 들어본 적이 없다. 카페라면 더욱 그렇다.

커피와 일본 전통 디저트의 조합이 기본인 이 카페 리코리코를 그대로 구현한 듯한 사람이라고 토쿠다는 생각한다.

안경 속 상냥한 눈빛과 어른의 분위기…. 그리고 크지만 섬세하게 움직이는 그의 손끝은 어딘지 섹시하기까지 하다.

주2) 아메리칸: 약배전한 원두로 내린 연한 커피.

"평일 대낮부터 팔자 좋으시네, 토쿠다 씨. 무슨 일을 한다고 했더라?"

카운터석 구석 자리에 앉은 여성 직원이 책장을 팔락팔락 넘기면서 그렇게 물었다.

나카하라 미즈키다.

오늘은 아니지만, 가끔씩 영업시간 중에도 한 손에 술병을 들고 술을 마시는 모습을 볼 수 있는 그녀. 이쯤 되면 친근하다거나 편하다기보다 그야말로 프리덤에 가깝지만, 다리가 불편한 미카를 대신해 실제로 가게를 관리하는 사람은 그녀이기도 하니까 의외로 어떤 권력을 가지고 있을지도 모른다.

지금 그녀가 읽고 있는 책은 브라이달 잡지 젝치다.

젝치—결혼을 꿈꾸는 여성들의 애독서. 이혼남인 토쿠다 입장에서는 저주의 책이다. 그쪽과 관련해서는 진저리나는 기억밖에 없다.

그런 걸 열심히 읽고 있는 미즈키지만, 전에 들은 바에 의하면 아직 특정한 상대는 없는 것 같았다. 여자 보는 눈이 있는 남자가 없다고 그녀는 투덜거렸지만, 실은 단순히 눈이 높기 때문일 거라고 토쿠다는 생각한다.

실제로 약간 투박한 안경을 쓰고는 있지만 미즈키는 누가 봐도 미인이고, 몸매도 건강하고 아름다운 라인을 그리고 있다. 가슴도 제법 있는 편이다.

마음만 먹으면 남자는 얼마든지 사귈 수 있는 미모라 토쿠다도 과거에 결혼으로 쓴맛을 보지 않았다면 그녀에게 열을 올렸을 게 확실하다.

하지만 요즘 세상에 그렇게까지 결혼을 꿈꾸는 게 신기해서 토쿠다는 거기에 대해 별생각 없이 물어본 적이 있었다. 그러자 그녀는 옅은 미소를 지으며 "그런 사람이 있어도 괜찮은 시대잖아? 난 고풍스러운 여자야"라고 대답해주었다.

옛날과는 다르다, 가치관이 달라졌다, 다양성이 있는 시대, 결혼이 여자의 행복의 전부는 아니다…. 그런 말에 어느새 세뇌되어 옛날 그대로인 건 구닥다리라고 부정하게 되어 버렸다—그것을 깨닫고 토쿠다는 자신이야말로 구닥다리 사고방식을 가진 인간임을 부끄럽게 생각했다.

토쿠다는, 변명하는 건 아니지만 하고 중얼거리고 생각했다.

십대, 이십대라면 모두가 품게 마련인, 요즘 대세를 따라야 한다는 강박관념조차 전혀 개의치 않는 그녀의 삶은 정말로 자유롭고 멋지다고.

"…응? 왜? 토쿠다 씨…. 아, 말하면 안 되는 직업이야?"

인기 연재작을 몇 개씩 가지고 있다면 몰라도, 토쿠다처럼 변변한 대표작도 없는 글쟁이는 대개 직업을 말하는 데 약간 곤란함을 느낀다.

관심을 보이는 상대의 질문에 기껏 대답해줘도 그 다음에 리액션이 애매해지고 아무도 행복해지지 않는 결말이 기다리기 때문이다. 이 패턴은 벌써 몇 번이나 경험한 바 있다.

그래도 오늘은 말할 작정—이지만….

"미즈키, 그만해. 무신경하게 자꾸 그럴 거야?"

토쿠다가 대답하기 전에 옆에서 누군가가 끼어들어서 미즈키는 입을 다물어버렸다.

미즈키를 나무란 사람은 미카가 아니다. 가게 안쪽에서 막과자를 와작와작 씹으며 나온 어린 소녀. 십대 초반… 아직 열 살도 채 안 되어 보이는 어린애였다.

쿠루미다. 점장 말로는 '잠깐 데리고 있는 중'이라고 한다.

이거야말로 매우 민감한 문제라서 절대로 깊이 캐물을 수 없다.

북유럽계의 피가 섞인 듯, 하얀 피부에 물결치는 긴 금발과 푸른 눈을 가졌지만 어딘지 모르게 아시아계의 얼굴도 있다. 일본어도 능숙하고 지난번에 길을 헤매다 우연히 들어온 관광객을 상대로 원어민 발음의 영어로 이야기하는 걸 봤으니까 최소 바이링구얼… 실로 국적불명에 정체불명, 어떤 의미에서는 이 긴시초에 어울리는 아이였다.

학교에 다니는지 어떤지는 알 수 없지만, 묘하게 머리가 좋은 아이라 가끔 어른들의 대화에 끼어들어 경제 관련 이야기를 나누는가 하면 미즈키에게 한 것처럼 전혀 어린애답지 않은 말투로 이야기하기도 한다. 토쿠다에게는 정말로 수수께끼 같은 존재였다.

쿠루미는 단차가 있는 다다미석에 앉아 보드게임을 세팅하기 시작했다. 이따 단골손님들과 게임대회가 있는 모양이라, 그 준비인 것 같았다.

미카가 다가오더니 고개를 살짝 숙였다.

"게임대회는 원래 폐점시간 이후에 하지만, 최근엔 젊은 손님들도 있어서 가끔은 낮에 하려고요."

헤에, 하고 저도 모르게 토쿠다의 입에서 감탄사가 흘러나왔다.

"애들은 디지털 게임을 더 좋아하는 줄 알았는데…. 적어도 저는 그랬거든요."

토쿠다의 말에 미카는 약간 의미심장한 표정을 지었다.

"요즘 아이들에게 디지털은 너무 흔해빠진 게 아닐까요. 그래서 반대로 오프라인에서 사람들과 어울려 노는 아날로그 게임이 더 특별하게 느껴지는 거겠죠…. 특히 저 아이, 쿠루미는 그렇습니다."

과연, 하고 토쿠다는 생각한다. 지금은 한 바퀴 돌아 오히려 그런 모양이다. 디지털이 지나치게 보편화되어 아날로그에 가치가 생긴 걸까.

"토쿠다도 할래? 아직 한 명 더 들어올 수 있어!"

쿠루미가 그렇게 말했지만 일단 사양했다. 싫지는 않지만 지금은 아니다.

오늘은 단순히 즐기기 위해 리코리코에 온 게 아니기 때문이다.

"저어, 점장님, 실은 중요한 이야기가….."

"뭔데?! 고백 같은 거야?!"

왠지 미즈키가 갑자기 관심을 보여서, 토쿠다는 잠시 당황했다.

백번 양보해서 그렇다 쳐도 백주대낮에 그 사람의 직장에서, 주위에 사람이 있는 가운데 다짜고짜 고백은 아니지 않은가.

미카는 나무라는 표정으로 미즈키를 쳐다보고는 아메리칸 커피를 내주었다.

토쿠다는 그걸 한 모금 홀짝이며 마을을 가라앉혔다.

"사실은—."

—딸랑딸랑.

종이 울린다. 손님인 줄 알았더니… 들어온 사람은 귀여운 교복 치마를 입은 여고생 2인조—이 카페의 간판 직원이다.

"점장님, 마트 다녀왔습니다."

그렇게 말하고 가게 안쪽으로 들어가는 소녀는 흑발이 아름다운 이노우에 타키나. 서 있는 자태나 몸의 움직임이 우아하고 예뻐서—특별히 눈길을 끄는 건 아니지만, 한 번 그 모습을 인식하고 나면 무심코 쳐다보게 되는 그런 불가사의한 매력을 지닌 소녀였다.

"어라, 토쿠 아저씨, 어서 오세요. 이야기 중이었어요? 앗, 방해가 된 건가?"

타키나의 뒤를 따라 들어온 소녀는 니시키기 치사토. 빛을 받아 아름답게 반짝이는, 금발에 가까운 은발. 머리 왼쪽에 매력 포인트인 빨간 리본을 맨 그녀.

치사토는 카운터에 손을 짚고서 미카와 토쿠다의 얼굴을 번갈아 쳐다보았다. 거기에 미즈키가 끼어들었다.

"토쿠다 씨가 드디어 점장님에게 고백!"

"진짜?! 어쩐지 열심히 오더라니… 와! 여전히 선생님은, 우와, 역시 능력자라니까!"

마치 이모가 조카를 보는 듯한 말투와 표정으로, 치사토는 카운터를 탕탕 두드린다.

이 사람 저 사람 가리지 않고 말을 걸고, 요리조리 분주하게 움직이고, 빠른 어조로 이야기하는 모습은 마치 킁킁거리며 빨빨거리고 돌아다니는 강아지 같다. 타키나와는 반대로 그녀만큼 사람의 시선을 잡아끄는 소녀는 없다.

어릴 때 치사토 같은 친구가 있었다면 굉장히 즐거울 것 같다고, 그렇게 생각하게 만드는 아이라고 토쿠다는 생각한다.

"…치사토, 좀 진정해. 아마 그건 아닐 테니까."

미카가 나무라자, 치사토가 어리둥절한 표정이 되었다.

그러고 보니, 하고 토쿠다는 생각했다.

치사토만이 미카를 선생님이라고 부른다. 그건 왜일까…?

"어, 그럼 뭐지? …앗, 의외로 일 이야기?"

"아…, 실은 정답이야."

정곡을 찔린 토쿠다는 저도 모르게 쓴웃음을 지었다. 치사토가 어떻게 알았는지는 알 수 없다. 뭔가 그런 분위기라도 풍겼던 걸까.

"급한 일이에요? …아, 타키나, 잠깐만! 옷 갈아입는 건 잠깐만 기다려. 스톱, 컴백, 컴온 베이비!"

안으로 들어가려던 타키나가 발을 멈추고 치사토를 한심하다는 듯이 쳐다본다.

"한 번 말하면 알아들어요. …일 이야기라는 거죠?"

왠지… 가게 안의 모든 시선이 토쿠다에게 쏠린다. 보드게임을 준비하고 있던 쿠루미까지 이쪽을 주시하고 있었다.

이 가게답지 않은 묘한 긴장감과 정적이었다.

"이야기를 들어볼까요."

미카의 재촉에, 토쿠다는 한층 더 긴장하면서 입을 열었다.

"실은… 잡지에 이 카페를 소개하고 싶어서요."

침묵, 고요함, 묘한 정적―이 흐른 뒤에, 왠지 전원이 피식 웃더니 시선을 돌렸다.

"앗, 뭐야, 뭐야? 그런 이야기였어? 어우, 난 또! 잠시 짜릿했잖아."

에이, 하고 웃으면서 치사토가 토쿠다의 어깨를 콕 찌르고, 타키나가 조용히 가게 안쪽으로 사라지고, 쿠루미가 다시 보드게임 준비를 시작한다.

"…에? 저어…?"

뭐지, 방금 그 침묵은.

마치 여기가 카페가 아니라 다른 의뢰를 받는 곳 같은… 그런―.

"앗, 토쿠다 씨, 혹시 출판사 직원이야? 아, 그래서였구나. …흐음, 어쩐지…. 얼굴은 괜찮은 편이고…."

미즈키가 젝치를 탁 덮더니, 점수라도 매기는 것처럼 토쿠다를 위아래로 훑어본다.

"아, 아뇨, 저는 그냥 평범한 프리랜서 라이터고요. 가깝게 지내는 편집부에 카페 특집 기획을 제안해놔서…."

"대형 출판사 정직원 아니고?"

"아닌데요…."

미즈키는 다시 젝치 탐독으로 돌아갔다. …이렇게 노골적으로 흥미를 잃기도 하는구나. 토쿠다는 새로운 인생 경험을 얻었다.

덧붙여 대형 출판사 정직원이면, 40대에 도쿄 안에 내 집을 마련할 수 있을 정도의 연봉이지만, 프리랜서 라이터에게는 그야말로 꿈속의 꿈일 뿐이다.

"근데 토쿠 아저씨, 그 잡지 기획이란 게 어떤 거예요?"

치사토만이 아직 흥미를 잃지 않고 토쿠다를 쳐다본다.

"긴시초 카페 특집인데, 가능하면 난 이 카페를 중심으로 소개하려고."

"와, 너무 좋아! 대박! 그러니까 이런 거죠? 맛있는 커피와 전통 디저트, 그리고 어여쁜 직원! 이런 느낌으로… 와우! 최고! 완전 핫플 되겠네!"

활짝 웃는 치사토는 마치 한여름의 해바라기 같다고 토쿠다는 생각한다. 생명력 넘치는, 주위 사람들까지 웃게 만드는 그런 힘이 그녀에게는 있었다.

실은 미카를 중심으로 조금 불가사의하고 시크한 느낌을 강조한 기사로 할 생각이었지만, 그녀 말처럼 간판 직원들을 메인으로 하는 것도 나쁘지 않을지 모른다.

"대박이지, 선생님! 촬영은요? 포토그래퍼도 오는 거예요?"

"응, 일단 허락만 해주면 날짜는 카페 상황에 맞춰서 편한 날로 잡으려고."

"어우, 이게 웬일이야. 당장 미용실 예약해야겠다!"

"아, 그럼 허락은…?"

"그야 물론—."

"거절하겠습니다."

단호한 미카의 대답에, 방금 전까지 웃으며 이야기하던 치사토와 토쿠다는 그대로 굳어버렸다.

"당연하잖아, 치사토. 이 가게를 핫플로 만들어서 어쩌려고."

쿠루미가 치사토 쪽은 쳐다보지도 않고 그렇게 말했다. 치사토는 득 달같이 다다미석으로 달려갔다.

"그, 그치만… 핫플이 되는 게 훨씬 좋잖아! 경영적으로나, 내 인생의 만족도적으로나! 팬이, 전국에 팬이 생길지도 몰라! 안 그래? 쿠루미~."

"바로 그래서 안 된다는 거야. 괜히 일만 더 힘들어지잖아."

죄송합니다, 하고 미카가 쓴웃음을 지었다.

"마음은 감사하지만, 저희는 취재를 받지 않고 있습니다."

"하, 하지만… 여기는 SNS도 하고 있고, 비밀을 고수하는 가게는 아니지 않습니까?"

"그건… 굳이 말하자면 단골손님들을 위해서기도 하고, 그리고… 저 아이가 하고 싶어해서요."

미카는 마치 아빠 같은 눈빛으로, 다다미석에서 "취재해 달라고 하자!" 라며 쿠루미에게 열변을 토하는 치사토를 보았다.

"…안 되는 건가요. 이렇게 멋진 카페인데 안타깝네요."

"그렇게 말씀해주셔서 감사합니다. 실은 그렇기 때문에 더더욱… 눈에 안 띄게 조용히 영업하고 싶습니다."

"뭐, 제일 큰 이유는 따로 있지만."

미즈키가 잡지에서 눈도 떼지 않고 말했다. 그 말에 토쿠다는 미카를 쳐다봤지만… 특별한 설명은 없었다. 마치 아무 말도 못 들은 것처럼 그는 주방 작업을 시작해버렸다.

뭔가 다른 사람에게는 말 못할 비밀이라도 있는 걸까. 공개적으로 밝힐 수 없는….

그럴 리가, 만화도 아니고. 토쿠다는 머리를 긁적이며 커피 잔을 입으로 가져갔다.

산뜻한 풍미의 아메리칸. 커피에 뜨거운 물을 섞은 것이 아니라, 제대로 약배전 원두를 사용한 아메리칸 커피였다.

지금의 토쿠다에게는 이 산뜻함이 마치 위로처럼 느껴진다. 그냥 편하게 가자, 라고 말하는 것처럼.

문득 토쿠다의 코가 식욕을 자극하는 고소한 냄새를 포착하고 귀가 타닥타닥, 작고 가벼운 무언가가 터지는 듯한 소리를 캐치한다.

쳐다보니, 카운터 안쪽의 주방에서 미카가 무언가를 석쇠에 올려 굽고 있었다.

그러더니 순식간에 토쿠다가 궁금하게 생각할 새도 없이, 미카는 빠르게 거기에 팥소를 넣고 접시에 담아 토쿠다 앞에 놔주었다.

갓 구운 모나카가 두 개. 사과의 마음, 이라는 뜻이다.

"취재를 거절했으니 앞으로 안 오실 겁니까?"

"그럴 리가요. 멋진 카페라고 생각해서 다른 사람들에게도 알려주고 싶었던 겁니다. 그러니까… 앞으로도 자주 오겠습니다."

"그거 다행이군요."

미카가 미소 짓는다. 그 미소를 보자, 토쿠다는 자신이 마치 어린 소년이 된 기분이었다.

어렸을 때 어른에게 칭찬받은 듯한, 뭔가를 허락받은 듯한… 그러면 됐다, 라고 격려받은 듯한 그런 기분이었다.

—딸랑딸랑.

다시 종이 울린다. 새로운 손님이 들어온다.

미카와 직원들의 눈길이 그쪽으로 쏠리는 가운데 토쿠다는 서비스로 나온 모나카에 손을 뻗었다.

스틱 모양인 그것. 겉은 뜨겁고, 연한 갈색. 군데군데 조금 진한 갈색의 악센트. 수제만이 낼 수 있는 색이다.

입으로 가져가자, 마치 마피아 영화 속 악당이 입에 무는 시가 담배 같은 느낌이다.

모나카에서는 보기 힘든 재미있는 모양이다. 단순히 멋으로 그렇게 만든 것처럼 보이기도 하지만, 입으로 가져갔을 때 그 모양의 의미를 알 수 있었다.

모나카는 보통 한 입 베어 물면, 입가에 부스러기가 묻게 마련. 그렇다고 깨작깨작 베어 먹으면, 처음과 마지막 몇 입은 껍질만 남아 맛의 균형이 깨지고, 무엇보다 답답하다.

하지만 이런 스틱 모양이라면….

분명 여성의 아이디어일 것이다. 미즈키나 치사토나 타키나나…. 쿠루미는 아닐 것 같고. 긴시초니까 어쩌면 유흥업소에서 일하는 손님일지도 모른다.

어느 쪽이든 센스가 있다.

그리고 그럴수록 먹을 때의 기대치는 높게 마련.

토쿠다는 선물상자를 여는 기분으로 모나카를 입에 넣었다.

—바삭, 바사삭.

한 입 베어 물자, 참을 수 없이 고소한 냄새가 코를 관통한다. 갓 구워낸 불향의 힘이다.

이어서 입술과 혀에 느껴지는 열기. 하지만 씹을수록 차가움이 고개를 내민다.

뜨겁고 바삭바삭한 기분 좋은 식감의 모나카에 차갑고 촉촉한 팥소.

두 개의 온도, 두 개의 식감. 거기에 팥이 존재감을 주장하는—통팥 앙금이다.

그것들이 서서히 입안에서 어우러져 절묘한 온도와 식감에 다다르고, 이어서 단맛이 천천히 드러난다.

"응? …하하하."

토쿠다는 저도 모르게 웃고 말았다.

맛에 앞서 고소한 냄새, 온도, 식감…. 단 한입에 이렇게 재미있을 수가. 그리고 당연히 맛은 더없이 훌륭하다.

좋은 모나카였다.

먹기에 즐겁고, 무엇보다 맛있다.

사소한 것 하나에도 이 카페는 정성과 아이디어를 담고 있다.

아아, 참 좋구나.

건물, 직원, 그리고 메뉴마저도 좋다.

자신의 글로 소개할 수 없다는 게 안타깝기만 하다. 진심으로 그렇게 생각한다.

하지만 그런 심정이면서도… 그럼에도 미소를 짓지 않을 수 없다.

달콤한 디저트의 마법일까, 아니면 미카의? 어느 쪽이든 나쁘지 않다.

커피를 마신다.

화과자와 뜻밖일 정도로 잘 어울렸다.

■ 제1화 『닫혀가는 인생에 디저트를』

—딸랑딸랑.

가게에 들어서는 것과 동시에 그 남자—도이 요시하루는 '망했다'라고 무심코 혀를 찰 뻔했다.

긴시초를 중심으로 오랫동안 일해왔지만 이런 주택가 동네에 카페가 숨어 있는 줄도 몰랐고, 어쩌다 보니 무심코 들어오긴 했지만… 아마 자신처럼 쉰이 넘은 중년남자가 혼자 들어올 만한 카페는 아닌 것 같았다.

세련된 분위기의 가게 안에는 여자와 아이들뿐. 단차가 있는 다다미석에는 손님인지 이 가게 주인의 딸인지 알 수 없는 소녀가 보드게임을 펼쳐놓고 있고, 그 옆에는 교복을 입은 여고생이 늘어져 있다.

직원도, 유흥업소 출신인지 뭔지 알 수 없는 이십대 후반의 여자와 주방에 있는 주인장 같은 검은 피부의 남자뿐.

그 외에는 카운터석에서 모나카를 먹고 있는 젊은 남자 손님이 한 명.

도저히 자신 같은 중년남자가 편하게 있을 만한 카페가 아니다. 당연히 흡연실도 없으리라. 그런 가게가 아닌 것이다. 아마 인터넷에 사진 올리기 좋아하는 사람들이 주 고객층일 것이다.

그걸 보여주듯이 주인장 남자는 옷매무새가 단정했지만, 여자 직원은 일본풍 의상도 아무렇게나 걸친 느낌이라 전체적으로 해이한 인상이다. 어차피 콘셉트 카페일 뿐이라는 걸 보여주고 있는 느낌이다.

도이는 직원들 몰래 입안에서 사라져버릴 만큼 조그맣게 한숨을 내쉬었다.

자신도 감이 많이 떨어졌다고 도이는 생각한다.

자, 이제 어떡한다? 마음 같아서는 당장 돌아나가고 싶지만 그럴 수도 없는 노릇이다. 적당히 차나 한 잔 마시고 얼른 나가자.

도이는 가게 안을 다시 둘러보았다. 카운터석, 단차가 있는 다다미석, 그리고 복층 구조의 2층에는 테이블석도 있는 것 같지만…. 다다미석에는 어린아이가 있고, 1층이 비었는데 굳이 2층까지 올라가기도 좀….

그렇다면 카운터석이 무난하겠지.

손님이 와도 일어나려고도 하지 않는 여자 직원의 반대편 끝자리에, 도이는 자리를 잡았다.

"처음 오신 분이군요. 지금 메뉴를…. 미즈키, 일 좀 해."

주인장이 나무라자, 미즈키라고 불린 여자는 네, 네 하면서 그제야 귀찮은 듯이 몸을 일으켰다.

"점장님, 제가…."

가게 안쪽에서 또 다른 직원이 모습을 드러냈다. 푸른색 일본풍 의상에 검고 긴 머리를 양갈래로 묶은 소녀.

고교생 정도로 보였지만, 미즈키에 비하면 옷매무새에 빈틈이 없었다. 서 있는 모습도 아름다워서, 애교 있는 눈빛은 아니지만, 그래서 더 세련미가 느껴진다.

앞으로 십 년쯤 지나면 대단한 미인이 될 것은 확실하다. 아직은 아무래도 어린 티가 난다.

그 소녀가 메뉴를 가져다 줘서, 도이는 대충 훑어보다가 이게 뭐야, 하고 놀랐다.

디저트는 파르페 같은 게 있을 줄 알았는데, 뜻밖에도 화과자 중심이다. 그건 뭐, 좋다. 문제는 드링크 종류다.

화과자 중심인 주제에, 음료는 차도 있긴 하지만 기본은 커피인 것 같았다. 서양과 일본의 절충을 내세우고 싶은 건가…. 뒤죽박죽이다.

원래 카페 자체의 인테리어와 식기류는 일본풍이라도, 제공하는 음식은 커피에 케이크가 정석 아니던가.

다만, 이건 이것대로 나쁘지 않다. 차는 단품으로 주문하기 뭐해서 디저트를 곁들여야 하나 생각하고 있었지만, 커피라면 단품으로도 충분하리라.

"어…, 그럼 블렌드 커피 한 잔."

"알겠습니다. 다른 주문은요?"

"아니, 됐어요."

"잠시만 기다려주세요."

흑발의 직원은 얼굴 못지않게 목소리도 맑고 청아했다.

저 아이가 조금만 더 일찍 태어나고, 자신이 조금만 더 젊었다면, 말 한마디라도 걸어봤을 텐데. 그런 생각이 들고 말았다.

그녀가 가버리고 나서 종이 울렸다. 손님이다. 도이가 보기에는 뜻밖에도 남쪽 출구 근처에서 흔히 볼 수 있는 험상궂게 생긴 중년남자. 그는 직원들과 몇 마디 나눈 후, 어린아이를 '쿠루미'라고 부르더니, 그 아이가 준비하고 있던 보드게임 탁자 앞에 앉았다. 단골손님인 모양이다.

그 후로도 놀랍게도 속속 어른 손님―명백하게 도이보다 나이 많아 보이는 남자와, 젖먹이를 데려온 주부, 액정 태블릿을 옆구리에 끼고 묘하게 지친 얼굴을 한 중년여성, 이 근방에서는 보기 힘든 세일러복을 입은 여중생 등등…. 그야말로 남녀노소 다양한 손님이 들어와 모두가 쿠루미가 있는 탁자에 익숙한 듯 자리를 잡는다.

"블렌드 나왔습니다. …조금 시끄러워질 것 같은데요. 죄송합니다."

점장이 카운터 너머로 커피를 내준다.

"아니, 그건 괜찮은데요. …생각했던 것과 좀 다른 분위기네요."

이해합니다, 라며 카운터석에 앉아 모나카를 먹고 있던 남자가 씩 웃었다.

"저도 처음엔 그랬거든요. 숨어 있는 멋진 카페구나 싶어 들어와 봤더니… 북적북적하고 스스럼없고, 좋은 의미에서 잡다한 카페더라고요."

그런 말을 나누는 동안에도, 가게에는 속속 다양한 연령대의 손님이 들어와 자리를 채워나간다. 커플이 있는가 하면, 도이처럼 혼자 커피를 마시며 경마신문을 탐독하는 나이든 손님도 있고, 젊은 사람들도 찾아와 핸드폰으로 열심히 디저트 사진을 찍고 있었다.

조금 전까지 비어 있었던 건 아마 우연이었던 모양이다.

다다미석에 늘어져 있던 여고생도 직원이었던 모양인지, 손님이 많아지자 재빨리 일본풍 의상으로 갈아입고 플로어를 종종거리며 돌아다니고 있었다.

깨닫고 보니 그리 불편한 카페는 아니라는 생각이 든다. 붐비기 시작할 무렵 가게를 나간, 모나카를 먹고 있던 남자가 한 말의 의미도 점차 알 것 같았다.

누가 와도 괜찮은 가게, 누구에게나 편하고 기분 좋은 가게인 것이다. 저마다 자리에 앉아 커피를 마시고 디저트에 입맛을 다시고 가게 한편에는 보드게임에 열을 올리는 남녀노소, 그리고 일하는 직원들.

하는 일은 달라도 모두가 웃는 얼굴에 즐거운 분위기.

조금 전까지 내심 무시하고 있던 이 카페가, 그리고 손님들이 도이에게는 눈부셔 보이기 시작한다.

자신은 어떤가? 잔에 남은 커피에 비친 자신의 얼굴. 옛날에는 아쿠타가와 류노스케(주3)를 닮았다는 말도 들었지만, 지금은 군살이 붙어

윤곽이 둥글어져서 별로 닮지 않게 되었다.

살찐 걸 떠나, 아쿠타가와보다 이십 년 가까이 더 산 만큼 인상도 달라진 것이리라.

늙었다. 나이보다도 더. 아직 현역이었던 삼 년 전보다 명백하게, 그리고 삼 년보다 더 늙어 버렸다.

피로, 때문일까.

이상한 이야기다. 딱히 뭔가를 하는 것도 아니면서 피곤하다고 느끼는 나날이라니.

어두운 분위기에 매몰되면 당연히 웃음은 없다. 그래서 그렇게 보이는 걸까.

조기은퇴하고 이제부터 자유를 만끽하리라 의욕을 다졌건만, 깨닫고 보니 산책은 그저 배회일 뿐이고, 별 관심도 없는 영화와 TV프로그램으로 시간을 보내다 하루를 억지로 끝내기 위해 술을 마시는 나날. 매일 밤이 쓸데없이 길기만 하다.

아직 현역에 있던 시절—젊었던 자신도 그녀들처럼 빛나고 있었을까. 빛나는 줄도 모르고 그들처럼 웃는 얼굴로 뭔가에 열중하고 있었을까.

모르겠다. 기억이 나지 않는다. 그랬을 수도 있고, 아닐 수도 있다.

다만 딱 하나만큼은 분명한 게 있다.

그건 앞으로 자신의 인생에, 그녀들처럼 빛나는 순간은 이제 없다는 사실.

1

치사토는 달리고 있었다.

주3) 아쿠타가와 류노스케: 일본의 다이쇼 시대를 대표하는 작가.

현대 일본에서 십대 청소년이 길거리에서 달리는 이유는 그리 많지 않다—그렇다, 지각이다.

이런 상황이 되어버린 이유는 몇 가지가 있다.

오늘따라 앞머리가 마음에 들게 세팅이 안 된 일….

위아래 속옷이 죄다 짝짝이라 찾다가 기운 빠진 일….

아침을 빵으로 안 때우고, 손님이 준 니가타산(産) 맛있는 쌀로 밥을 하고 간고등어를 구운 일….

그리고 어젯밤에, 할리우드 명작 대소동 액션영화로 15년만에 등장한 대망의 속편 『다이너마이트 폴리스2』의 블루레이 디스크가 배송돼서 그 자리에서 봐버린 일….

그러고는 전편도 보고 싶어져서 투를 본 후에 다시 원을 본 일….

과연 무엇이 지각의 직접적인 원인인지는 짐작하기 어렵지만, 뭐가 됐든 이미 어쩔 수 없는 일, 말하자면 불가항력, 불운이 겹친 결과로 발생한 사고 같은 것…이라고 적어도 치사토는 생각하고 있다.

드디어 보이기 시작한 카페 리코리코. 주택가에 몰래 숨듯이 자리 잡은 그곳.

사랑하는 나의 직장. 치사토는 거침없이 문을 활짝 열어젖혔다.

"여러분, 오래 기다리셨죠. 치사토가 왔어요—!"

"기다린 건 우리뿐이야!"

박수갈채, 울려 퍼지는 환호성, 공중에 던져지는 방석과 꽃다발, 나부끼는 색종이 조각…. 물론 그렇게까지 기대한 건 아니지만—아니, 조금 기대한 것 같기도 하지만, 아무튼 뜻밖에도 신랄한 말이 날아왔다. 그 말을 한 사람은 쟁반을 손에 들고 플로어를 바쁘게 뛰어다니고 있던 미즈키였다.

어라? 하고 생각하고, 치사토는 가게 안을 둘러보았다. 완벽한 만석.

그 손님들 사이를, 꽃들 사이로 날아다니는 벌처럼 미즈키, 타키나, 그리고 억지로 끌려나온 듯한 쿠루미까지 바쁘게 움직이고 있었다.

거기에 더해 일하면서도 미즈키는 화를 내고, 타키나는 싸늘한 눈빛, 쿠루미는 도움을 청하는 얼굴로 치사토를 보고 있다.

"아하하…, 미안."

"치사토, 빨리 가서 옷 갈아입고 와."

치사토에게 눈길도 주지 않은 채, 카운터에서 커피를 내리고 있던 미카가 말했다.

평소 같으면 뒷문을 이용하라고 잔소리했을 법도 한데, 너무 바쁜 나머지 그런 말조차 나오지 않는 모양이었다.

치사토는 "네―" 하고 대답하고, 단골손님들에게 인사를 건네며 가게 안쪽으로 향했다. 연령대도 다양하다. 세일러복을 입은 중학생 카나부터, 슬슬 연금을 탈 나이가 되어가는 고토까지 각양각색. 하지만 누구에게나 똑같이 치사토는 명랑하고 밝게, 커다란 목소리로 인사를 건넨다.

상대가 어떤 사람이고 몇 살이든 치사토에게는 모두가 최고의 손님인 것이다.

도중에 최근 자주 찾아와 언제나 카운터 맨 구석 자리를 차지하고 있는 도이에게도 말을 건넨다.

그는 고개를 들고 평소처럼 어두운 얼굴로 치사토의 인사에 응하고는 다시 고개를 숙였다. 마치 거기 있는 커피 잔에 얼굴을 비춰보고 있는 것 같았다.

탈의실로 들어가자, 플로어 쪽에서 와장창하는 소리와 함께 왁자지껄 떠드는 소리, 웃음소리가 들려왔다.

아마 쿠루미가 서빙 중에 사고라도 친 모양이다.

쿠히히 치사토가 웃는다. 지금 플로어에서 벌어지는 소동을 상상하니 저절로 웃음이 흘러나온다.

입고 있던, 퍼스트 리코리스를 상징하는 붉은색 제복을 벗고 있을때, 새침한 표정으로 타키나가 탈의실에 들어왔다. 일본풍 의상이 커피에 젖어 있었다.

"뭐야, 사고 친 사람이 너였구나."

"아니에요. 쿠루미가 넘어질 뻔해서 잡아주려고 하다가… 커피가 나한테…."

타키나는 얼른 카페 유니폼을 벗고, 예비용으로 갈아입었다.

"그보다 치사토, 봤어요? 도이 아저씨가 또 왔어요."

"완전 단골 다 됐더라. 기분 짱 좋아."

일본풍 의상으로 갈아입는 치사토를 타키나가 흘끔 쳐다본다.

"맨날 어두운 얼굴로 블렌드밖에 안 시키고 뭔가 꾹 참는 것처럼 말없이 앉아 있는데… 왜 그러는 걸까요?"

"그거 아냐? 미즈키 말로는 크게 한 밑천 잡아서 은퇴한 사람이라고 하던데."

덧붙여 오직 돈이라는 한 가지 매력만으로 미즈키는 도이에게 잽을 슬쩍 날려봤지만, 전혀 소용이 없었다고 한다.

"그러니까 돈을 어떻게 써야 할지 고민하는 게 아닐까?"

"…그건 아닌 것 같은데요…."

납득하지 못하는 불만스러운 얼굴로 고개를 숙이고 타키나가 중얼거렸다.

"…응?"

치사토는 어깨띠를 매면서, 이해하기 힘든 타키나의 모습에 고개를 갸웃했다.

"치사토, 타키나. 아직 멀었니?! 플로어는 지금 바빠 죽을 지경이야
…!!"

"응, 지금 나가! 타키나, 먼저 갈게."

치사토는 약간 마음에 걸리는 것을 느끼면서 먼저 탈의실을 나갔다.

2

"타키나가 이상하다고?"

미카가 놀란 얼굴을 한다.

폐점 후의 리코리코에서 치사토는 비로소 지난 며칠 동안 혼자 간직
하고 있던 의문을 털어놓았다.

타키나는 오늘 건강검진을 위해 조퇴했기 때문에 지금밖에 기회가
없다고 생각한 것이다.

미카는 설거지하던 손을 멈추고 카운터석에 앉은 치사토 앞에 와 섰
다.

"이상하다는 게 무슨 뜻이지? 치사토."

"원래 이상한 녀석이잖아."

마감 작업 중에 벌써부터 술병과 잔을 준비해놓고 있는 미즈키가 그
렇게 말하자, 다다미석에 누워 노트북을 들여다보고 있던 쿠루미도 거
기에 동의했다.

"리코리스는 기본적으로 평범한 녀석이 별로 없는 느낌이야. 가끔 가
게에 오는 오토메 사쿠라… 라고 했던가? 그 녀석은 비교적 평범해 보
이지만."

그 말에 미카가 쓴웃음을 짓는다. 과거 훈련교관이었던 그라면 뭔가
짚이는 바가 있는지도 모른다.

"아니, 그런 게 아니라. …무심코 나한테 말해버렸다고 할까. 하루, 이틀, 사흘… 으음, 정확히는 기억 안 나지만, 며칠 전에 내가 지각한 날에."

"내가 실수로 타키나에게 커피를 쏟은 날?"

"그날!"

"무슨 말을 했는데?"

그렇게 묻고, 미즈키가 투명한 액체가 담긴 잔을 쭉 들이켰다.

"도이 아저씨가 자꾸 신경 쓰인대."

가게 안의 공기가, 그리고 치사토를 제외한 모두의 움직임이 멈췄다.

직후, 잔을 손에 든 채로 미즈키가 그리고 쿠루미도 카운터석에 앉은 치사토에게 번개같이 달려왔다.

"…돈이 목적일까?"

"내 생각에 타키나는 그런 타입은 아니야."

왠지 나쁜 이야기라도 하는 것처럼 세 사람은 얼굴을 맞대고 작은 목소리로 속닥거리기 시작했다.

그 밀담에 미카도 끼어든다.

"타키나가…. 의외, 라고 하면 실례인가. 하지만… 사랑을 하는 건 나쁜 일은 아니야."

"아, 하지만 도이 아저씨가 신경 쓰인다기보다, 어두운 얼굴을 하고 있는 도이 아저씨를 걱정하는 느낌이었어."

"어두운 얼굴을 한 남자는 요즘 세상에 얼마든지 있어."

"단골손님 중에도 있잖아. 그 왜, 작가인 요네오카 말이야."

쿠루미가 말하는 요네오카는, 간신히 입에 풀칠은 하고 있지만 언제나 여러 의미에서 아슬아슬한 마흔 살의 남성 작가다. 카페에 오는 날의 70퍼센트는 활력이 넘치지만, 나머지 30퍼센트는 절망적인 얼굴로 나타나 아침부터 밤까지 죽치고 앉아 키보드를 두들기는 단골손님이다.

어느 날, 풍문으로 '작가들이 죽치고 있는 카페는 망한다'라는 징크스를 치사토가 주워들은 것을 계기로 한바탕 소동이 있었지만… 그건 또 다른 이야기.

어쨌든 그때 타키나는 치사토가 기억하는 한 '그냥 내버려두면 된다'는 태도였다.

"그럼 나이? 스트라이크 존이 실은 오십대였다거나?"

미즈키의 가설에 흠, 하고 미카가 턱에 손을 가져갔다.

"듣고 보니 가게 손님 중에 오십대는… 의외로 별로 없군. 고토 씨는 예순이 넘었고, 야마데라 씨도 사십대 중반이고."

"근데, 근데, 근데, 난 잘 이해가 안 되는데, 나이만 보고 사랑할 수 있는 거야?"

"당연하지!! 세상에는 말이야, 결혼상대로는 이십대 초반이 좋다고 하는 쓰레기 같은 남자가 많아!! 결혼상담소에 가봐!! 뻥 안 치고 한 트럭은 되니까!!"

뭔지는 몰라도 발작 버튼을 건드린 모양이다. 그걸 깨달은 치사토는 조금 당황했다.

기다려봐, 라며 미카가 팔짱을 끼었다.

"함부로 넘겨짚는 건 좋지 않아. 무엇보다 사람은 자기 취향이라고 해서 무조건 사랑에 빠지지는 않아. 취향이니까 신경이 쓰인다, 그런 정도지. 반대로 전혀 자기 스타일이 아닌데도 깨닫고 보니…라는 게 진짜 사랑이라고 할 수 있어."

"흐음. …그야말로 폴 인 러브인 거네. 뭐, 좋아. 조금 검색해 볼까. …영차."

쿠루미는 바닥에 앉아 노트북 자판을 두드리더니 금세 데이터를 찾아냈다. 치사토가 들여다보자 모니터에는 뭐가 뭔지 알 수 없는 문자와 숫자가 죽 나열되어 있었다.

"도이 요시하루, 55세. 스미다 구 다이헤이의 맨션에 거주. 결혼한 적 없음. 원래는 음식점을 여러 개 경영하는 자영업자였지만, 삼 년 전에 모든 매장을 매각하고 실질적으로 은퇴. …음, 기록으로 봐서는 아마 주식인가? 아무튼 뭔가로 크게 한몫 잡았어. 현재 자산은 현금 일억 남짓이랑 부동산, 그리고 주식도 아직 조금 있는 것 같아."

"……헐, 무슨 내일 날씨라도 검색하는 것처럼 개인정보를 찾아내네 ……."

미즈키가 질린 어조로 말하자, 쿠루미는 의기양양한 표정을 지었다.

"성실한 납세자는 검색하기 쉬워서 편해. …흠, 곤란한 범죄 경력도 없는 것 같아."

미즈키도 쿠루미의 모니터를 들여다보지만 치사토와 마찬가지로 뭐가 뭔지 잘 모르는 눈치다. 미간에 주름이 잡힌다.

"…곤란하지 않은 범죄 경력은 있고?"

"보자……, 주차위반이랑 속도위반이 몇 건. 이런 건 귀여운 수준이지."

치사토는 모니터 해독을 포기하고, 팔짱을 끼고서 천장을 올려다보았다.

"응? 은퇴도 하고, 돈도 있고, 수상한 과거도 없고. …고민할 이유가 하나도 없는데, 왜 그렇게 어두운 걸까? …선생님, 혹시 무슨 얘기 못 들었어?"

"확실하게 들은 건 아니지만, 원래 사람이 나이를 먹으면 이래저래 … 좀 그렇긴 하지."

"55살이라면서! 한창이구만! 지금부터 대모험을 떠나서 세상을 한두 번쯤은 구해도 괜찮을 나이야. 안 그래, 미즈키?"

"…왜 나한테 물어?"

"비슷한 나이라고 생각했겠지."

그 말을 남기고 쿠루미는 잽싸게 몸을 일으켜 노트북을 챙겨들고 도망쳤다. 거기 서! 라고 소리 지르며 쫓아가는 미즈키를 치사토와 미카는 눈으로 좇았다.

아무튼, 하고 미카가 다시 입을 열었다.

"치사토는 아직 어려서 잘 모르겠지만, 나이를 먹으면 자신의 '가능성'이 줄어드는 걸 여실히 느끼게 마련이야. 무대에 커튼이 내려오듯이 조용히, 그리고 완전하게 무언가가 닫혀간다는 걸…. 싫어도 말이지."

"…음, 그게 무슨 뜻이야…?"

"한마디로 가능한 일, 할 수 있는 일이 점점 줄어든다는 걸 알게 되는 거야. 특히 서른이 넘어갈 즈음부터."

"그건 너무 이상해. 도이 아저씨는 55살이니까… 으음, 평균수명까지 이십 년! 은퇴했으면 잠도 실컷 잘 수 있고 운동도 할 수 있잖아. 그럼 건강한 생활을 할 수 있으니까 더 오래 살 수도 있고! 그만큼이나 남았으면 뭐든지 할 수 있는 거 아냐?"

미카는 눈썹을 팔자로 늘어뜨리며 미소를 짓는다. 치사토를 바라보는 가늘어진 눈은 어쩐지 눈부신 듯 보였다.

"십대부터의 이십 년과 오십대부터의 이십 년을 비교하는 건 조금 무리가 있지만… 그 사고방식은 마음에 들어. 하지만 그렇게 말할 수 있다는 것 자체가 젊음의―."

"선생님이 이 카페를 시작한 것도 십 년 전이야! 처음에는 엉망진창이었지만, 지금은 사람들이 선생님의 커피를 마시러 찾아올 정도가 됐잖아. 할 수 있어, 뭐든지.”

진지한 눈빛으로 응시하는 치사토를 앞에 두고 미카는 잔잔하게 미소 지었다.

“…한 방 맞았군. 그래, 네 말이 맞아. 하지만 가능성이 줄어드는 건 확실해.”

치사토는 이해할 수 없다기보다는 불만스러운 얼굴이다.

“그런 거야?”

“그런 거야. 치사토도 언젠가… 그래, 나이를 먹으면… 알게 될지도 모르지.”

미카가 문득 말꼬리를 흐린다.

그래서 치사토는 손을 총 모양으로 만들어 그를 겨누고는, 짐짓 연극조의 대사를 내뱉고 미소 지었다.

“좋지, 근사해.”

미카는 잠시 치사토를 응시하다가 그 운명을 생각하는 것처럼 눈을 감았다.

“…늙는 건 근사하다…라. 그래, 실은 누구라도 그럴 거야. 하지만 보통은 그걸 몰라. 늙는 건 마이너스일 뿐이라고 생각하고 말지.”

“멋있어지기도 하는데? 선생님의 얼굴도, 나는 옛날보다 지금이 더 좋아.”

미카는 웃고서, 다시 치사토를 응시했다.

그런 그의 눈빛이 치사토는 좋았다.

옛날의 그는 치사토를 볼 때, 다른 무언가를 함께 보는 듯한 눈빛을 할 때가 많았다.

자신을 보고 있지만, 초점이 자신에게만 머물러 있어주지 않는 그런 느낌이었다.

하지만 지금은 틀림없이 자신만을 봐주고 있음을 느낀다. 그 변화는 분명 시간의 흐름, 함께해 온 시간에 의한 것. 적어도 치사토는 그렇게 생각하고 있다.

그렇기에 시간의 흐름은 근사하다고 느낀다. 멋진 일이라고.

"음…, 뭐랄까, 나이도 나이지만, 도이 씨의 경우는 거기에 더해 할 일이 없어진 것도 크다고 생각해. 일에만 몰두하던 사람… 그러니까, 매일매일 할 일이 많았던 사람이 갑자기 한가해지면 뭘 해야 좋을지 모르게 되거든. 그게 아직 젊은 동안에는 금방 '다음'을 찾을 수 있고, 경제적인 이유에서도 강제로 찾을 수밖에 없지만, 도이 씨의 경우는 어떤 의미에서 일단락되어버린 거니까."

"요컨대 시간이 너무 많은 게 문제다, 나이를 먹으면 그걸 해결하기가 힘들다…라는 거야?"

"아니, 틀렸어."

가게 안쪽에서 머리통을 문지르며 심통 난 얼굴로 쿠루미가 돌아왔다. 결국 한 대 쥐어 박힌 모양이다.

"틀리다고?"

"애당초 우리의 화제는 타키나가 좀 이상하다는 이야기였어. 도이의 삶의 질 이야기가 아니야."

"듣고 보니 그러네. …그치만! 그치만 말이야. 타키나가 신경 쓰는 건 당연하다 쳐도, 단골손님이 어두운 얼굴을 하고 있으면… 그래! 뭔가 고민을 안고 있다면, 밝은 웃음을 선사해주고 싶다고 생각하는 것도 좋은 카페 직원의 자세 아냐?!"

"업무 외의 일이야."

"힝, 쿠루미~, 너무 냉정해~."

치사토가 쓰러져 울 기세로 몸집이 작은 쿠루미에게 몸을 기댔다.

"인생은 요리 만화처럼 커피와 디저트로 바꿀 수 있는 게 아니야. 그냥 내버려두는 수밖에 없어. 그보다는 타키나가 문제지."

"맞다, 타키나! 타키나야!"

용수철 장난감처럼 치사토가 벌떡 일어나 카운터를 탕 내리쳤다.

"타키나의 태도가 좀 이상한 건 도이 씨를 사랑하기 때문이 아닐까, 왓슨 군?"

또 연극조가 되어버린 치사토를 보고 어이가 없는지, 미카는 주방으로 돌아가 다시 설거지를 시작했다.

"그럴 수도 있지만 단정하는 건 좋지 않아. 그냥 걱정하는 것뿐일지도 몰라."

"싫은 사람을 굳이 걱정하고 신경 쓰는 일은 없지 않을까? …즉, 사랑이야, 왓슨 군!"

아무도 대답이 없다. 홈즈 상황극을 연거푸 두 번이나 한 게 문제였을까? 하지만 아무튼 간에 치사토는 말을 이었다.

"그럼 내일부터는 다 함께 타키나를 응원하는 걸로… 모두 오케이?"

누가 무슨 말을 해도, 치사토 안에서는 이미 답이 나와 있음을 느낀 걸까, 아무도 말이 없다. 무엇보다… 어쩌면 정말로 빙고일지도 모른다고 어렴풋이 느끼고 있는 것이다.

타키나가 다른 사람에게 관심을 보이는 일은 극히 드물다. 본받을 만한 기술을 지닌 상대, 혹은 방해가 될 수 있는 강적… 그 정도뿐이다.

그러니까 사랑이라는 주장도 아주 틀린 말은 아닐지도 모른다고 생각하고, 그랬으면 좋겠다고도 생각한다. 그리고 만약 그렇다면… 치사토처럼 모두가 타키나의 담담한 사랑을 응원해주고 싶은 마음을 가질 정도의 관계는 되어 있었다.

그러니까―.

"남의 사랑을 응원하느니 내 사랑에 집중하겠어."

가게 안쪽에서 그렇게 말하는 미즈키의 목소리가 들렸다.

치사토와 미카와 쿠루미는 무심코 서로의 얼굴을 번갈아 쳐다보았다.

생각해 보니, 모두가 솔로였다.

확실히 남의 일에 오지랖 부릴 때가 아닐지도 모른다고, 치사토 역시 생각하게 되었다.

3

점심시간을 앞둔 시각, 한산한 가게에 도이가 왔다.

이미 지정석처럼 되어버린 카운터석 구석자리에 앉기도 전에, 미카는 재빨리 블렌드 커피를 준비하기 시작했다. 늘 같은 주문인 데다 빈번하게 발걸음을 해주는 덕분이다. 이미 '늘 마시는'이라는 말조차 필요 없었다.

어른들의 고정된 루틴. 그럼에도 타키나는 언제나 가슴에 쟁반을 끌어안고 도이에게 주문을 받으러 가는 것을 치사토는 놓치지 않았다.

"주문하시겠어요?"

"아, 타키나, 오늘도 블렌… 아, 항상 감사합니다, 점장님."

카운터에 놓이는 커피 잔을 보고, 도이는 조금 기쁜 얼굴로 미카에게 미소 지었다.

그런 그와 달리, 도이 옆에서 물러가는 타키나가 어쩐지 불만스러워 보이는 것은 치사토의 기분 탓일까.

"있잖아, 타키나. 도이 아저씨는 맨날 똑같은 것만 주문하니까 굳이 물어보러 안 가도 괜찮지 않아?"

"…일이니까요."

목소리에 가시가 있다. 치사토는 그걸 느꼈다.

역시 사랑인가. 사랑일까. 응, 사랑이야. 사랑이 분명해. 이게 사랑이 아니면 뭐겠어!

그리고 생각한다. 혹시 미카가 방해되는 게 아닐까?

도이는 언제나 어두운 얼굴이지만, 블렌드 커피가 나왔을 때만 미소를 보인다.

다름 아닌 미카에게.

미카는 매력적인 성인 남성이다. 그건 부정할 길이 없다. 카페 리코리코를 시작한 이후로 십 년 동안 얼마나 많은 사람들이 미카에게 매료되었던가. 한때는 스토커까지 생길 정도였다.

미카 때문에 방해된다면… 그렇다면 차라리 도이를 가게에서 데리고 나가 볼까?

"타키나, 오늘 장보러 간다고 했지?"

"네, 맞아요. 왜요?"

"실은 나도 그래."

"…치사토는 아니잖아요."

"나도 장보기 담당 맞아! 그렇다면 그런 줄 알고 얼른 옷 갈아입으러 가자♪"

"네? 아앗? 자, 잠깐만요, 치사토. 장보러 가기엔 아직 시간이….

그러거나 말거나 치사토는 타키나의 등을 떠밀어 반강제로 탈의실에 밀어 넣은 것이었다.

"도이 아저씨♪ 잘 지내셨어요?"

여전히 어두운 얼굴로 블렌드 커피 표면에 얼굴을 비추고 있는 도이에게, 리코리스 제복으로 갈아입은 치사토가 타키나를 데리고 명랑하게 말을 건넸다.

도이는 고개를 들어 치사토와 타키나를 보고 미소를 지었다.

염세적이라고 할 수도 있겠지만, 단순히 억지로 웃고 있는 것처럼 보이기도 한다.

이건 중증이야, 치사토는 새삼 생각했다.

"왜, 무슨 일이지?"

"점심은 드셨어요?"

"아니…."

"그러면 안 되죠! 맛있는 밥을 챙겨 드셔야죠! 안 그러면 인생에 손해예요!"

"이 나이가 되면 먹든 안 먹든 별로….'

"어느 쪽이든 상관없다면 먹어야죠. 네? 그렇게 해요♪"

아~, 하고 치사토 뒤에서 뭔가 납득한 것처럼 타키나가 입을 열었다.

"갑자기 왜 그러나 했더니… 치사토, 도이 아저씨에게 점심 얻어먹으려고 그러는 거죠?"

"아니야!"

왜 이 치사토 님의 상냥한 배려를 모르는 걸까. 그렇게 생각했지만 당연히 말은 하지 않는다.

그런 짓은 자루소바(주4)에 국물을 들이붓는 짓이나 마찬가지니까.

결과적으로는 같을지 모르지만, 그래도 무슨 일에나 절차라는 게 있는 법이다.

"뭐야, 하하하. 둘이 배가 고픈 모양이구나."

어허, 치사토! 하고 미카가 말리러 다가왔지만, 치사토가 눈빛으로

주4) 자루소바: 소바 면을 따로 나온 국물에 찍어먹는 음식.

46 |

'이건 타키나의 연애 응원 프로젝트의 일환이야!'라고 전할 새도 없이, 도이가 먼저 그를 만류해주었다.

"괜찮습니다, 점장님. 점심 정도야 뭐. —그래서 뭐 먹고 싶은 거라도 있니?"

"신난다♡ …음, 타키나는 뭐 먹고 싶어?"

"저는 딱히….

"오케이, 그럼 도이 아저씨는 뭘 좋아하세요?"

"응? 글쎄다…. 초밥?"

"세상에 이런 우연이! 마침 우리 카페 단골손님 중에 역 앞의 초밥집 사장님이 계시거든요."

"그래? 그럼 배달을 시킬까. 돈은 내가 내마."

안 돼. 점심은 리코리코 밖으로 나가기 위한 구실일 뿐이고, 결과적으로 데이트스러운 무언가가 됐으면 좋겠다고 생각하고 있었지만, 배달이라는 편리한 서비스까지는 치사토도 미처 상정하지 못한 바였다.

—그렇다면!

"시켜먹는 건 다음에 하고요…. 실은요! 요즘 핫한 초밥이 있어요! 바로바로 유부초밥! 어떠세요? …좋아하세요? 다행이다! 몇 군데 추천 맛집이 있는데요. 하나는 구 전파탑 근처 나리히라에 있는 '음미'라는 가게고—."

"아아, 거기? 달달하고 짭잘한 비법 유부가 촉촉해서 맛있지."

아차, 생각해 보니까 도이는 이 동네 사람이다. 근처의 오래된 맛집들은 훤히 꿰고 있을 것이다.

이웃 동네, 그리고 인근에 살면 반드시 가게 되어 있는 아사쿠사 주변도 안 된다.

가능하면 그가 모르는 가게가 좋다.

타카나의 사랑을 응원하는 게 첫 번째 목표이기는 하지만, 도이의 인생에 새로운 '무언가'를 선물하고 싶다. 그리고 자연스럽게 그걸 타카나 덕분으로 만들면… 찬란한 미래는 약속된 것이나 마찬가지다. 그야말로 일석이조다.

─그렇다면!

"가메이도 텐신 앞의 '하나유부'는 어떠세요?"

"들어본 것 같기도 하고… 아닌 것 같기도 하고…?"

아아, 하고 타카나가 뭔가 생각난 듯이 입을 열었다.

"확실히 거기 유부초밥은 맛있죠. 전에 먹었을 때는 매실을 넣은 초밥이 제일 맛있─."

"그렇지! 우리 이노우에 타카나 양이 강추하는 '하나유부'! 도이 아저씨, 어떠세요?!"

"그래, 괜찮네. 거기도 배달이 되니?"

"배달은 안 돼요! 그러니까 같이 가서 먹어요!"

"…텐신 앞이랬지? 좀 멀지 않나? 전철이나 버스를 타야 될 것 같은데."

"여기서는 걸어가는 게 더 빨라요."

"그럼 택시를 타자."

"그냥 운동 삼아 걸어가요. 날씨가 좋아서 산책하면 즐거울 거예요. 자! 도이 아저씨, 타카나, 출발!"

"뭐? 잠깐…. 앗…, 기다려. 아, 커피가 아직….”

"치사토, 정말로 가는 거예요? 일은….”

"자, 일단 가자고! 아, 커피는 드시고 가세요!"

그리고 치사토는 거의 반강제로 타카나와 도이를 가게 밖으로 데리고 나와 가메이도로 향했다.

4

플로어에 남겨진 미즈키와 미카는 황당한 표정으로 치사토 일행의 뒷모습을 바라보았다.

"···저 녀석들, 여기 일은 어쩌고?"

"손님이 많아지면 리스의 손이라도 빌려야지."

"···완전 민폐네."

"오늘은 손님이 별로 없으니까 어떻게 되겠지."

"도이 씨한테도 솔직히 민폐 아냐?"

"아니, 어쩌면 정말로 좋은 자극이 될지도 몰라. 무슨 일이든 시도해 보는 건 나쁘지 않아."

"타키나에 대해서는?"

"글쎄."

그것만은 아마 아무도 모르리라. 어쩌면 타키나 자신도 모를지 모른다.

자신의 가슴에 싹튼 감정이 무엇인지는.

첫사랑이란 의외로 그런 법이니까.

미카는 미소를 지었다.

먼 옛날을, 그리고 자신의 부끄러운 젊은 날을 추억하듯이.

5

"···그래서? 어땠어? 도이와의 유부초밥 데이트는?"

영업시간이 끝난 리코리코의 다다미석에서 치사토와 타키나가 사온

유부초밥 박스를 열면서 흥미가 있는지 없는지 알 수 없는 어조로 쿠루미가 물었다.

치사토는 쉿! 하고 손가락을 세워 조용히 하라고 주의를 주었다.

리코리코로 돌아와 평범하게 하루의 일을 마치고 타키나는 지금 탈의실에서 옷을 갈아입는 중이지만… 절대 안 들린다는 법은 없다.

치사토도 다다미석으로 올라와 탁자 앞에 앉았다.

"뭐, 그럭저럭? 얘기는 그래도 많이 했어. 하나유부에는 앉아서 먹는 곳이 없어서, 텐신 신사를 한 바퀴 돌면서 먹은 것도 좋았고. …아, 쿠루미, 내가 강추하는 초밥은 이거야. 이거, 이거. 매실 맛."

치사토는 포장박스에서 유부초밥 하나를 꺼내 보여주었다.

"그래서 매실 맛이 유난히 많구나."

매실, 유자, 참깨, 초생강, 플레인 등 다양한 종류가 있지만, 쿠루미의 말처럼 치사토의 의견이 강하게 반영된 탓에 16개입 중 7개가 매실 맛이다. 미카는 오늘 동네 반상회 모임에 가고 없지만 돌아와서 먹을 수 있도록 넉넉하게 포장해 왔다.

이 집의 유부초밥은 하나하나 비닐 포장이 되어 있다. 덕분에 작은 사이즈의 이 유부초밥은 햄버거처럼 손을 더럽힐 염려 없이 편하게 먹을 수 있어서 접시와 젓가락도 필요없다. 치사토는 손에 들고 있던 초밥을 개봉해 한 입 베어 물었다.

첫맛은 유부초밥 본연의 맛—부드럽고 달달한 유부.

이 집의 유부는 물기가 적고 비닐 포장이 되어 있기 때문에 서서 먹기도 편하다.

씹을수록 입안에 퍼지는 새콤달콤한 밥맛. 그 안에서 점차 잘게 다진 차조기 향이 상쾌하게 올라오고, 매실의 새콤한 맛이 부드럽게 꽃을 피운다.

어떤 맛도 강하지는 않다. 고급스럽다고 해도 좋지만, 이 맛에는 '상냥한'이라는 말이 더 어울린다.

그런 맛의, 유부초밥.

매일매일 먹고 싶어지는, 그런 맛.

가게가 리코리코에서는 조금 멀다는 점이 치사토에게는 약간 아쉬운, 맛있는 음식.

"음~! 후후후."

유부초밥을 씹으면서 치사토는 저도 모르게 감탄사를 연발하며 미소를 지었다.

왜일까. 일반 초밥에는 없는, 주먹밥에도 없는… 하지만 유부초밥에만은 한 입 베어 물었을 때 나타나는 불가사의한 행복—말하자면 충족감 같은 게 있다고 치사토는 생각한다.

그리고 그것이 숨길 수 없는 미소를 부르는 것이다.

"응, 맛있다, 이거."

"…매실을 추천했는데 왜 플레인부터 먹는 거야? 응? 쿠루미."

"먼저 기본 맛부터 먹는 편이야, 난."

입이 작은 쿠루미도 서너 입만에 유부초밥 하나를 냉큼 해치우고 다음은 매실 맛에 손을 뻗었다. 그리고 한 입 베어 물더니, 와 하고 감탄사를 내뱉고 다시 한 입 베어 물었다.

감상을 물어볼 필요도 없는 그 모습에, 치사토도 기분이 좋아졌다.

"그래서? 도이 씨는 어땠어?"

한 발 먼저 옷을 갈아입은 미즈키가 플로어로 돌아왔다.

"추억의 맛이 난다고 했어. 그리고 맛있다고."

"유부초밥 얘기가 아니라… 어땠어?"

미즈키도 탈의실 쪽을 흘끔거리며 묻는다. 짐작컨대 타키나도 곧 옷을 다 갈아입고 나올 모양이다.

"꽤 많이 웃었어. 가메이도 쪽은 별로 안 가본 모양이라 타키나가 여기저기 안내도 해주고…. 나름 즐겁게 이야기한 것 같아."

"뭐, 가메이도는 솔직히 곱창이랑 만두밖에 생각나는 게 없으니까."

술꾼에게는 그런 이미지구나, 하고 치사토는 생각했다.

어느 동네든 맛집과 유명한 음식은 있지만, 가메이도에는 미즈키가 말한 것들 말고도 다양한 음식이 있다.

카운터석에 앉은 미즈키가 손을 뻗어서, 치사토는 유부초밥을 하나 건네주었다.

"그래서 뭐야, 결국… 밀어주면 잘될 것 같아?"

"명탐정 치사토가 보기에는… 가능성 있어!"

잠깐만 하고 쿠루미가 끼어들었다.

"그래도 먼저 타키나의 마음을 확인하는 게 낫지 않을까? 아무래도 오해 같은데."

"아니야! 왜냐면 오늘—."

"오늘 뭐요?"

리코리스 제복으로 갈아입은 타키나가 플로어에 나타나서, 치사토는 그대로 굳어버렸다.

"어? 아, 으음… 도이 아저씨가 꽤 즐거워 보였다고…."

"아, 맞아요. 평소처럼 어두운 느낌도 없고 많이 웃어줘서… 좋았어요."

아주 조금, 타키나가 미소 지었다.

그 순간, 타키나를 제외한 세 사람 사이에 눈빛으로 대화가 오간다.

—어때, 확실하지?

—정말로 그럴지도 모르겠네.

─실화냐, 이 녀석…. 연상 취향이었어?

단지 오늘의 일을 돌아보고 미소 지은 것뿐.

하지만 그것이 평소 쿨하고 드라이하고 담담한 타키나라면 이야기가 달라진다.

그녀가 이런 얼굴을 하는 일은 거의 없다. 주로 임무에서 뭔가 좋은 결과를 냈을 때뿐인데…. 그렇게 생각하면 도이가 즐거운 기색이었던 것이 타키나에게 좋은 일이었다는 의미가 된다.

치사토는 자신의 짐작이 맞은 게 기뻐서 무심코 미소를 지었다.

"도이 아저씨가 오늘 같은 얼굴로 내일 여기 와줬으면 좋겠다. 그치, 타키나♪"

"네, 그러면… 기쁠 것 같아요."

먼저 갈게요, 하고 타키나가 가게를 나가자 미즈키도 다다미석으로 와서 세 사람 사이에 뜨거운 논쟁이 벌어진다.

미카가 반상회 모임에서 돌아왔을 무렵에는 유부초밥은 하나도 남아 있지 않았다.

그리고 장을 봐야 한다는 걸 기억하고 있는 사람도….

6

도이는 생각했다. 어제 유부초밥을 먹으러 가기 위한 산책은 대체 뭐였을까.

잘은 모르겠지만 밤은 짧고 술의 힘을 빌릴 것까지도 없이 하루는 끝났다.

어쩐지 꿈을 꾼 기분이다. 그래서 카페 리코리코로 향하는 발걸음은 왠지 불안정한 느낌이다.

…단순히 평소 운동이 부족한 탓일지도 모른다.

카페는 오늘도 여전히 한산하다. 당연하다. 한산한 시간을 골라서 오니까.

음식점이 아니기 때문에, 점심시간 전후로는 손님이 별로 없는 것이다. 그래서 좋아하는 카운터석 구석자리도 대체로 비어 있다.

"어서 오세요."

점장의 차분한 목소리에 이끌려 자리에 앉는다. 이내 블렌드 커피가 나온다.

이 흐름이 참을 수 없이 좋다.

"어제는 저희 직원이 실례했습니다."

"아뇨, 아뇨. 즐거웠습니다. 요즘 통 걷지를 않았더니 몸이 좀 피곤하긴 하지만요. 운동부족을 실감했―."

"네?! 도이 아저씨, 운동부족이세요? 그러면 안 되죠!"

치사토였다. 목소리가 들린 쪽을 쳐다보니, 쟁반을 가슴에 안은 타키나의 양 어깨에 손을 올리고, 그 옆으로 고개를 빼꼼 내민 치사토가 이쪽을 보고 있었다.

"타키나, 외출 준비!"

"…아니, 하지만 일이….."

"그런 건 나중에 해도 돼! 지금은 더 중요한 일이 있으니까!"

저기, 하고 도이가 입을 뗄 새도 없이, 치사토가 운동부족 해소 기획을 멋대로 발동하는 바람에 도이는 강제 참가하게 되었다.

그 결과 스미다 강변을 따라 걷는 십 킬로미터의 워킹에 도이는 가죽 구두를 신고 참전하게 된 것이다.

역시 자신은 늙었구나. 젊음이… 라는 생각이 안 드는 것도 아니지만, 곰곰이 생각해 보면 자신이 이십대였을 때도 이렇게 먼 거리는 걸은 적이 없었다.

워킹을 마치고 보니, 당연히 몸은 기진맥진이고 신발은 엉망진창이다.

치사토와 타키나도 로퍼 비슷한 신발을 신고 있어서 자신과 마찬가지일 줄 알았는데, 그녀들은 십 킬로미터에 걸친 파워 워킹에도 전혀 지친 기색이 없고 신발도 멀쩡했다.

나름 굽도 있는 신발이었는데, 그녀들의 말에 의하면 걷기 편하게 제작된 특수한 모델이라고 한다. 할리우드급 총격 액션에도 끄떡없어요, 라며 치사토는 웃었지만… 요즘 학생들이 신는 신발은 옛날과는 많이 다른 모양이다.

도이는 다음날은 피로로, 그 다음날부터는 근육통으로 도합 사흘을 몸져눕고 말았다.

7

깨닫고 보니 어느새 도이에게 카페 리코리코에 가는 일은, 영문을 알 수 없는 일에 반강제로 참여하게 되는 곳이라는 이미지가 생겨 있었다.

가면, 매번 뭔가를 반강제로 하게 되는 것이다.

산책, 관광, 운동, 식사, 게임, 영화관람… 등등.

자신 같은 아저씨에게 왜 자꾸 그런 걸 권하는지 의아했지만, 자신을 기다리는 것 같기도 해서 안 가고는 배길 수 없었다.

누군가에게 기대를 받는 일이 너무 오랜만이라 아무리 몸이 피곤해도 발길이 저절로 그곳으로 향한다. 조금은 젊어진 기분이다.

그리고 오늘도 어김없이 도이는 카페 리코리코로 향한다. 어디서 무엇을 해도 괜찮도록 움직이기 편한 옷과 타월, 스니커즈는 가방에 넣어두었다. 그런 복장으로 간 날, 하필 영화감상으로 시작해 호텔 루프 톱 레스토랑까지 간 적이 있어서 포멀한 복장도 빠뜨릴 수 없다.

하지만 이렇게 해도 아직 커버하기 힘든 경우도 있다. 며칠 전 단골 초밥집에 런치 정식을 먹으러 갔을 때가 그랬다.

포멀한 복장은 너무 오버인 것 같고 스포티한 복장은 너무 러프해서 양쪽 다 약간 어색했다.

이렇게 즉흥적으로 갈 곳을 정하면 치사토와 타키나도 힘들지 않을까 생각했지만… 여기서 의외의 발견이 있었다.

그녀들의 학교 교복은 어디에 있어도 적당히 잘 어우러진다.

물론 밤에 술집에서 본다면 놀랄 수도 있지만, 낮에 술집에서 파는 런치 메뉴를 먹는 모습에는 위화감이 별로 없다. 반대로 고급 레스토랑이라도 동행자가 잘 차려입고 있으면 드레스코드에도 걸리지 않을뿐더러 캐주얼한 곳, 즉 몸을 사용해 노는 장소에도 당연히 잘 어울린다.

학교 교복은 일종의 정장 및 일상복인 것이다.

어디에 있어도 위화감이 없는 마법의 옷.

그리고 풋풋함과 젊음을 강조하는 옷.

그래서 길거리 어디에 있어도 아무도 경계심을 품지 않으며 뭘 해도 눈에 띄지 않는다.

부럽게 생각하다가, 문득 성인 남성에게도 비슷한 옷이 있음을 깨달았다.

양복이다. 일단 그것만 있으면… 하고 생각했지만, 운동장에 구두를 신고 넥타이를 맨 남자가 있으면 아무래도 눈에 띌 수밖에 없다.

아니, 하지만 대신 밤거리의 술집이라면 더할 나위 없이….

도이는 그런 생각을 하면서, 리코리코의 문을 열었다.

"어서 오세요. …오늘은 조용히 시간을 보내실 수 있을 겁니다."

가게 안으로 들어서자, 점장이 그렇게 말했다. 그의 말에 따르면, 치사토와 타키나는 다른 일이 있어서 오늘은 가게에 없다고 한다. 커피 원두 배달이라도 간 걸까? 어쩌면 학업을 일이라고 말한 걸지도 모른다.

어느 쪽이든, 오늘은 강제 동원은 없는 모양이다.

조금 안심, 조금 유감으로 생각하는 자신을 도이는 느꼈다.

"그러고 보니까 다른 직원들도 안 보이네요."

"네, 그 직원들도 일이 있어서요."

가게 안에서 항상 노닥거리고 있던 쿠루미와 미즈키의 모습도 보이지 않는다. 대신 단골손님들이 서빙을 돕고 있었다.

예전 같으면 이상한 가게라고 생각했겠지만, 지금은 도이도 그들과 낯이 익은 사이. 그것조차 기분 좋아서 도이도 틈틈이 일을 도왔다.

이런 것도 나쁘지 않군. 진심으로 그렇게 생각한다.

자신은 대체 몇 년 동안이나 새로운 커뮤니티에 안 들어가고 살아온 걸까.

한창 일하던 시절에도, 서른이 지났을 무렵부터는 새로운 인간관계를 만들기보다 점차 관계가 끊어져갈 뿐이라―확실하게 세계가 점점 작아져갔다. 이것이 극에 달해 모든 게 사라졌을 때가 도이 요시하루라는 인간의 끝일 거라 생각하고 있었다.

하지만 지금은 세계가 다시 조금 넓어지려 하고 있다.

"옛날 같으면 당연한 일인데… 어쩐지 신선하게 느껴지는 건 역시 늙었다는 증거일까."

손님이 줄어 한산해졌을 무렵, 도이가 무심코 중얼거렸다. 그러자 미카가 일하는 손을 멈추는 일 없이 "무슨 이야기인가요?"라고 대답해주었다.

새로운 커뮤니티에 들어간다는 것, 새로운 일을 시작한다는 것… 그런 것에 대해서라고 도이는 대답했다.

"치사토는 나이는 관계없다고 하던데요."

"역시 젊으네요."

"그렇죠. 다만… 일리는 있다고 생각합니다. 나이를 먹으면 무슨 일에나 엉덩이가 무거워지게 마련이죠. …하지만 그냥 무거워질 뿐이에요. 움직이면 움직일 수 있습니다, 움직이려고 생각하면 천천히, 조금씩이라도."

"그 처음이 힘든 거죠."

"네, 동감입니다. 그래도 누군가가 등을 떠밀어주고 손을 잡아끌어주면… 의외로 쉬울지도 모르지요."

"…그 아이들… 말입니까?"

"오늘은 제가 한 번 그 역할을 해 볼까요. …드셔보세요."

미카가 내준 것은 검은색, 핑크색, 초록색, 검은색의 네 가지 색상이 담긴 접시… 오하기(주5) 세트였다. 이어서 커피도 한 잔.

마침 블렌드를 다 마신 참이라 커피 리필은 반가웠지만, 오하기는……

차라리, 오하기라면 차라리 녹차가 낫다.

"점장님, 전부터 말씀드리고 싶었는데요…. 화과자와 커피는 좀 아닌 것 같습니다만."

분명 다른 이에게도 같은 말을 들었으리라. 미카는 어린아이를 깨우쳐주듯이 미소 지었다.

"왼쪽부터 팥앙금, 벚꽃, 말차, 통팥앙금입니다. 처음에는 팥앙금이나 통팥앙금부터 드시는 걸 추천합니다. 일단 드셔보세요."

할 수 없지.

주5) 오하기: 화과자의 일종.

미카가 권하는 대로, 도이는 접시에 담긴 네 개의 오하기 중에 왼쪽 끝에 놓인 팥앙금을 골랐다. 포크 대신 대나무 꼬치가 함께 나왔지만 옆에는 물수건도 있었다. 도이는 그냥 편하게 손으로 집어먹기로 했다.

네 개나 되기 때문일까, 일반적인 오하기보다는 작은 그것.

한 입 베어 무니, 촉촉한 팥앙금이 이와 입술에 맞닿는다. 씹기 시작하자, 밥풀의 식감이 남아 있는… 적당히 쫄깃한 오하기만의 기분 좋고 즐거운 식감이다. 이것은 떡보다 입안에서 팥앙금과 잘 섞이고 먹기 편했다.

팥앙금도 많이 달지 않고, 씹는 동안 찹쌀의 은은한 단맛과 감칠맛, 그리고 그걸 더욱 풍성하게 만들어주는 약간의 짠맛을 느낄 수 있도록 신경 쓴 느낌이다.

술을 즐기는 몸이라 단 것은 별로 좋아하지 않는다. 하지만 이 정도라면 괜찮군, 도이는 그렇게 생각하며 오하기를 삼켰다.

"응, 맛있네요. 오랜만에 먹었는데 이거라면 괜찮은 것 같군요."

그럼, 하고 미카가 잔을 손으로 가리켰다. 커피다.

오늘따라 점장님이 고집이 세군. 도이는 쓴웃음을 지으며 잔을 들어 커피를 입에 머금고… 깜짝 놀랐다.

"…어울리네…? 화과자와…?"

커피가 화과자의 단맛과 싸우지 않는다. 오히려 입안에 남은 단맛을 씻어주듯이 가볍고 기분 좋은 쓴맛ㅡ.

"이 커피는 블렌드가 아니네요?"

"만델링을 약배전해 내린 아메리칸입니다."

"…아하! 깔끔한 맛의 드립커피하고 잘 어울리는군요. 의외인데요."

"아뇨, 늘 드시는 블렌드하고도 괜찮습니다. 다만 저희 오하기는 크기는 작지만 개수가 많아서 양이 좀 됩니다. 그래서 블렌드는 조금 부담스러울 수 있어서 아메리칸으로 내드렸습니다."

"그렇군요. 그런데 커피와 화과자가 왜 어울리는 거죠? 마법인가요?"

"맛있는 커피에는 마법이 깃든다고 말하는 나라도 있지만, 이건 그런 건 아닙니다. 물론 화과자에 따라 커피에 밀리는 경우도 있지만, 적어도 팥앙금과 커피의 궁합은 좋은 편이죠. …어쨌거나 둘 다 원래는 콩이니까요."

듣고 보니 그렇다. 그렇다고 정말로 어울리는지는 알 수 없지만, 그래도 어쩐지 납득이 가는 설명이다.

도이는 그리운 감각―호기심에 이끌려 오하기를 한 입 더 베어 물고 이번에는 입안에 조금 남은 상태에서 아메리칸을 마셨다.

아아, 정말 괜찮군.

입안에 음식이 없었다면, 무심코 그렇게 중얼거렸을 것이다.

아까는 입안에 남은 팥앙금의 맛을 아메리칸이 씻어줘서 곧바로 다음 한 입으로 넘어갈 수 있게 해주었다.

하지만 이번에는 팥앙금과 찹쌀의 단맛이 커피 맛에 풍부함을 더해주는 듯한… 풍미가 더욱 살아나는 듯한 느낌이다.

"과연…. 이건 싫지 않은데요. 아뇨, 오히려 좋아요. 응, 마음에 들어요, 이건."

하지만 지금 먹은 것은 팥앙금 오하기. 팥앙금과 커피가 어울린다는 건 이제 알았다. 그렇다면 벚꽃과 말차는? 말차는 심지어 녹차인데?

도이는 서둘러 팥앙금을 먹어치우고, 다음 오하기에 손을 뻗었다. 벚꽃이다.

"…호오."

벚꽃도 상당하다. 흰콩 앙금에 염장한 벚꽃잎을 섞은 그것은, 분위기로 봐서는 아무리 아메리칸이라도 커피 맛에 밀릴 것 같은데… 그렇지 않다.

쌍방이 입안에서 어우러지자, 흰콩 베이스의 그 기품 있는 단맛은 약간 밀리는 감이 있지만, 커피의 쌉쌀한 맛 위에 짠맛을 살짝 두른 벚꽃잎의 싱그러운 향기가 피어나는 것이 실로 얄미울 정도다.

흡사 플레이버 커피다. 무심코 입가에 미소가 감돈다. 혀로 맛보는 것 이상으로 코로 즐기는 그런 마리아주를 보여주었다.

그리고 말차. 말차 앙금에 감싸인 그것을 입에 넣자, 이번에는 쓴맛의 경연이다. 다만 강렬한 쓴맛은 물론 아니고 적당히 쌉쌀하다. 하지만 그 쌉쌀함이 단맛을 억눌러 깔끔한 인상이다. 가장 어른스러운 맛이다.

그리고 마지막으로 통팥앙금. 당연히 검증된 조합이다.

게 눈 감추듯 전부 먹어치우고 나서, 도이는 어떤 사실을 깨달았다.

놀라운 오하기 세트가 아닌가. 오른쪽과 왼쪽, 어느 쪽부터 먹어도 처음엔 팥앙금으로 커피와의 궁합을 알려줘 이쪽을 안심시키고, 그 다음부터 모험을 하게 만들고, 그 후에 다시 팥앙금으로 여유롭게 피날레를 맞이하게 하는 구성이다.

자신처럼 커피와 화과자의 조합에 의문을 품는 사람으로 하여금 한 방 먹었음을 인정하고 무릎을 치게 만들기에 충분할 정도로 훌륭한 한 접시였다.

도이는 당했군, 하고 웃으며 미카를 보았다. 미카도 그렇죠? 라고 말하는 것처럼 웃는 얼굴로 받아주었다.

"솔직히 놀라운 발견인데요. …무슨 일이든 일단은 시도해 볼 일이네요."

"몇 살이 되든… 아니, 오히려 나이가 많을수록 더 그렇다고 할까요. 선입관이 있기에 새로운 발견에 놀라게 되죠. 그건 멋진 일입니다."

"엉덩이는 무겁지만요."

두 남자는 마주보고 웃었다.

"그래서 한 가지 제안이 있는데요. 앞으로는 인생이 얼마 안 남았다, 다 살았다고 생각해 보시면 어떨까요."

무슨 말인가 싶어, 도이는 저도 모르게 미간에 주름을 잡았다.

잔인한 말을 하고 있지만 미카의 얼굴은 어디까지나 상냥하다.

"인생이 얼마 안 남았다, 지금 이러고 있는 동안에도 점점 줄어든다, 그렇게 생각하면… 사람은 가만히 있을 수 없지 않을까요."

도이는 놀랐다.

여생이 얼마 안 남았다고 생각하는 건 좋지 않다. 그건 누가 가르쳐 주지 않아도 자연스럽게 모두가 아는 일이다.

아직 젊다, 뭐든지 할 수 있다, 그렇게 표현하는 게 무난하기도 하고 무엇보다도 매너가 아닌가.

하지만 미카는 일부러 반대로 이야기한 것이다.

"사람에 따라서는 기분이 가라앉는 말이네요."

"그렇죠. 남은 시간이 별로 없으면 어차피 뭘 해도 소용없다고 생각하고 포기하는 사람도 있으니까요. …하지만 지금의 도이 씨라면 다르지 않을까요? 아무것도 안 하고 가만히 앉아 시간이 흘러가기만을 기다리는 인생이 좋다고 생각하실까요?"

잠시 생각한 후에 그렇군, 하고 도이는 생각했다.

조금 전의 자신이라면 어떻게 생각했을지 알 수 없다.

하지만 지금은 확실히….

얼마 남지 않은 인생. 그렇게 생각하니까 기분이 우울해지는 것 이상으로, 더 늙기 전에 하고 싶은 일, 해야 할 일이 머리에 떠오르고 움직이자, 움직여야 돼, 그런 기분이 된다.

그것은 치사토와 타키나와 함께 시간을 보내면서 자신과는 관계없다고 생각했던 일들을 경험했기 때문일지도 모른다.

인생에서 자신의 세계는 나이와 함께 닫혀가지만, 조금만 움직여보면 뜻하지 않은 발견이 얼마든지 있었다.

무엇보다… 이 가게의 디저트와 커피의 조합을 모조리 시도해 보는데도 어느 정도의 시간은 필요하리라.

그래, 커피 한 잔 놓고 우울하게 앉아 있을 시간 따위는—.

세계는 이토록 쉽게 넓어질 수 있는데—.

"나쁘지 않군요. 대단하십니다."

그렇죠? 라고 말하는 듯한 얼굴로 미카는 미소 지었다.

멋진 남자다. 자신이 여자라면 그의 포용력 있는 미소에 매료되어 버릴 것 같다.

"본인은 별로 의식하지 않는 것 같지만, 실은 이건 치사토의 사고방식… 삶의 자세입니다. 일 분 일 초를 아껴가며 살고 있지요."

"치사토가요? 아직 어린데도."

"그 아이에게도 사연이 좀 있어서요."

그 나이부터 시간을 아끼며 살면… 대체 얼마나 농밀한 인생이 될까.

멋지군, 굉장히.

"…뭐, 그래서 시끄럽고 성미가 급하지만요."

도이는 웃었다. 그러면 좀 어떤가.

"인생이 얼마 남지 않았다…라."

도이는 생각에 잠겨 창밖으로 시선을 던졌다.

찬란한 햇살이 비친다. 어느덧 여름이다. 숨 막히는 더위가 코앞에 다가와 있다.

이 계절을… 앞으로 몇 번이나 맞이할 수 있을까. 그리고 그동안 몇 번이나 바다에, 산에 갈 수 있을까. 친구들과 즐겁게 술을 마시는 행복한 시간은 과연 얼마나….

생각하면 우울해질 것 같지만 그러는 동안에도 시간은 흘러간다.

그걸 생각하면… 아무튼 뭐라도 하자, 아깝다, 그런 생각이 든다.

여름이라고 어디 놀러 갔던 건 오 년 전쯤이 마지막이었던가.

올해는 어떡할까. 어디로—아니, 뭐하면 적당히 표를 끊어 비행기를… 아니, 기차를 타고 흔들림에 몸을 맡기는 것도 즐거울지 모른다.

아마 무엇을 해도 근사하리라.

그건 지금까지도 알고 있었던 일이지만, 얼마나 만사 귀찮게만 생각했던가.

자신의 인생—얼마 남지 않은 인생에 '다음'은 없을지도 모르는데.

아아, 그렇구나. 이 사고방식은 '아까움'이다. 욕심 많은 사고방식이다.

아무것도 안 하는 건 시간과 다른 모든 것을 손해 보는 일.

그러니까—.

"…이런, 확실히 고개나 숙이고 있을 때가 아니네요."

"그럼 일단 뭐부터 하시겠습니까?"

"우선은 이 카페의 디저트를 전부 섭렵해 볼까 합니다."

"훌륭하십니다. 양이 제법 되는 디저트도 많으니까 날을 나눠서요. 물론 건강을 위해 운동도 하시고요."

"그러지요."

그리고 어른들이 마주보고 웃었을 때, 종이 울렸다.

—딸랑딸랑.

"다녀왔습니다—! 치사토와 타키나가 돌아왔어요—!!"

씩씩함을 넘어 패기 있게 가게 문을 열어젖히고 들어온 사람은 치사토와 타키나다.

가게 안에 있던 단골손님들이 그녀들에게 말을 건네는 모습은, 간판 직원의 귀가라기보다 마치 개선장군 같은 느낌이다.

"아, 선생님, 신규배달 의뢰가 들어왔으니까 포장해줘. 우리 카페에서 강추하는 맛있는 원두로! 듬뿍! 아, 도이 아저씨, 오… 셨네요? … 자, 얼른! 뭐 해, 타키나!"

치사토 뒤에서 잠이 부족한지 피곤한 얼굴로 있던 타키나가, 치사토에게 등 떠밀려 도이 쪽으로 다가온다.

그녀는 도이가 있는 카운터 위에 놓인 빈 오하기 접시를 보고, 깜짝 놀란 듯 숨을 삼켰다.

"드셔… 주신 거예요?"

"응? 오하기? 아아, 응."

참, 하고 미카가 생각난 듯이 말했다.

"그러고 보니까, 오늘 오하기 담당은 타키나였지."

디저트는 전부 미카가 만드는 줄 알았는데, 꼭 그렇지만도 않은 모양이다.

생각해 보면 당연하다, 카페 리코리코의 메뉴는 커피 종류도 많고 디저트도 다양하다.

그나저나 타키나가 만든 오하기였구나. 그렇게 생각하자 그 앙증맞은 사이즈는 그녀의 손… 그야말로 펜밖에 못 들 것 같은 가냘픈 손가락에서 나온 사이즈와 모양이 아닐까 하는 생각이 들었다.

"저어, 도이 아저씨…. 맛있게… 드셨나요?"

"응, 아주 맛있었어. 깜짝 놀랄 만큼. 지금 점장님과도 이야기 중이었는데… 다음엔 더 다양한 디저트를 시도해 볼까 생각하던 참이야."

그러자 놀랍게도, 평소 새침한 표정인 타키나의 얼굴에 분명하게 미소가 떠올랐다.

조금 수줍은 얼굴. 피부가 하얘서 여실히 드러나는 발그레한 볼.

소녀만이 보여줄 수 있는 최고의 표정.

"감사합니다! 앞으로도 맛있는 디저트를 준비하고… 기다릴게요!"

아직 조금 더 있다 갈 거야, 라고 도이가 말하자 모두가 웃음을 터뜨렸다.

타키나만이 조금 부끄러워하는 것 같았다.

8

치사토는 생각했다. 오케이, 확정! 타키나가 도이 루트에 들어섰다. 아니면 도이가 타키나 루트에 들어섰거나. 어느 쪽이든 결과는 마찬가지다.

"…무슨 일이죠, 치사토. 이상한 얼굴을 하고."

아차차, 무심코 흐뭇하게 웃으며 타키나를 바라보고 말았다.

치사토는 얼버무리듯이 웃으며 타키나와 함께 탈의실로 갔다. 기분 좋게 옷을 갈아입는다.

어젯밤부터 오늘아침까지 이어진 임무는 예상외로 꽤 힘들었다. 빨리 끝내버리고 타키나와 영화를 보려고 했던 계획이 무산될 만큼 고된 임무였지만…, 여기까지 오는 동안 미즈키의 차 안에서 조금 잔 덕분에 컨디션은 나쁘지 않다. 밤까지 버틸 수 있을 것 같았다.

무엇보다 타키나의 연애 응원 프로젝트가 더없이 순조롭게 진행되고 있는 것이다. 기분은 최고다.

리코리스 제복을 벗자 희미하게 남아 있던 긴장감이 사라지고 기분이 좋아져서—다시 흐뭇한 웃음이 끊이지 않는다.

"먼저 탄약부터 보충해놓을게요."

타키나답다. 리코리스의 임무를 우선하는 판단이다.

이번에는 꽤 격렬한 총격전이었기 때문에 총과 탄약, 기타 등등을 효율적으로 수납해둔 사첼백이 가벼워져 있었다.

언제 어느 때라도 즉각 임무에 임할 수 있도록 해놓는 것이 베스트. 총기 손질은 그렇다 쳐도, 최소한 탄약만은 보충해두는 게 옳다… 라는 것은 알고 있지만, 치사토는 그런 건 나중에 해도 된다고 생각하고 있었다.

상시 전투를 의식하며 살고 싶지는 않았고 최악의 경우, 탄창 하나면 긴급 상황에 대처할 자신이 있었다.

타키나가 탈의실에서 사격장과 탄약고가 있는 가게 지하로 사라지기 무섭게 기다렸다는 듯이 가게 뒷문으로 들어온 미즈키와 가게 벽장 안에서 치사토와 타키나를 원격으로 지원해주었던 쿠루미가 나타났다.

"그건 무슨 표정이야?"

"어? 으응? 이거? 이건 말이지…. 이러쿵저러쿵 여차여차… 그렇게 된 거야!"

오! 하고 두 사람이 탄성을 질렀다.

"뭐야, 그럼 타키나 녀석이 도이 씨에게 진심이란 말이야?"

"확정, 확정. 완전히 플래그가 펄럭거려."

"잘 몰라서 그러는데, 그럼 이런 경우엔 다음에 어떻게 돼?"

치사토는 옷 갈아입던 손을 멈추고 속옷만 입은 채 팔짱을 끼고 고개를 갸웃했다. 가만 생각해 보니, 치사토도 잘 모른다.

게임에서는 일정 레벨 이상으로 호감도를 높이면, 상대 쪽에서 호출

이 와서 교제를 신청하기도 하지만….

그렇게 말하자, 이번에는 쿠루미가 고개를 갸웃했다.

"문제는 그거야. 도이 쪽에서 타키나를 연애 대상으로 보지 않으면 다 소용없는 거 아냐? 아무리 호감도가 높아졌어도 말이지."

"젊은 남자라면 욕정을 느끼면 그 다음은 시간문제지만… 도이 씨는 글쎄? 어렵지 않을까? 분별 있는 나이잖아."

미즈키의 말에 치사토는 마음이 초조해졌다.

그럼 뭐야, 플래그가 힘차게 펄럭거릴 만큼 호감도도 높여놨는데 그게 다 헛수고가 돼버린다고?

이렇게까지 밥상을 다 차려줬는데?!

"미즈키, 그럼 도이 아저씨가 의식만 하면… 오케이?"

"그럴지도?"

"그럼 뒷일은 나에게 맡겨!"

치사토는 번개같이 카페 유니폼으로 갈아입고 플로어로 뛰쳐나갔다.

가게 안의 시선이 집중되었지만 알 바 아니다. 미소녀가 주목받는 건 당연한 일이니까.

그보다 도이다, 도이는 어디 있지? 있다. 이제 가려고 하는 중, 아니, 지금 막 가게를 나가버렸다. 안 돼!

치사토는 가게 밖으로 뛰쳐나가 급하게 그를 불러 세웠다.

"왜, 치사토? 아, 내가 뭘 놓고 나왔나?"

"아뇨, 그게 아니고요…. 잠깐 할 이야기가!"

치사토는 호흡을 가다듬고 나서, 전부 이야기하기로 마음먹었다.

실은요, 라고.

최근에 자신들이 왜 툭하면 도이와 함께 시간을 보냈는지.

그 계기는 도이에 대한 타키나의 호감이었다고….

오지랖이다. 하지만 안 하고 실패할 바에는 해버리는 게 낫다.

애써 노력했는데 전부 헛수고가 되어버리는 게 싫었고 무엇보다 타키나가 더 많이 웃어주기를 바라는 마음이 컸다. 그녀가 행복하기를 바란다. 그리고 그렇게 되면 언제나 우울해하던 도이도 다시 새로운 인생에 첫발을 내디딜 수 있을 것이다.

그렇다, 윈윈이다. 치사토가 좋아하는 말이다.

아무도 손해 보지 않는다. 모두가 행복하다. 누군가가 행복해져서 그 주변 사람들까지 행복해진다면… 그보다 멋진 일은 없다.

그러니까…!

"실은요…, 타키나는 도이 아저씨를 좋아해요…. 저기, 혹시 가능성이 있다면 타키나에 대해 진지하게 생각해봐주시면 안 될까요?"

어라? 그냥 조금 의식해주길 바랐을 뿐인데, 죄다 말해버린 것 같기도…?

―뭐, 아무렴 어때!

자루소바에 국물을 몽땅 부어버린 느낌도 들지만, 치사토는 생각하지 않기로 했다.

후회해도 의미 없다. 그 시간이 아깝다, 그렇다면 지금 상황을 오케이라고 치고 다음으로 넘어가야 한다. 그것이 니시키기 치사토가 사는 방식이다.

"뭐… 그, 그래…? 의외라고 할까…. 인생은 정말로… 무슨 일이 일어날지 모른다고 할까…. 그게 정말이니?"

"정말이에요!! 제가 보장해요!! …아, 역시 전혀 모르고 계셨어요?"

전혀, 라고 말하려다 도이는 입을 다물었다. 그렇게 생각하고 돌아보니, 이래저래 짚이는 바가 없는 것도 아니다.

항상 블렌드 커피밖에 주문하지 않는데도 왠지 매번 성실하게 타키나는 주문을 받으러 오고, 밖에서 함께 시간을 보낼 때도 타키나는 어떻게든 도이를 격려해주려고 하는 듯한 발언과 행동이 많았다.

도이가 그 말을 하자, 치사토가 짝! 하고 손뼉을 쳤다.

"그거예요!! 바로 그거라고요!! 사랑에 빠진 소녀의 수줍은 대시!! 사랑에 서툰 소녀의 최선을 다한 호감 표현!! 아시겠어요? 두 사람의 스토리는 이미 시작된 거라고요!!"

이 사랑은 성공할 것이다. 아니, 이미 성공했다. 치사토는 그렇게 확신했다.

그리고 큐피드는 자신이다.

결혼식 때 사회는 물론이고, 다른 리코리코 멤버들과 함께 '무당벌레 삼바'도 불러줄게!

맡겨만 줘!!

9

미즈키는 치사토가 뛰쳐나간 탈의실 문을 바라보면서 짜증스러운 목소리로 말했다.

"꼭 있지, 저런 오지랖쟁이! 일을 망치는 건 대체로 저런 녀석이야. 둘을 연결시켜주려다 남자가 그 오지랖쟁이를 좋아하게 되는 최악의 패턴 말이야."

"어쩐지 감정이 실린 발언이네, 미즈키. 실제 경험이야?"

쿠루미의 말에, 미즈키는 흥! 하고 어느 쪽으로도 해석할 수 있는 반응을 보일 뿐이었다.

"꽤 시끄럽던데, 무슨 일 있었나요?"

타키나가 지하에서 탈의실로 돌아오자, 미즈키와 쿠루미는 얼버무리

듯이 어깨를 으쓱했다.

"평소처럼 치사토가 치사토 한 것뿐이야. 신경 쓰지 마."

"근데 솔직히 어때? 타키나, 도이 씨 말이야."

어이! 하고 쿠루미가 깜짝 놀라 미즈키의 얼굴을 쳐다보았다. 당황한 얼굴이다. 아마 정말로 미즈키가 관심 있는 건 자신의 연애뿐이고 타인의 연애 따위는 어찌되든 상관없다…기보다 쓰레기라고 생각하는 걸지도 모른다.

아니, 어쩌면 단순히 순조로워 보여서 기분이 상한 걸지도 모른다.

그녀는 자신이 불행해지는 건 당연히 싫어하고, 남이 행복해지는 건 그 다음 정도로 싫어한다. 그런 여자다. 적어도 쿠루미는 그렇게 추측하고 있었다.

"도이 아저씨요? …잘됐다고 생각해요. 기운을 차리신 것 같아서요."

"그게 아니라 좋아하는지 묻는 거야. 좋아한다면 꾸물거리지 말고—."

"싫어해요."

"⋯⋯⋯⋯⋯뭐?"

전혀 예상하지 못한 말이 나오는 바람에 쿠루미는 그 자리에 굳어 버렸다. 그건 미즈키도 마찬가지였다. 연애를 의식하고 있느냐는 질문이었고…, 좋아하는지 싫어하는지는 이미 끝난 문제라고 생각했는데….

"싫… 뭐? 야, 타키나. 너…? 하지만 지금까지 엄청 신경 쓰면서… 엥?"

"당연히 신경 쓰이죠. 붐비는 시간에도 맨날 커피 한 잔 놓고 몇 시간씩 자리를 차지하고 있잖아요. 객단가도 제일 낮고, 다 떠나서 계속 우울한 얼굴로 있으면 가게 분위기에도 좋지 않아요."

잠시 묘한 침묵이 그 자리를 지배했다.

"…그럼 뭐야, 타키나가 도이를 신경 쓴 건 어떻게든 객단가를 높이고 우울한 얼굴을 안 하게 만들기 위해서…?"

"맞아요. 그게 아니면 뭐겠어요."

"남자로 보고 있었던 게 아니라…?"

미즈키의 말에 타키나는 노골적으로 이해할 수 없다는 표정을 지었다.

"처음부터 남자로 보였는데… 여자인가요?"

그게 아니라, 하고 미즈키는 할 말을 잃었다. 쿠루미도 참지 못하고 물었다.

"자, 잠깐만! 그런 손님은 도이 말고도… 아, 작가인 요네오카는? 그 사람도 정기적으로 머리를 쥐어뜯으면서 카운터석에 죽치고 앉아 있잖아. 하지만 그 녀석에게는 평범하게 대했으면서…."

"그 사람은 당이 떨어지면 머리가 안 돌아간다고 항상 디저트를 주문해주잖아요. 졸릴 때는 커피랑 에스프레소도 몇 잔씩 주문해주고요. 가게 매상에 공헌도는 제일 높은 편이에요."

가게를 뛰쳐나간 리코리코의 폭주열차 치사토가 지금쯤 뭘 하고 있을지를 생각하자, 쿠루미의 등에 식은땀이 흘렀다.

"…그럼 도이에 대해 정말로 아무 감정도 없는 거야?"

"싫었어요. 하지만 드디어 디저트에 눈뜬 것 같아서 다행이에요. 앞으로는 그렇게까지 싫지는 않을 것 같아요."

"그렇게 싫어하면서 용케 같이 놀러 다녔네."

"그건 치사토가 매번 억지로…. 대체 왜 그랬을까요?"

"아니…, 나한테 물어도 나야 모르지…."

쿠루미의 애매한 대답에, 기다려도 소용없다고 생각했는지 타키나는 동료들의 얼굴을 번갈아 쳐다보다가 재빨리 옷을 갈아입고 긴 흑발을 양쪽으로 묶으며 플로어로 나가버렸다.

"…이 일을 어쩌지?"

미즈키가 얼빠진 얼굴로 말했다.

뭘 어쩐단 말인가. 행동만은 특급으로 빠른 치사토니까 아마 한참 늦었으리라.

애당초 처음에 착각한 사람도 치사토고, 멋대로 둘의 관계를 응원하려고 한 사람도 치사토다. 이것도 저것도 다 치사토, 치사토, 치사토, 치사토….

그래, 치사토 잘못이야. 그게 쿠루미의 결론이었다.

"내 알 바 아냐. 다 치사토 잘못이야."

쿠루미는 지금 보고 들은 일을 가슴에 새기고 다람쥐가 둥지로 돌아가듯이 2층 다다미석의 벽장으로 돌아가버렸다.

"뭐, 나도 알 바 아니야. …어차피 처음부터 뻔히 보였던 결과였으니까."

그렇게 중얼거리는 미즈키의 목소리가 들린다.

쿠루미는 속으로 깊이 공감하며 벽장의 미닫이문을 닫았다.

10

─이럴 수가.

낮에 치사토가 한 말에, 도이는 한 번도 경험하지 못한 충격을 느꼈다.

55세, 닫혀가는 인생인 줄만 알았는데 이 나이에 이런 이벤트가 기다리고 있을 줄이야.

이노우에 타키나, 나이는 정확히 모르지만 십대 중반에서 후반. 혹

발이 아름다운 소녀였다. 장래 미인이 될 게 분명한, 아직 피어나기 전인 꽃봉오리다.

그런 그녀에게 55세는 말이 안 된다는 생각이 든다.

하지만 도이는 학창시절에 즐겨 읽었던 사극소설을 떠올렸다.

소설 속에서는 특히 무협물 같은 데서는 젊은 처녀가 도이보다 더 나이 많은 남자를 좋아하는 것은 흔한 일이었고, 첩이나 아내로 삼는 전개도 종종 있었다.

다시 말해 이상한 일은 아니다. 오히려 옛날 일본에서는 나이든 남자와 젊은 여자가 궁합이 좋다고 여겨 평범한 일이었다.

그래서 연상의 신부를 누님마누라라고는 불러도, 그 반대의 말은 존재하지 않는다…. 아마도.

그렇다면 자신도 진지하게 생각해 봐야 되지 않을까. 그래도 괜찮지 않을까. 그러는 게 진지한 태도이고, 그 아이— 타키나를 위하는 길이 아닐까.

그건 너무 자신에게 유리한 해석일까? …유리한? 이라는 건 자신은 이미 그녀와의 관계를 바란다는 뜻인가.

시험 삼아, 어디까지나 시험 삼아 그녀의 마음을 받아들인다 치고, 어떤 미래가 기다리고 있을지 생각해 본다.

어찌할 도리가 없는 나이 차…. 하지만 그것은 반드시 부정적인 것만은 아니다.

상대의 세계는 미지의 세계. 그렇다면 서로에게 자신의 세계를 알려줄 수도 있으리라. 공통점이 없다는 건 서로에 대해 모르는 것뿐이라는 뜻. 분명 이야깃거리는 끊이지 않을 것이다.

같은 세대와 사귀는 것보다 이점은 있다. 자신이 얻는 이점은 차치하더라도 타키나에게 또래와 사귀는 것보다는 훨씬 풍요로운 데이트를 약속할 수 있다.

솔직히 남은 인생에 다 쓰지 못할 만큼의 자산은 가지고 있다. 그걸 그녀를 위해 쓰는 것도 나쁘지는 않다.

그래, 그렇다. 꼭 끝까지 함께할 필요는 없다. 무엇보다 일단 자신과는 남은 수명 자체가 다르니까, 좋은 관계를 유지하다가 소녀를 레이디로 키워낸 시점에 추억만 남기고 사라지는 것도 멋진 어른의 모습이 아닐까.

그렇다. 마음이 있으면 어떤 결말을 선택하든, 둘 다 행복해질 수 있다.

그런 결론이 나왔을 때, 미카의 말이 뇌리를 스쳤다.

─얼마 남지 않은 인생, 다 살았다.

그래, 무의미하게 시간을 허비하는 건 아까운 짓이다.

그렇게 결심한 이상, 할 일은 얼마든지 있었다.

도이는 당장 동네 헬스장에 등록한 후, 곧바로 남성 전용 관리숍으로 향했다.

워킹에서도 느꼈다시피 타키나와는 나이 차 이상으로 체력 차가 있다.

하지만 그건 노력과 시간, 그리고 무엇보다 의욕으로 해결 가능하다.

돈을 가진 어른의 진심을 보여줄 때다.

삼주일 후.

계절은 여름의 절정이 다다라 있었다.

매미 울음소리가 요란한 가운데, 오랜만에 도이는 카페 리코리코의 종을 울렸다.

미카를 비롯해, 조금 놀란 기색인 단골손님들의 시선을 받으며 늘 앉던 카운터석으로.

하긴 무리도 아니다. 오랜만이라는 것 이상으로 외모가 달라졌다. 명백하게 젊어졌다.

근육이 다소 붙고, 그 이상으로 군살이 빠지고, 관리를 받은 덕분에 피부의 윤기가 달라졌다.

하지만 그렇다고 과하게 젊게 꾸미지는 않았다. 55세라는 어른의 매력을 버리는 어리석은 짓은 하지 않는다.

빈틈없이, 확실하게 어른의 일상 코디.

타타탁, 발소리를 내며 타키나가 쟁반을 손에 들고 다가왔다.

"도이 아저씨, 오랜만이에요. …주문하시겠어요?"

여전히 담담하다. 매일같이 오다가 갑자기 삼주일이나 안 나타났어도 '오랜만이에요'라는 한마디뿐. 쿨하다. 싫지 않다.

도이는 가게 안을 슬쩍 보았다.

손님을 응대하고 있던 치사토가 도이에게 몰래 윙크한다. 얼마든지 가능해요, 라고 말하는 것처럼.

도이는 타키나가 건네준 메뉴판을 받아들고 물끄러미 바라보았다.

"음, 뭘 먹을까. …일단 삼색경단이랑 여기에 어울리는 커피를. 오늘은 역시 아이스가 좋겠군. 그리고… 타키나, 혹시 괜찮으면 일 끝나고 식사나 하러 가지 않을래? 둘이서."

최고로 멋진 표정을 의식하면서 도이가 말했다.

그 후의 전개는 이미 말할 필요도 없다.

■ 인트로덕션 2

폐공장의 지하창고, 그 한구석을 거실이라 부르고 있었다.

단순히 여기에 소파 몇 개가 놓여 있고 비록 유선이지만 지하에서는 유일하게 인터넷이 터지는 곳이기도 해서 자연스럽게 모두가 이곳에서 많은 시간을 보내기 때문이다. 안 그러면 창문도 없고 주방도 없는, 막대한 양의 약물이 보관되어 있을 뿐인 장소를 거실이라고 부르지는 않을 것이다.

그 남자―블루독이라 불리는 남자는 언제나 그 구석에서 좋아하는 커피를 마시고 있었다.

캔커피다.

이런 음료가 있다는 건 이 나라에 와서 처음 알았다.

조국에는 아마 없을 거라고 생각한다. 있을지도 모르지만 본 적은 없었다.

고용주에게 자신들을 고용하려면 커피는 필수라고 했더니, 이 땅에 도착하자마자 박스째로 떠안겨준 것이다.

자신이 맛에 까다로운 남자라고는 생각하지 않는 블루독도 여기에는 할 말을 잃고 만다. 마실 때마다 금속성의 촉감이 껄끄럽기만 하다. 무엇보다 사용한 원두의 양이 매우 적고 향료범벅인 느낌이다.

하지만 마신다. 달리 커피가 없기 때문이다.

블루독의 조국은 빈말이라도 풍요로운 나라라고는 할 수 없지만, 커피원두 생산국이라 양질의 원두를 저렴하게 구하는 일에 한해서는 훌륭한 나라였다고 생각한다.

어릴 때 병상의 조모가 가르쳐주었다.

맛있는 커피에는 마법이 있다고.

사람에게 힘을 줄 수도 사람의 마음을 안정시킬 수도 있다…. 많은 일을 해주지만 그 끝에는 반드시 '행복'이 기다리고 있다고.

하지만 이 캔커피의 끝에 그런 것은 없다.

캔커피라는 음료가 맛이 없는 건지, 이 캔커피가 맛이 없는 건지 알 수 없다.

"…흥."

어쨌든 선택의 여지가 없는 것이다. 이걸 마시는 수밖에 없다.

조용히 커피를 마신다. 그때마다 저 멀리 조국을 떠올린다.

그 나라에서 자신 같은 사람이 살아남는 길은 총을 잡는 것뿐이었고 그렇게 날뛰다 결국 조국을 떠날 수밖에 없었다.

흘러 흘러 머나먼 아시아 구석의 일본으로. 그곳에서 시시한 일만 하고 있을 뿐. 마치 이 캔커피에 사용된 원두 같은 신세다.

하지만 커피를 제외하면 이 나라는 좋은 나라라고 생각하고 있다.

캔커피는 맛없지만 식사는 맛있다. 제공되는 음식은 중화요리를 비롯해 종류도 다양해서 블루독의 조국의 음식까지 먹을 수 있었고 그 대부분은 본고장보다 맛이 좋았다.

향신료의 종류가 적고 현지화한 경우가 많았지만 그건 일본인의 입맛에 맞춘 결과이고, 무엇보다 재료가 신선해서 잡내를 잡는 역할은 최소한으로도 충분하기 때문일 것이다. 펀치는 약하지만 나쁘지 않았다.

"이 나라는 좋은 나라야."

현재 고용주인 남자가 컴퓨터 모니터 너머에 있는 누군가와 대화를 하고 있었다. 언어는 영어지만, 고용주는 '아시아인'이다. 외모를 봐도 틀림없는 사실이고, 본인도 자부심이 있는지 스스로를 그렇게 부르고 있다.

즉, 인종의 문제가 아니라 고용주의 이름이 '아시아인'인 것이다.

그가 말하기를 일본, 중국, 한국, 베트남, 그리고 아주 조금이지만 싱가포르, 몽골, 그리고 북유럽계의 피도 조금 섞였고 태어난 곳은 밀입국선 위였다고 하니까, 이쯤 되면 어느 나라 사람인지는 아무도 알 수 없을뿐더러 본인도 전혀 신경 쓰지 않는다.

그래서 그는 '아시아인'인 것이다. 그의 자랑이기도 하다. 유라시아 대륙 동쪽은 전부 자신의 조국이라며 기세등등하다.

그 대담함이 블루독은 마음에 들었다.

"그래, 이 나라는 좋은 나라야. 약을 얼마든지 팔 수 있거든. 우리가 비집고 들어갈 여지가 충분해서 마음에 들어. 왜 아무도 노리지 않는 거지? 다른 나라 같으면 구역싸움으로 피비린내가 진동했을 텐데, 여기서는 아직 한 발도 쏘지 않았을 정도라고!"

별로 맛있지도 않은 캔커피를 들이켜고 심심해진 블루독은 아시아인과 대화하는 상대―모니터로 시선을 향했다.

일명 야쿠자라고 불리는 일본의 마피아인가. 아니면 야쿠자만큼은 조직화되어 있지 않은 젊은이들의 소규모 그룹인가. 스무 살 남짓 되어 보이는 모습에 묘하게 친절한 얼굴, 머리는 금발과 흑발의 기묘한 투톤 컬러…. 후자의 조직 같은 느낌이다.

이번에 일본에 오면서 밀수선으로 들여온 양이 상당하기 때문에 판매처는 여러 곳이 있을 것이다. 아마 그중 하나인 소규모 조직이리라.

들리는 이야기로 추측컨대 일반적인 판매방법과는 별개로 그들에게는 독자적인 특수한 루트가 있는 것 같았다. 박리다매인 모양이지만 매출액은 무시할 수 없다고 한다.

허브티가 어쩌고저쩌고 떠들고 있었지만 총과 피와 커피가 전문인 블루독으로서는 무슨 말인지 잘 알아들을 수 없었다.

뭐, 무슨 상관이란 말인가. 약물을 어디다 판매하든, 자신들 같은 무장집단은 물건과 고용주만 잘 지키면 그만이다. 그마저도 문제가 발생하지 않으면 나설 일이 없다. 임무에 대해서는 그렇게 받아들이고 있다.

『하지만 너무 방심하진 마, 아시아인. 우리 같은 후발조직이 어떻게 들어올 수 있었는지… 난 그게 항상 의문이었어. 고객에게 물어봤더니, 이 나라에서는 크게 거래하는 조직은 뭐가 됐든 전부 홀연히 사라져버린대.』

"적대 조직의 소행인가?"

『몰라. 사라진 뒤에는 시장에 공급량이 눈에 띄게 줄어든다고 하니까, 아마 동업자는 아닐 거야. …그렇다고 경찰도 아닌 것 같아. 대량 압수품 기록이나 체포된 사람이 없거든. 당연히 사체도 없고 그냥 조직이 통째로 사라져버려. 그래서 거기 딸린 고객들이 약을 찾아 좀비처럼 거리를 헤매 다니는 거지. 기묘하지 않아? 조직들 사이에서는 거의 도시전설이야.』

"알았다! 정의의 히어로 아냐?"

아시아인이 웃는다. 모니터 속의 남자도 웃는다.

『그럴지도 모르지, 아무튼 조심….』

모니터 속 남자의 말이 끊어졌다.

몇 초 뒤, 영상이 끊어진다. 회선이 끊긴 모양이다.

블루독은 두 번째 캔커피를 따려던 손을 멈췄다.

─어쩐지 느낌이 쎄하군.

뭔가가 온다. 그동안 수없이 사선을 누벼온 덕분에 얻은 직감이자 확신이었다.

경찰 특수부대, 군대… 그런 것들은 아니다. 그건 좀 더 숨 막히는 압

박감이 있다.

지금은 그런 느낌은 없지만… 가랑이에 차가운 금속이 꽉 밀착되는 듯한 감각이 있다. 분명 상당히 위험한 상대다.

이건… 뭐지? 어떤 놈들이지? 경험한 적이 없다.

블루독은 캔커피를 바닥에 내려놓고, 업무도구에 손을 뻗었다.

전신을 감싸는 방탄장비. 블루독이라는 이름의 유래가 된, 거대한 개 목걸이처럼 생긴 방탄 넥가드. 그리고 철가면.

"뭐지? 통신이 끊겼어…. 이봐, 왜 그래, 블루독?"

"일할 시간이야, 주인님. 호신용 총 정도는 갖고 있겠지? 총알은 있어? 확인해둬."

그렇게 말하면서 블루독은 AK47을 길게 늘려 바이포드를 부착한 듯한 모양의 머신건—RPK를 집어 들었다.

"인터넷 회선이 끊어진 것뿐이야. 상대 쪽이 정전이었을 수도 있고, 무엇보다—."

갑자기 조명이 꺼졌다.

역시 왔구나, 블루독은 생각했다.

아시아인은 허둥지둥 폐공장 안팎에 배치해둔 자신의 부하들에게 무선으로 연락을 취한다. 인터넷과 전기가 끊겨도, 독립된 네트워크망인 이쪽은 사용할 수 있는 모양이다.

아시아인의 얼굴이 일그러진다. 그 표정으로 알 수 있다. 물어볼 것까지도 없다.

역시 일할 시간이다. 위쪽에서 희미하게 총격 소리도 들려왔다.

"뭔가 영문을 알 수 없는 적과 교전 중인 것 같아. 지상에 있던 내 부하들은 거의 당한 모양이야. …블루독, 처리해줄 수 있지?"

"그러라고 우리를 일본에 부른 것 아닌가? 안심해. …그보다 쳐들어온 놈들이 누구야? 영문을 알 수 없는 적이라는 게 무슨 뜻이지?"

아시아인은 몹시 곤혹스러운 얼굴이다.

"그게… 여자애래."

"여자애?"

"예쁘대."

약이라도 빨았나, 블루독은 혼자 속으로 생각했다.

■ 제2화 『총격전과 커피와 치사토의 빨간 그것』

　실질적으로는 조직 외―말하자면 독립 불량조직이라 해도 과언이 아닌 타키나와 치사토였지만, 그 장비는 일반적인 리코리스의 것과 비슷했다.

　방검, 간이방탄, 적외선 장비 등등 현대 일본의 기술이 총동원된 제복에, 개개인의 발에 맞춰 제작되어 러닝하기에도 편한, 금속 컵이 들어간 특수 로퍼, 홀스터(주6)를 겸한 사첼백 스타일의 전술무기 가방. 그리고 그 가방 안에 총알이 장전된 여러 개의 탄창과 특수 척탄 몇 개. 나이프 외에 파라코드(주7), 간이치료 키트, 공구 몇 가지, 그리고 약간 눈길을 끄는 긴급방어 비밀장치까지 빼곡하게 수납되어 있다.

　타키나는 이것과 완전히 똑같지만 치사토에게는 명확하게 동시에 절대적으로 DA 소속의 리코리스 장비와는 다른 것이 있었다.

　총과 탄약이다.

　치사토가 사용하는 총은 45구경 거버먼트계를 베이스로 했을 것으로 추측되는 커스텀 총.

　끝 부분에 특징적인 컴펜세이터가 부착되어 있는데, 똑같은 디자인을 타키나는 본 적이 없으니까, 어쩌면 단 하나뿐인 것일지도 모른다.

　권총의 컴펜세이터는 원래 주로 그 상부에 구멍과 홈이 있어, 사격 시 여기로 가스를 분출시켜 총의 반동을 억제하는… 이른바 머즐 브레이크 효과에 의해 사격의 정밀도를 높이고 나아가 다음 탄 발사까지의 시간 로스를 줄이는 효과를 기대할 수 있다.

　그리고 부차적인 효과로 권총의 총구를 밀착한 사격이 가능해진다. 세미 오토매틱 권총의 경우, 대상물에 밀착하고 사격하려 하면 인체처

주6) 홀스터: 총을 넣는 휴대용 케이스
주7) 파라코드: 낙하산 줄.

럼 부드러운 대상물은 밀착한 순간 안으로 파고들어 총의 슬라이드가 밀려 버릴 가능성이 높다. 그렇게 되면 대개의 모델은 사격이 불가능해지지만 컴펜세이터는 총신 또는 프레임에 의해 고정되어 있기 때문에 —즉, 가동하는 슬라이드와 직접 접속되어 있지 않기 때문에 밀착한 채로 사격이 가능해진다.

치사토의 경우, 컴펜세이터에 총구를 반쯤 에워싸듯이 스파이크가 붙어 있어서 이것이 멀리서 봐도 그녀의 총이라는 것을 알 수 있는 특징이 되고 이질적인 그녀의 총 사용법으로도 연결된다.

치사토에게 컴펜세이터란 사격의 정밀도를 위해서가 아닌 완전히 타격용인 것이다. 실제로 타키나도 치사토가 총구로 내리쳐 자동차의 창문을 부수는 걸 본 적이 있었다.

빈말이라도 총에 좋다고는 할 수 없는 취급법이라, 타키나 입장에서는 황당할 따름이지만, 어떤 사정을 알고 나면 그런 식으로 사용하는 것도 어쩔 수 없다고 이해하게 된다.

"생각보다 일찍 들켰네."

치사토가 탄창을 갈아 끼우며 생긋 웃었다.

"어쩔 수 없죠. …묘하게 숙련된 적이 있었던 건 상정 외였어요."

대답하면서 타키나는 주위의 기척을 살폈다.

폐공장 안이다. 쿠루미와 미즈키의 사전조사로, 몸통—적의 우두머리와 약물—은 지하에 있는 게 밝혀졌기 때문에 협공 리스크를 고려해 먼저 옥외 및 지상부를 은밀히 제압할 예정이었다.

하지만 주변 및 옥상에 있던 파수꾼을 제압하고 1층 내부도 거의 마무리되어갈 무렵, 적의 반격이 시작돼서 요란한 총성이 울려 퍼지고 말았다.

"아마 적들 쪽에는 약물 바이어 조직과 별개로, 경험 많은 호위부대가 있는 것 같아요. 장비와 분위기가 명백하게 달랐어요. …방심하면 안 돼요, 치사토.”

적에게 들킨 시점에 은밀한 작전은 즉각 중지되고 폐공장의 송전 및 인터넷 회선을 쿠루미가 차단.

시각은 아직 동트기 전이다. 어둠으로 인해 약간의 혼란이 생겨서 그 혼란을 틈타 타키나와 치사토는 지상부를 제압하고 있었다. 이제 남은 건 지하뿐이다.

두 사람은 저항이 사라진 1층 통로를 경계하며 이동했다. 적은 이미 없지만, 방심은 금물이다.

『자재운반실 엘리베이터는 사용할 수 없어. 지하에서 부대를 태워 올려 보냈을 때 전기를 끊었으니까, 어중간한 위치에서 멈췄을 거야. 지하로 가려면 계단을 이용하는 수밖에 없어.』

헤드셋에서 들리는 쿠루미의 목소리.

거구의 남자들이 엘리베이터 안에서 우왕좌왕하는 모습을 상상한 모양인지 치사토가 웃었다.

“계단이 이 앞이었죠?”

타키나가 묻자 예스, 라는 대답이 돌아온다. 지도는 사전에 머릿속에 넣어두었지만 확인해서 나쁠 건 없다.

『그대로 쭉 가면 나오는 금속문 뒤가 계단실이야. 하지만 거의 확실하게….』

“있겠지, 뭐. 잠복해 있을 거야.”

『맞아, 치사토. 밖에서는 관측할 수 없어. 그러니까 내 드론을 먼저 하나 충돌시켜서 적의 기척을 확인해 볼게. 파손은 불가피하겠지만 그럴 가치는 있어.』

“너무 아까워. 경비도 많이 쓴다고 맨날 구박 먹는데.”

『이번 경비는 DA 부담이잖아. 신경 쓰지 마. 리스크는 회피하는 게 제일—.』

"아니, 시간이 아깝다고."

쿠루미의 말이 채 끝나기도 전에 치사토는 등에 멘 가방에서 섬광음향탄을 꺼내 그 자리에서 안전핀을 뽑고 레버를 당겨버렸다.

타키나는 경악했다. 레버는 던지기 직전에 당기는 게 상식인데 치사토는 손에 든 채 달리고 있었다.

폭발까지 남은 시간이 없다, 이제 곧—그 순간, 계단실로 이어지는 금속문에 도착과 동시에 몇 센티만 열고 치사토는 안쪽에 섬광음향탄을 던져 넣었다. 그러고는 문을 닫아버린다. 직후, 좁은 문틈으로 강렬한 빛이 뿜어 나왔다. 격렬한 폭음. 남자들의 비명소리. 곧바로 문을 열고 치사토가 번개처럼 돌입한다. 타키나도 총을 잡고 뒤를 따랐다.

계단실에는 도중에 방향 전환을 위한 계단참은 있지만 지하층과 지상층을 연결하는 콘크리트 계단뿐이다. 즉, 좁다. 그런 한정된 공간에서 강렬한 빛과 폭음에 눈과 귀가 노출되면 그 누구도 버틸 수 없다.

치사토는 계단을 달려 내려가면서, 바닥에 널브러진 남자들에게 거침없이 총알을 갈겨버렸다.

타키나와 달리 소음기를 부착하지 않은 45구경의 연사. 요란한 총성이 울리고, 남자들의 입에서 단말마의 비명이 터져 나온다.

비상등만 켜진 어두컴컴한 계단실에 붉은 꽃이 피었다. 꼬리에 꼬리를 물고.

그것은 마치 적의 몸에서 피어난 피안화 같았다.

치사토는 계단참의 벽을 박차고, 발이 바닥에 닿기도 전에 방향을 전환하면서 동시에 장전. 빈 탄창을 던져버리고 다시 지하를 향해 질주한다. 그리고 또다시 연사. 붉은 꽃이 흐드러지게 피어난다.

타키나도 계단을 뛰어내리듯이 질주해 쫓아간다. 계단참에 도착해 이어진 계단 밑을 보자, 이미 남자 셋이 쓰러져 있었다.

그때 남자 둘이 계단실로 뛰어 들어왔다. 경악한 남자들의 눈앞에 치사토가 한쪽 무릎을 꿇은 자세로 착지한다.

통상 치사토는 전투 훈련을 받은 남자에게는 여러 발을 쏜다.

지상층 및 옥외에 있던 총을 가진 잔챙이들과, 전투 경험이 있는 용병의 차이를 확인하면서 싸울 여유는 없기 때문에 아마 그녀는 전원이 후자라고 가정하고 대응했을 것이다.

즉, 이미 탄창은 비었을 것이다. 이대로는 위험하다.

—지금이야말로 자신이 나설 차례다.

하지만 타키나가 남자들을 겨누는 것보다 먼저 치사토가 움직였다.

치사토는 허리를 들면서 동시에 앞에 있는 남자의 명치에 온힘을 다해 권총을 힘껏 박아 넣었다. 남자의 몸이 기역 자로 접히고 다리가 허공에 붕 뜬다.

남자는 구역질을 할 새도 없이 그대로 엎드려 쓰러져버렸다.

치사토는 그 남자를 지나치면서 동시에 새 탄창을 가방 하부에서 꺼내고 다른 남자를 향해 쇄도했다.

당황한 남자는 허둥지둥 손에 들고 있던 AK를 겨누려 하지만, 아래로 향해 있던 총구가 정면을 향했을 때는 이미 치사토는 그 총을 피해 남자의 몸에 자신의 어깨와 팔꿈치가 닿을 만큼 가까운 거리까지 쇄도해 있었다.

궁지에 몰린 새가 품으로 날아들면 사냥꾼도 죽이지 않는다고 하지만 그것과 비슷하면서 다른 상황이다. 쏘고 싶어도 품을 파고들면 총신이 긴 AK는 사용할 수 없다.

하지만 치사토는 쏠 수 있다.

AK남과 밀착한 시점에 치사토는 이미 장전을 마치고 초근접거리 자세—양손으로 잡은 총을 자신의 가슴에 딱 붙여 고정하고 발포.

'붉은 꽃'이 두 사람 사이에 화려하게 피어난다.

남자가 뒷걸음질 치며 비틀거린다. 치사토는 애용하는 총을 두 손으로 잡아 비스듬히 기울이면서 얼굴을 앞으로 내밀고, 찰나에 남자의 턱을 노리고 발포. 확인사살 완료다.

여전히 초현실적이라고 할 수밖에 없는 그녀의 신들린 움직임에 타키나는 총을 겨눈 채 경악했다.

"앗, 타키나. 움직임이 빨라졌네!"

치사토는 타키나에게 미소를 지으며 총을 내리더니 앞서 엎드린 채 쓰러져 충격이 너무 큰 나머지 토하고 싶어도 토하지도 못하고 신음하는 남자의 뒷목에 다시 한 발을 갈겼다. 그러자 남자는 미동도 하지 않게 되었다.

치사토는 살인을 절대로 하지 않지만 살인 직전까지는 당연하게 한다. 거기에 인정사정 따위는 털끝만큼도 없다.

"전에는 더 느렸는데 성장했구나. 기특해, 기특해."

처음 콤비가 됐을 때 같으면 타키나가 커버에 들어가기도 전에 치사토는 모든 걸 클리어하고 계단실을 빠져나갔을 것이다. 확실히 최근 타키나의 행동 속도는 치사토에게 이끌리듯이 빨라졌다.

하지만….

타키나는 생각한다. 자신은 아직 부족하다. 실력, 경험… 아니, 평범함을 벗어난 '무언가'가.

리코리스에는 세 단계가 있다. 서드, 세컨드, 퍼스트.

그중 톱인 퍼스트 리코리스의 전투력은 흔히 괴물로 일컬어진다.

실제로 과거 타키나의 사수이기도 했던 하루카와 후키라는 퍼스트

리코리스는 그 작은 체구를 이용해 극도로 낮은 자세에서의 엄청난 고속 행동을 주특기로 삼았는데, 이것은 특히 거구의 남자를 상대로 매우 높은 효과를 발휘했다.

물론 상식을 초월한 후키의 그 움직임은, 체구가 작은 여성인 리코리스에게도 지나칠 정도로 효과적이어서 세컨드 이하의 리코리스들은 떼로 덤벼도 당해내지 못했고, 훈련이 끝난 뒤에는 '바퀴벌레'라는 뒷담화가 나올 정도였다.

하지만 그런 후키조차⋯ 명백하게 치사토의 실력에는 미치지 못한다.

치사토는 모든 의미에서 차원이 다른 것이다.

"좀 차분하게 행동해주세요. 만에 하나라도 실수하면⋯."

"그때는 타키나가 있잖아♪"

아직 전투 중인데도 치사토는 생글생글 웃는 얼굴이다. 진짜로 대단한 건지, 아니면 장난치는 건지 헷갈리기 시작한다.

타키나는 조그맣게 한숨을 내쉬었다.

"⋯역시 실탄을 쓰는 게 좋아요. 그러면 45구경 한 발이면 끝나니까. 탄약을 조금만 쓰고도 클리어할 수 있잖아요."

치사토가 평범하지 않은 방식으로 싸우는 것은 리코리스들은 결코 사용할 일 없는 치사토만의 독자적인 탄약 때문이다.

비살상탄. 이른바 고무탄이지만 그녀의 경우는 상당히 특수한 탄두로, 빨간 분말상의 고무—정확히 말하면 고무나무의 수액으로 만들어진 것이 아니라 지우개처럼 탄성을 지닌 플라스틱—와, 탄두의 중량 증가 및 파쇄 촉진을 목적으로 하는 금속가루를 뭉친 것으로 말하자면 플라스틱 프랜저블탄이었다.

목표물에 명중하면 탄두가 가루처럼 부서져, 솟구치는 선혈처럼 '빨간색'이 비산한다—옆에서 보면 붉은 피안화가 피어나는 것처럼 보이는 것은 그 때문이다.

치사토가 거리를 두고 정밀사격을 하지 않는 것은 모두 이 탄약 때문이라고 할 수 있다.

고무탄은 기본적으로 가벼워서 거리가 멀면 급격하게 파워가 떨어져 정밀한 사격이 불가능하다. 프랜저블탄의 경우, 그 불리한 특성은 더욱 강해진다.

이것을 감안하고 무장한 적과 대등하게 싸우기 위해서는, 결과적으로 극단적인 근거리전밖에 방법이 없었던 것이다. 45구경에 의한 초근거리 사격은 고무탄이라도 야구방망이 못지않은 충격을 줄 수 있다.

그래서 치사토는 위버 스탠스와 이등변삼각형 자세를 기본으로 삼는 일반적인 리코리스와 달리, 근거리전에 특히 효과적으로 알려진 C.A.R. 시스템을 베이스로 한 독자적인 사격 스타일을 취하고 있다.

특히 다른 점은 익스텐디드 포지션, 즉 총을 두 손으로 잡은 채 얼굴 앞에서 약간 비스듬하게 겨눌 때 본래의 C.A.R. 시스템이라면 그립을 잡은 손의 손등으로 한쪽 눈—오른손이라면 오른쪽 눈—의 시야를 가리고 다른 눈으로 총의 사이트를 이용해 정확하게 조준하지만… 치사토는 한쪽 눈을 가리지 않고 두 눈으로 조준한다. 예전에 본인에게 물어봤을 때 그녀는 "대충 하면 돼, 그러면 충분해"라고 대답했지만, 아마 지근거리가 아닌 곳에서의 발포를 고려할 필요가 없기도 하고 일시적이라도 시야를 좁게 만들지 않으려고 한 결과라고 타키나는 추측하고 있었다.

어쨌거나 치사토라는 사람은 스스로 적진에 뛰어들어 전투를 행하는 스타일이다. 그러니까 조금이라도 주변 상황을 파악해두고 싶은 것이리라.

아니면 단순히 오른손잡이 중에는 비교적 드문, 왼쪽 눈이 우위안인 타입이라 오른쪽 눈을 완전히 가리지 않아도 충분히 사이트로 조준이 가능한 것일 수도 있다. 그렇다면 타키나는 아직 본 적 없지만, 치사토가 좌우를 스위칭한다면 그때는 교과서에서 배운 그대로의 C.A.R. 시스템이 될지도 모른다.

"됐어, 됐어. 난 죽이지 않는 방식이 좋아. 그러니까 이걸로 충분해. 편리한 점도 있어."

"솔직히 이해하기 힘들어요, 지금도."

"언젠가는 알게 될 거야."

"지금 알고 싶어요."

"비밀은 마지막까지 숨기는 스타일이라."

타키나는 조금 짜증이 났다.

"…죽이지 않는 건 백번 양보해서 그렇다 쳐도, 치사토라면 실탄으로도 죽이지 않고 적을 무력화시킬 수 있잖아요."

"그건 타키나에게 맡길게. 역할 분담! 그게 바로 콤비! 자, 그럼 또 가보자고."

치사토는 이야기하는 와중에도, 쿠루미와의 통신을 위한 무선중계기를 계단실 벽에 부착한다.

"뭔가 서두르는 이유라도 있어요?"

"응? 합리적이고 군더더기를 싫어하는 타키나답지 않은 발언인걸. …앗? 사랑하는 치사토 언니와 조금이라도 더 오래 함께 있고 싶다는 뜨거운 열망이야?"

"아니에요."

"히~잉….."

"그래서 이유가 뭐예요?"

"빨리 끝내고, 리코리코 영업시간이 되기 전에 타키나랑 영화나 볼까 싶어서. 지난번에 도이 아저씨랑 같이 본 좀비 영화 있잖아. 그 전편! 실은 투보다 원이 더 걸작이거든!"

그럴 줄 알았어, 라고 타키나는 속으로 혀를 찼다.

"그럴 줄 알았다고 생각했어?"

"생각했어요. 남의 마음을 읽지 마세요. 그보다 그렇게 잘 알면…."

"자, 간다."

잔소리가 싫었는지, 치사토가 빠르게 계단실을 뛰쳐나갔다.

조그맣게 한숨을 내쉬고, 타키나는 치사토의 뒤를 쫓았다. 깜깜한 복도였다.

조금 더 가서 모퉁이를 돌면, 거기서부터는 약간 긴 직선 복도가 된다. 적이 맨 안쪽에 잠복하고 있다면 앞서 말한 이유에서 치사토에게는 불리해진다. 교전 거리가 벌어진 경우에는 타키나가 커버에 들어가야한다.

"으악?!"

앞서 달리던 치사토가 모퉁이에 다다른 순간, 황급히 뒤로 물러섰다.

"뭐, 뭔가가 있어!"

뭔가가? 하고 타키나는 의아하게 생각했다. 치사토와 위치를 바꿔 L자형인 통로 모퉁이에서 빠르게 고개를 살짝 내밀었다가 곧바로 숨는다.

전기를 차단한 탓에 깜깜해서 거의 보이지 않는다…. 하지만 그래도 군데군데 켜진 비상등 덕분에 예상한 대로 사람이 서 있는 느낌이 들었다. 30미터 정도 앞…인 것 같은데, 뭔가 수상하다.

타키나는 무릎을 꿇고 아까와는 다른 높이에서 다시 한 번 재빨리 고개를 내밀었다가 얼른 숨었다. 역시나 총격이 왔다. 라이플탄, 아마도

AK 계열. 30구경급. 방금 고개를 내밀었던 모서리의 윗부분이 격렬하게 패여 나갔다.

치사토가 '뭔가가 있다'고 말한 의미를 알 수 있었다.

사람의 그림자다. 하지만 그게 묘하게… 거대하다. 곰처럼 우람하고 키도 그 정도는 되는 것 같았다. 숨거나 벽 쪽에 붙지도 않고 너무나 당당하게 버티고 선 탓에 더 그렇게 보인 걸지도 모르지만… 명백하게 거대하다. 거리감이 이상해질 정도로.

"쿠루미~, 지하창고 앞 통로만 전력 회복 가능해?"

『괜찮겠어? 다 보일 텐데.』

"괜찮아. 아마 상관없을 거야."

암흑은 대개의 경우 습격하는 쪽에 유리하게 작용하지만, 상대가 이미 기다리고 있는 경우에는 별 도움이 되지 않는다. 오늘 야간투시 장비는 가지고 오지 않았고 반대로 상대가 장비하고 있을 가능성도 있다. 따라서 치사토의 행동에 타키나는 반대하지 않았다.

몇 초 후 조명이 들어오자 치사토는 핸드폰의 카메라 렌즈 부분만 모퉁이로 내밀어 촬영했다. 찍힌 사진을 보니 타키나가 느낀 그대로의 사진이 나왔다.

전신―그야말로 머리끝부터 발끝부터 빈틈없이 방탄장비를 두른 시커먼 거구의 인간이다. 천장 높이로 짐작컨대 2미터 가까이 되어 보였다.

이런 상대에게 효과적인 공격 포인트인 관절부위 역시 구면상의 보호대로 덮여 있어 거의 빈틈을 찾아볼 수 없다. 머리도 눈구멍만 뚫린 철가면으로 덮여 있고, 가동부 및 시야에 방해되기 때문에 가드하기 어려운 목 부분은 가시로 뒤덮인 거대한 개목걸이 같은 넥가드가 완전히 감싸고 있었다.

그리고 옆구리에 끼고 있는 것은 AK의 분대 지원 화기 버전인 RPK. 여기에 75연발식 드럼 탄창이 장비되어 있다.

흡사 도깨비 방망이를 든 도깨비 같은 모습이다. 창고로 이어지는 금속문을 등진 채 지키고 선 모습에는 관록이 엿보였다.

『블루독이잖아!』

"쿠루미, 아는 사람이에요?"

타키나는 진지했지만, 치사토가 "뭔 소리야" 라고 작은 소리로 태클을 걸 만큼 이상한 말을 해버린 것 같았다.

어둠의 사회에서 월넛이라는 이름으로 유명한 쿠루미라면, 이런 쪽으로 지인이 있어도 이상하지 않다고 생각했지만….

『장난해? 캐릭터가 강렬해서 기억하는 것뿐이야. 소규모 용병단의 리더야. 전신을 방탄장비로 무장하고 있어. 아마 클래스Ⅲ일걸.』

"클래스Ⅲ라고요?!"

타키나는 저도 모르게 되물었다. 이건 상당히 곤란하다.

치사토의 비살상탄은 논외라 치고, 타키나가 다루는 총의 탄약은 9밀리 패러벨럼, 풀 메탈 재킷탄, 게다가 소음기의 효과를 높이기 위해 발사 시 아음속역을 벗어나지 않도록 무거운 탄두를 사용하고 있기 때문에 관통력은 통상의 그것보다 높지만… 그래도 전혀 상대가 되지 않는다. 클래스Ⅲ는 30구경 라이플탄도 막아내는 것이다.

『일본에 있는 줄은 몰랐네. 이건 완전 무적이잖아.』

일본 경찰에서 라이플을 다루는 것은 극소수 부대로 한정되어 있고 쉽게 출동하지도 않을뿐더러 체포를 목적으로 하는 이상, 척탄 종류도 비살상탄밖에 소지하지 않는다.

타키나는 생각했다. 클래스Ⅲ라도 무적은 아니다. 적이 사용하던 AK를 회수해 와서 같은 곳에 여러 발을 쏘면… 아니, 무리다. 정확히 확인하지는 않았지만 그들이 사용하고 있던 것은 이즈마쉬사의 순정품이 아닌 비정규 카피 총, 그것도 오래된 것들뿐이었다. 정밀도는 기대하기 힘들고 무엇보다 쏘는 동안 이쪽이 벌집이 될 게 자명하다.

"치사토, 일단 철수해서 태세를 정비하기로 해요. 이대로는 무리예요."

합리적인 판단이다. 이 상황에서는 다량의 폭발물이나 대물 라이플이라도 가져오지 않는 한 방법이 없다.

하지만 치사토는 턱에 손을 대고 생각에 잠겨 있다.

"…적이 우리 쪽으로 오지는 않네. 대항할 수 있는 장비가 우리에게 없다는 건 아마 알 텐데도."

『그야 무거우니까 그렇겠지. 전신을 방탄장비로 감싸면 그 무게만도 수십 킬로그램… 어쩌면 세 자리에 육박할 수도 있어. 자칫 잘못 움직였다가 옆이 뚫리는 실수를 저지르기 싫은 거겠지. 어떻게 하든 둔중하니까.』

그러게… 하고 치사토는 중얼거리면서 가방에서 스모크 척탄을 꺼냈다.

"치사토, 그건…. 불길한 예감이 드네요."

"앗, 눈치챘어? 그럼 타키나, 원호 부탁해. 난 이대로 돌진할 테니까."

"제정신이에요?"

"난 언제나 진지해. …걱정 마, 승산은 있으니까. 아니, 오히려 여유만만이야."

이쯤 되면 무슨 말을 해도 치사토는 듣지 않는다는 것은 알고 있다.

치사토가 의논이고 뭐고 없이, 당연하다는 듯이 스모크 척탄을 통로 안쪽을 향해 던졌다. 펑 소리와 함께 스모크가 퍼져 나가고… 있을 것이다. 고개를 내밀어 확인할 수는 없으니까 어디까지나 예상이다.

조금 지나자, 타키나와 치사토가 있는 곳까지 연기가 밀려온다. 스모크 척탄은 실내에서 사용하면 효과가 높다. 아마 통로는 이미 흰 연기로 뒤덮여 1미터 앞도 분간하기 힘든 상태일 것이다.

그때, 블루독의 산발적인 총격이 시작되었다. 접근 가능성을 고려한 위협사격이다.

순식간에 쇄도할 줄 알았던 치사토는 뜻밖에도 뭔가를 기다리는 것처럼 그 자리에 선 채 꼼짝하지 않았다.

수십 초….

지하니까 환기시스템이 있을 것이다. 전력을 회복시킬 때 환기 시스템도 다시 작동을 시작한 모양인지 연기는 타키나의 예상보다 빠르게 흩어지고 있었다.

"음, 얼마 안 남았는데 말이지."

블루독의 산발적인 총격이 멎었다. 다시 시야가 돌아온 것이리라—
그와 동시에, 치사토가 팔을 뻗어 총 끝만 내밀고 통로 안쪽을 향해 총격을 가한다. 조준하지 않은 총알은 당연히 맞지도 않을 뿐더러 맞는다 해도 고무탄이다. 타키나는 도무지 의미를 알 수 없었다.

"…뭐야, 고무탄? …장난하는 건가?"

블루독으로 추정되는 굵직한 목소리의 영어가 들렸다. 직후, 총격이 온다. 전자동식. 치사토가 얼른 팔을 숨기고 모서리가 거칠게 패여 나간다.

"오케이, 슬슬 가볼까."

"…네?"

"블루독의 RPK는 이제 대여섯 발밖에 안 남았어."

"…설마 세고 있었던 거예요?"

"뭐야, 타키나는 안 세고 있었어? 요 깜빡쟁이♡ …간다!"

치사토는 그 말을 남기고 번개처럼 튀어나갔다.

한 발씩 쏘는 점사(點射)라면 몰라도 그리고 20~30발 탄창인 어썰트 라이플이라면 몰라도… 전자동 머신 건의 총알을 셀 생각은 보통은 아무도 하지 않는다.

설사 완전히 세고 있었다 해도 대여섯 발이나 남아 있으면 아직 충분히 위협적이다. 치사토의 제정신 여부를 의심하지 않을 수 없다.

타키나는 급히 총을 잡은 한쪽 팔과 얼굴 반만 내밀고, 통로 안쪽을 겨눈다.

블루독은 치사토의 예상대로 남은 총알이 적은 것을 파악하고 교환용 드럼 탄창을 왼손에 들고 있었다.

옅어진 연기 속에 치사토가 자세를 낮추고 돌진한다.

실수로 그녀의 등에 맞지 않도록 타키나는 한 팔이지만 정확하게 조준하고 그리고 쏜다. 두 발.

첫 번째 총알이 블루독의 복부, 다음 총알이 머리에 명중. 하지만 블루독은 비틀거리지도 않는다. 그것을 확인하고도 타키나는 계속해서 쏘았다.

블루독은 타키나에게는 신경 쓰지 않고, 두 발씩 점사로 치사토를 노린다. 하지만 질주하는 그녀는 총구의 움직임을 완벽하게 파악해 가볍게 총격을 피하고 여세를 몰아 벽에 발을 붙이고 그대로 내달린다.

블루독의 총구가 다시 불을 뿜지만 치사토는 벽을 박차고 텀블링하듯이 머리를 아래로 향한 채 공중으로 몸을 날려 총알을 피한다.

하지만 공중에서는 더 이상 피할 수 없다.

몸을 숨기고 있을 때가 아니다. 타키나는 모퉁이에서 몸을 완전히 드러내고, 양손으로 총을 단단히 잡고서 조준하고 쏜다. 총알이 향하는 곳은 철가면이 아니다. 그의 손에 들린 총—RPK다.

치사토도 공중에서 머리를 아래로 향한 채 45구경을 속사. 치사토를 조준하려던 RPK에 여러 발이 명중, 붉은 꽃과 불꽃이 난무하고 옆으로 튕겨나간 총알이 폭발해 벽에 구멍을 하나 만든다.

그것으로 끝이었다. 명백하게 블루독은 방아쇠를 당기고 있지만 RPK는 첫 한 발 이후 침묵을 지키고 있다—. 총알이 떨어진 것이다.

—지금이야!

타키나도 모퉁이에서 뛰쳐나와 전력질주. 총알이 별로 남지 않은 탄창은 이때 교환.

바닥에 착지한 치사토도 폭풍질주로 거리를 좁히고 있었지만 아직 15미터는 남은 상태다.

블루독은 손에 들고 있던 드럼 탄창을 RPK에 내리치듯이 해서 빈 탄창을 빼버리고, 서둘러 거기에 장전하려고 한다.

지금 장전하게 놔두면 두 사람 모두 꼼짝없이 당하고 만다.

타키나, 줄기차게 쏜다. 드럼 탄창을 부술 수 있다면 제일 좋겠지만 달리면서 명중시키기란 불가능하다. 하지만 쏘면 맞을 가능성이 조금이라도 생긴다.

그래서 쏜다. 헛수고는 아니다.

하지만 명중하는 탄은 나오지 않았다. RPK에 다시 75연발 드럼 탄창 장전 완료. 블루독, 무서운 속도로 쇄도하는 치사토를 경계해 뒤로 물러서면서, 총을 겨드랑이에 끼고 조준한다.

치사토, 등에 메고 있던 가방을 앞으로 내밀어 비밀 끈을 잡아당긴다—동시에 숨겨져 있던, 리코리스 기술 부문의 자랑, 방탄 에어백이 폭발하듯 급전개. 흰 풍선 모양의 그것이 통로를 가득 메운다. 거기에 RPK의 전자동 총격이 잇따라 명중한다.

방탄 에어백은 전개에서 종료까지의 1초가량밖에 효과가 없다—하지만 치사토에게는 충분한 시간이었다.

방탄 에어백이 라이플탄을 못 버티고 터져버렸을 때, 이미 치사토는 블루독의 눈앞에 쇄도해 있었다.

치사토는 가방을 재빨리 다시 등에 메면서 RPK의 그립을 잡은 블루독의 손을 자신의 총구로 내리쳤다. 선단부의 스파이크가 그의 손가락에 박히는 것과 동시에 발포.

방탄 기능이 있는 손토시는 있어도, 손가락까지 완전히 보호하는 장갑은 존재하지 않는다.

블루독의 무방비에 가까운 손가락에 스파이크가 박히고, 플라스틱 프랜저블탄에 의해 휘어지고 꺾인다. RPK가 바다에 떨어지고, 거구의 남자가 비틀거린다.

치사토는 거기서 멈추지 않는다.

자신의 몸을 상대의 거구에 밀착시키고 총구를 그의 하복부, 방탄 플레이트 틈새로 힘껏 쑤셔 넣어 연사. 선혈처럼 붉은 분진이 피어오른다.

블루독, 다시 비틀거리며 뒷걸음질 치다가 한쪽 무릎을 꿇는다. 그때, 그의 왼손이 허리 뒤춤에서 커다란 칼—쿠크리 나이프를 뽑았다.

치사토의 총에는 총알이 없다. 하지만 그녀는 물러서지 않는다, 오히려 앞으로 나아간다. 그리고 철가면으로 덮인 적의 얼굴을 걷어차고 그 발로 그대로 이번에는 뒤꿈치를 철가면에 박아 넣는다.

리코리스 로퍼의 발부리와 발꿈치에는 금속 컵이 장치되어 있어서 평범한 발차기로도 콘크리트 블록을 부술 수 있다. 그런 발차기 이연타. 블루독은 그런 발차기를 당하고도 나이프를 휘두르는 손을 멈추지 않는다.

"치사토!"

질주하던 타키나가 슬라이딩하듯이 그 자리에 엉덩이를 미끄러뜨리고, 세운 무릎 위에 팔을 올린다. 달릴 때보다 정확하게 조준할 수 있다. 남아 있는 총알 전부를 블루독이 쥐고 있는 나이프에 박아 넣는다.

칼날이 산산조각 나고 그의 손가락이 떨어져 공중으로 날아간다. 진짜 선혈이 뿜어 나온다.

치사토는 장전 완료와 동시에 피가 솟구치는 블루독의 왼팔을 들어 올리고, 장갑이 없는 그의 겨드랑이에 총구를 쑤셔 박았다.

"이건 좀 아플걸?"

전자동과 다름없는 속도로 모든 총알 발사. 블루독이 처음으로 비명을 지른다. 굵은 신음소리. 남자의 거구가 완전히 무너져 내린다.

바닥에 쓰러진 블루독이었지만 아직도 움직인다. 왼쪽 갈비뼈는 확실하게 전멸, 내부 장기도 어느 정도 손상되었을 텐데 여전히 일어서려고 한다.

간신히 블루독 앞에 도착한 타키나는 그의 몸을 걷어차 다시 쓰러뜨리고 더는 저항하지 못하도록 발목관절 부분에 연속으로 총알을 박아 넣었다. 효과가 있는지는 알 수 없지만, 안 하는 것보다는 나을 것이다.

치사토가 블루독의 가슴 위에 한쪽 무릎을 올려놓고 체중을 실어 압박한다.

그녀의 총—새 탄창을 뱃속에 품은 그것은 철가면을 겨누고 있었다.

철가면 안쪽의 눈이 현실을 받아들이지 못하는 듯 경악해 떨고 있다.

치사토는 한결같이 상냥하게 미소 지었다.

"오빠는 터프하니까 조금 과격하게 할게. …죽으면 안 돼, 힘내."

치사토가 영어로 말하자, 블루독의 눈이 경악에서 체념의 그것으로 바뀐다.

"…힘내면 상이라도 주는 거냐?"

"알았어, 줄게. 뭐가 좋아?"

"……맛있는 커피를."

"맡겨주시라!"

그리고 치사토는 지근거리에서 탄창 하나 분량―야구방망이 일격에 필적하는 45구경의 6발 전부를 일말의 망설임 없이 블루독의 안면에 박아 넣었다.

죽음을 초래하지 않는 치사토의 피안화가 흐드러지게 피어난다.

타키나와 치사토는 지하창고 안으로 돌입했다.

넓은 지하창고 안을 둘이서 샅샅이 뒤졌지만, 대량의 약물과 어느 정도의 총기만 남아 있을 뿐이었다.

『치사토, 타키나, 미안해. 내 실수야. 타깃이 공장 밖으로 도망쳤어.』

뭐? 하고 저도 모르게 타키나와 치사토가 되물었다. 도주로는 사전에 차단해두었기 때문이다.

『그 지하창고에는 통기구가 있는데… 그게 아마 사람이 다닐 수 있게 되어 있나 봐.』

"뭐야, 진짜로?! 완전 할리우드네!"

"치사토, 왜 그렇게 설레는 얼굴이에요?"

"아니, 그게… 살짝 로망이잖아!"

영화와 달리 현실세계의 통기구는 사람이 다닐 수 있게 만들어져 있지 않다. 사람이 들어가지 못할 만큼 좁거나, 체중을 버틸 만큼의 내구성이 없거나, 애당초 일정 구간마다 금속제 댐퍼나 철망 등으로 막혀 있는 것이다.

그래서 통기구를 통해 탈출하거나 잠입하는 것은 영화 마니아에게는

어떤 의미에서는 로망이자 덧없는 꿈··· 이라고, 치사토는 타키나에게
열변을 토했다.

『아마 거기에도 원래 댐퍼가 있었을 거야. 하지만 만약의 경우에 대
비해 탈출 루트로 미리 제거해둔 것 같아.』

적진을 탈출하거나 침입할 때 그런 공작을 하면 당연히 소음 때문에
들킬 수밖에 없지만, 자신의 은신처로 사용하는 건물의 통기구라면 소
음 문제는 없다. 과연 그러네, 하고 치사토는 더욱 감탄한 기색이었다.

타키나로서는 그보다는 블루독의 전법이 납득이 되었다. 그는 결국
타깃을 도주시키기 위한 미끼가 되어 침입자의 주의를 끄는 게 목적이
었을 것이다. 그런 중무장을 한 거한이 버티고 있으면 그 너머에 지키
는 대상이 있다고 추측하게 마련이다.

그래서 그 남자는 복도 안쪽에서 꼼짝하지 않았던 것이다. 끝까지 쓸
데없이 최대한 시간을 낭비하게 만들기 위해.

진다는 생각은 없었을 것이다. 하지만 최악의 경우, 자신이 거기서
죽는 것도 마다하지 않는 전법이다.

그런 직업정신은 타키나는 싫지 않았다.

"치사토, 설레고 있는 와중에 미안하지만··· 추격하려면 조기 퇴근은
기대하기 힘들 거예요."

"뭐?! ···히~~~~잉, 당했다~~!!"

『타깃은 스쿠터를 타고 시내 쪽으로 도주 중이야. 드론으로 추적하
고는 있지만 어디까지 따라갈 수 있을지는 몰라.』

"차라리 경찰에 맡길까요?"

"안 돼, 타키나. 총을 가졌을 수도 있고 그러면 큰 사건이 돼버려."

일본의 평화를, 치안이 좋다고 알려진 나라의 이미지를 지키는 것이
야말로 리코리스의 임무다. 그건 타키나도 알고는 있다.

그리고 평화로운 일본의 경찰관은, 애당초 총격전을 상정한 장비와 훈련, 마음가짐을 가지고 있지 않다는 점도 이해는 하고 있었다.

"DA에서 우리에게 의뢰한 이유는 신속하게, 최소한의 피해로 대상을 타파하고, 동시에―."

치사토는 자신의 총을 타키나에게 보여주는 듯한 자세를 취했다.

"타깃을 죽이지 않고 제압할 수 있기 때문이야. 이건 일본 경찰도, DA의 리코리스도 못해."

"…아아, 아까 그 비밀을 공개하는 건가요?"

치사토가 비살상탄을 사용하는 이유 중 하나. 죽이지 않고 제압할 수 있다는 것은 경우에 따라서는 확실하게 장점…이라기보다, 모든 경우에 죽이지 않고 적을 무력화할 수 있다면 그보다 좋은 일은 없다.

특히 약물 관련이라면, 물건 자체보다 유통경로를 밝히는 게 더 중요하다는 사실은 타키나도 알고 있었다.

다만 그러기 위해서는 비살상탄이라는 너무나 취약한 무장으로 블루독처럼 막강한 적을 상대할 각오와 함께 그 적을 이길 만큼의 압도적인 실력이 필요해진다.

그래서 치사토인 것이다.

인간의 한계를 초월한 그녀의 능력이 극히 중요한 의미를 갖는다.

DA가 치사토를 탐탁지 않게 여기면서도 결코 놓아주지 않는 것은 그 때문이리라.

"알았어요. 지금은 뭐, 그래도 좋아요. …그래서 이제 어떡하죠?"

"당연히 쫓아가야지. 임무니까."

"알겠어요. 그럼 영화는 포기해야겠네요."

"히잉….."

그러고 보니까, 하고 타키나는 문득 생각했다. 오늘은 자신이 오하기 당번이다. 나오기 전에 일단 재료 준비만 해두었다. 임무가 끝나면 하려고 했지만… 어쩔 수 없다.

아마 점장님이 자신 대신 그 커다란 손으로 귀엽게 완성해줄 것이다.

"가요, 치사토."

"응…."

1

폐공장 밖에 주차해두었던 차는 모조리 부서져 있었다. 하지만 부하들이 식료품을 사러 갈 때 쓰던 고물 스쿠터만은 옆으로 쓰러져 고장 난 것처럼 보인 덕분에 무사해서, 아시아인은 그걸 타고 도주했다.

아시아인은 이번에 일본으로 약물을 반입하느라 거의 전 재산을 써 버렸다. 하지만 그래도 몸만 무사하다면 재기는 가능할 것이다. 그럴 자신도 있었다.

그래서 도망친다. 안전을 확보할 수 있을 때까지, 무작정.

바이크는 시내에 접어든 지점에서 버려 버렸다. 도주 루트는 복잡하게 만들어두고 싶다. 다음은 전철이다. 이걸 타고 일단 수도권을 벗어날 작정이었다.

이미 해가 떠올라 있었다. 하지만 아직 이른 시간이라 열차 안은 한산하다. 도쿄에서 멀어지는 하행선 열차라 그런 걸지도 모른다.

아시아인은 빈자리에 앉았다.

머릿속에 온갖 상념이 떠오르지만, 신기하게도 모든 게 열차의 흔들림에 흩어져 사라져간다.

지친 것이다. 그걸 여실히 느낀다.

열차가 역에 멈춘다. 여자의 목소리가 들려서, 아시아인은 저도 모르게 품속의 총에 손을 가져갔다. 글록42. 어른 손바닥에 쏙 들어갈 만큼 작은 세미 오토매틱 권총이지만, 충분히 사람을 죽일 수 있는 위력이 있다.

쳐다보니, 운동부 아침연습이라도 가는 모양인지 세일러복을 입은 여학생 한 무리가 올라탔다.

—예쁜 여자애.

부하가 무선으로 전해온 침입자의 정보였다.

예쁘다는 건 개인적인 느낌이니까 차치하고, 여자라고 하지 않고 여자애라고 말한 게 마음에 걸렸다.

성인 여자가 아님을 한눈에 알 수 있는 무언가가 있었던 것이다. 그래, 예를 들면 명백하게 꼬마라든가, 아니면… 교복.

아시아인은 온몸의 땀구멍에서 땀이 분출되는 것을 느꼈다.

그러자 여학생 무리가 힐끔거리며 아시아인을 쳐다본다. 그럴 만하다. 땀범벅이 되어 그녀들을 노려보는 남자, 거친 숨을 몰아쉬며 품속에 손을 집어넣고 있는 남자가 수상하지 않다면 거짓말이다.

아시아인은 자리에서 일어나 뒤쪽 칸으로 이동했다.

눈에 띄는 것은 좋지 않다. 경찰에 신고라도 당하면… 그런가. 그래. 그렇구나!

적이 누구든 분명 공적인 조직은 아니다. 어린 여자애를 공적 기관에서 쓸 리 없기 때문이다.

그렇다면 아시아인이나 블루독처럼 비합법적인 어떤 조직이 분명하다. 그런 놈들이 N시스템이나 길거리의 감시카메라 등을 이용해 자신을 추적할 수 있을 리 없다.

조금만 생각하면 금방 알 수 있는 일이다. 그걸 지금까지 몰랐던 건 당황하고 혼란스럽고 그리고 역시 정말로 지쳐 있었기 때문이다.

곤란해. 지금의 상황에서 냉정한 판단을 하지 못하는 것은 치명적이다.

진정하자.

자신은 이미 안전하다. 괜찮다. 거리만 멀어진다면 무사히 도망칠 수 있다.

…하지만 한 가지 문제가 있다.

총이다.

이 지나치게 평화로운 나라에서는 통상, 어떤 것이든, 그리고 어떤 사람이든, 이걸 가지고 있으면 무적이 된다.

하지만 그렇기 때문에 총을 가지고 있는 걸 들키면 당장 사회적인 큰 사건으로 발전하는 나라이기도 하다.

즉, 일본에서의 총은 몸을 지키는 최강의 에이스지만, 동시에 신세를 망치는 조커도 될 수 있는 것이다.

곤란해. 지금 자신은 눈에 띈다. 만약 그 여고생들이 수상한 사람으로 경찰에 신고라도 한다면….

위장용 신분증은 가지고 있다. 수상한 거동도 멀미 때문이라고 하면 의심을 피할 수 있을 것이다. 하지만 총을 가진 걸 들키면….

호신용 정도밖에 안 되는 여섯 발짜리 소형 권총, 이걸로 홀로 총격전을 벌여 살아남을 수 있을 만큼의 실력이 자신에게 있다고는 아시아인은 생각하지 않았다.

그는 객차 칸을 이동하면서 열심히 생각했다.

총을 계속 가지고 있는 것과 포기하는 것의 메리트와 디메리트. 저울에 달아도 끊임없이 흔들릴 뿐이다.

그렇다면, 하고 아시아인은 한 가지 방법을 떠올렸다.

맨 끝 칸까지 오자, 객차 안은 텅텅 비어 있었다. 졸린 얼굴을 한 샐

러리맨 두 명과, 소심해 보이는 세일러복 여학생…. 단 세 명뿐이다.

아시아인은 가운데 자리에 앉아 손바닥에 숨겨 품에서 총을 꺼냈다. 그리고 자연스럽게 자신의 뒤—엉덩이를 받쳐주는 좌석 시트와 등받이 사이를 비집고 깊숙이 쑤셔 넣었다.

문제가 생기면 일어서서 무죄를 주장하고, 아무 일 없으면 이대로 종점까지 가서 총을 꺼내 챙긴다. 그게 가장 안전한 방법으로 생각되었다.

이제야 비로소 아시아인은 진정한 의미에서 한숨 돌릴 수 있었다. 같은 칸에 있는 세일러복 여학생이 마음에 걸리지만, 이 칸에는 자신이 더 나중에 왔으니까 추격자일 리 없다. 무엇보다 체구가 작고 소심한 인상이다. 전투가 가능한 신체조건이 아니다.

잠시 후 역에 도착하자, 제법 큰 역인지 객차 안에 있던 사람들이 일제히 내린다.

그 세일러복 여학생도 내렸다. 마음이 조금 놓였다. 역시 관계없었던 모양이다.

여기서부터는 완전히 시골로 향하기 때문에, 타는 사람은 아마 없—아니, 있었다. 교복을 입은 여고생 둘이 열차에 오른다.

긴장했다. 하지만 여학생들이 좀비 영화 이야기를 하는 걸 듣고서 안도의 한숨을 내쉬고 눈을 감는다. 너무 긴장했군. 정말로 지친 모양이다.

"옛날 영화라면 몰라도 요즘 작품에서 말이야, 화면이 어두운 좀비 영화는 '도피'라고 생각하지 않아? 물론 저예산이라 그럴 수도 있지만 무서운 건 확실하게 보여주는 게 난 좋다고 생각해."

"분위기 때문이겠죠. 어둠은 인간이 가진 본능적인 공포심을 자극하니까요. 그런 의미에서는 필요한 요소라고 생각해요."

두 여학생의 언쟁. 아시아인은 전자의 취향에 가깝다.

어두운 화면은 공포보다는 사람을 놀래주려는 의도가 강한 작품에 많은 느낌이다. 그런 '놀람'과 '공포'는 어디까지나 별개다. 호러는 좋아하지만 뭐가 나올지 모르는 도깨비상자 같은 작품은 개인적으로 좋아하지 않는다.

"알아, 알아. 어두워야 분위기가 더 산다는 건. 하지만 이왕 보는 이상, 세세한 부분까지 자세히 보고 싶잖아. 그러니까…."

"아아, 알겠어요. 요점은 취향이 아니라… 욕심이네요. 일종의 가난뱅이 근성이라고 할까요."

아니, 그게 아니지. 아시아인은 깨달았다. 여학생들의 대화는 중요한 부분이 어긋나 있다. 그래서 아귀가 맞지 않는다.

이건 단순히 액션 영화냐, 호러 영화냐의 차이다. 그걸 좀비 영화라는 틀에 끼워 맞추고 있기 때문에, 그 구분이 애매해져서 논쟁이 약간 아귀가 안 맞는 것이다.

"엥, 그런가? 으응? 어떻게 생각해, 아시아인?"

―뭐라고?

눈을 뜬다. 아무도 없는 객차… 아니, 있다. 아시아인의 양옆에 두 여고생이 팔짱을 끼듯이 하고 앉아 있다. 각자의 겨드랑이 밑에는 총. 총구는 아시아인의 몸에 밀착되어 있다.

아아, 과연. 확실히 예쁜 여자애로군, 하고 아시아인은 생각했다.

"……기다려. 지금 쏘면 내 몸을 관통할걸. 그러면 다 죽는 거 아닌가?"

"안심해. 내 총은 비살상탄이야. 말해두지만 무지하게 아파."

"내 건 풀 메탈 재킷이지만, 치사토가 실수하면 쏠 거니까 걱정 안 써도 돼요. 그리고 인체를 관통한 뒤에는 우리 옷을 관통할 수 없으니까 괜찮아요."

두 사람의 어조는 차분했다. 아까 좀비 영화 이야기를 할 때와 전혀 다름없는 톤. 그래서 알 수 있다. 프로다. 심지어 상당한 경험을 쌓아 자신감에 차 있다.

시트에 쑤셔 박은 글록42를 빼낼 여유가 있다고 생각하기는 어려웠다.

아시아인은 처량하게 웃고서, 그리고 다음 역에 도착할 때까지 셋이서 좀비 영화 이야기를 하기로 했다.

좀비 영화 논쟁을 하려면, 일단 액션 영화인지 호러 영화인지를 명확히 할 필요가 있다고 생각한다. 아시아인이 그렇게 말하자, 두 소녀는 '그렇구나!' 하고 감탄사를 발한 것이었다.

■ 인트로덕션 3

"조사하면 할수록 이 가게는 참 독특하네요."

토쿠다의 말에, 카운터 안쪽에서 미카는 "무슨 말씀이시죠?"라며 작업하던 손을 멈췄다.

"실은 전에 말씀드린 카페 소개 기획을 조금 바꿔서 지금도 진행하고 있는데요…."

카페 특집은 메인으로 다루려고 했던 카페 리코리코가 취재를 거절하는 바람에 토쿠다의 열정도 식어버렸지만…, 그 무렵에는 편집부 쪽에서 오히려 의욕을 보이고 있었다.

그 결과, 유흥업소 말고 여성들이 즐길 수 있는 긴시초·가메이도 특집으로 잡지를 만들게 되었고 그중에서도 카페 특집을 10페이지에 걸쳐 다루게 되었다.

그리고 이 기획의 메인 라이터로 토쿠다가 발탁된 것이다.

"…그래서 지금 여기저기 돌아다니는 중이거든요, 이 근방에서 유명한 카페라면 우선 '스미다 커피'가 있고, 일본 감성 분위기에서 식사를 즐길 수 있는 '호쿠사이 다방', 독특한 사무라이 갑옷과 훈남 직원이 맞이해주는 가메이도 역 앞의 '커피 도장 사무라이', 그리고 관광객들이 매일같이 늘어서는 '후나바시야' 등등 노포와 유명한 집과 핫플이 즐비한데…, 묘하게 일본풍인 곳이 많은 것 같아요."

"그냥 아사쿠사가 가까워서 그런 게 아닐까요?"

"아사쿠사는 오히려 다이쇼 시대 감성의 카페나 다방같이 레트로한 분위기의 가게가 많은 느낌입니다만."

"듣고 보니 그러네요…. 그럼 일본풍이 많은 건… 왜일까요?"

"리코리코의 경우는 왜 일본풍으로 하신 거죠?"

"…토쿠다 씨, 취재는 안 됩니다."

"취재를 허락해주시면 그때부터는 일 모드가 되겠지만…, 이건 개인적인 질문입니다."

"그러시다면 대답하지 않을 수 없군요. …단순히 제 취향입니다. 일본 덕후거든요. 그리고 옛날에 실제로 일본의 전통을 소중히 여기는 직장에 근무했던 경험도 영향을 미친 것 같고요. 거기서는 언제나 최고의 화과자를 먹을 수 있어서 좋아하지 않을 수 없었죠. 다만, 저 자신이 차보다도 커피를 좋아해서… 이런 카페가 된 겁니다."

"예전에 근무하신 곳은… 다른 카페였나요?"

미카가 고개를 돌리고 미소 짓는다. 단골이라 부를 수 있게 된 토쿠다는 그 의미를 알고 있다. 이 이상은 노코멘트라는 뜻이다.

아무렇지 않은 것 같다가도 갑자기 건드릴 수 없는 '무언가'가 있다. 그것이 이 카페 리코리코의 불가사의한 점이었다.

평범한 단골들처럼 그저 이 카페를 즐길 뿐이라면 눈치채기 힘들지만 지금처럼 반쯤 취재 같은 대화를 나누다 보면 그게 여실히 느껴지는 순간이 있다. 특히 과거의 일에 관해서 그렇다.

"참, 토쿠다 씨, 일본풍 카페로 묶어 소개하는 것도 좋지만 긴시초 카페라면 추천하고 싶은 곳이 있습니다. 옛날부터 아주 훌륭한 핫케이크를 판매하는 '커피 전문점 토미'라는 가게인데요. 북쪽 출구 바로 앞에 있으니까, 한 번 방문해 보시면 좋을 겁니다."

화제를 돌리려 한다는 걸 느꼈지만 그건 그거고, 프로 라이터로서 토쿠다는 당장 핸드폰에 가게 이름을 메모했다. 미카가 이렇게 말한다면 아마 정말로 좋은 가게일 것이다.

"감사합니다. 나중에 가보겠습니다."

"거기 핫케이크 짱 맛있어요! 저도 완전 좋아해요!"

그렇게 말하며 가게 안쪽에서 치사토가 나타나더니 다다미석의 탁자에… 가스식 타코야키 구이판을 올려놓았다.

"치사토, 그건 대체…?"

미카가 수상한 것을 보는 눈빛으로 물었다.

"타코야키 구이판이야. 오리모토 아저씨네 재활용 가게에서 폭탄 세일하길래 샀어."

"그게 아니라 그걸로 뭘 할 생각이냐고 묻는 거야, 치사토."

"점심 준비! 오늘은 내가 당번이거든."

앗싸, 하고 미즈키가 신이 나서 캔맥주를 손에 들고 나타났다.

"다들 제정신이야? 대낮에 디저트 카페에서."

어이없다는 듯이 말하며 쿠루미가 나타나… 그대로 다다미석으로 직행했다. 타코야키 자체에는 긍정적인 모양이다.

치사토가 탁자 위에 수북하게 재료를 올려놓자, 쿠루미는 마치 강아지처럼 하나하나에 얼굴을 가까이 가져가 그게 뭔지 확인한다. 타코야키를 만드는 건 처음인 모양이었다.

"그래서… 이건 어떻게 하는 거야?"

"잘 봐! 먼저 철판을 뜨겁게 달군 다음에 기름을 듬뿍….."

그리고 이내 치이익 하는 경쾌한 소리와 함께, 반죽이 기름에 구워지는 고소한 냄새가 퍼졌다.

미카가 환기팬을 최대로 돌렸지만 큰 의미는 없다. 디저트 카페라고는 믿기 힘든 기름 냄새가 가게 안을 지배해나간다.

첫 판이 다 구워졌을 무렵에는 마치 냄새에 이끌린 것처럼 단골손님들이 속속 들어와 다다미석을 메우고, 자리에 못 앉은 사람들도 그 근처로 몰려들기 시작했다.

"푸핫, 맛있어! 갓 구운 타코야키에 시원한 맥주…. 이보다 더 좋은 게 있을까?!"

미즈키가 처음 완성된 타코야키를 냉큼 먹어치우자, 그때부터는 마치 백화점의 바겐세일 매대처럼 단골손님들이 구이판에 손을 뻗었다. 누구는 젓가락으로, 누구는 꼬챙이로, 스무 개나 되는 구이판 위의 타코야키가 순식간에 동나버렸다. 치사토는 다시 두 번째 판을 굽기 시작한다.

"…어떡하죠, 점장님. 가게 안에 냄새가 뺄 것 같아요."

난처한 얼굴로 타키나가 토쿠다의 물잔을 새 걸로 바꿔주었다.

"어차피 늦었어. …타키나도 먹고 오렴."

타키나를 보내고, 미카가 피곤한 얼굴로 한숨을 푹 내쉬었다.

"리코리코에서는 직원들에게 특이한 점심식사를 제공하는군요."

"…그럴 리가요. 치사토가 당번일 때뿐입니다. 그 외에는 평범… 아니, 평범하다고 하기는 어려운 것도 많지만… 네, 뭐…."

뭔가 있구나, 하고 토쿠다는 생각했지만 그 이상은 묻지 않기로 하고 아메리칸을 마셨다.

중요한 건 거리감이다. 여기까지 라고 하면 거기서 멈추는 게 어른이다. 그러니까 가게의 과거에 대해서도 미카가 미소를 보이면 그 이상은 묻지 않기로 하고 있다.

커피를 꿀꺽 삼키고 후우, 한숨. 그리고 미소 짓는다.

커피 향기는 타코야키 냄새 앞에서는 취약하다. 좋든 싫든 차분하게 있기는 힘들다.

"즐거워 보여서 좋네요."

치사토와 타코야키 구이판을 단골손님들이 와글와글 에워싸고 있는 모습은 마치 축제날의 노점상을 보는 것 같았다. 아니, 더 따뜻하고 친

근한… 그래, 이를테면 홈파티—타코야키 파티다.

쿠루미 말대로, 대낮에 영업 중인 카페에서 타코야키 파티라니 있을 수 없는 일이다.

하지만 리코리코답다. 그리고 치사토답다고도 생각한다.

"자, 이건 토쿠 아저씨 거예요!"

치사토가 타코야키 두 개를 접시에 담아 가져다 주었다. 타코야키 위에는 가다랑어포와 김가루만 뿌려져 있고, 소스는 접시 한쪽에 따로 담겨 있었다. 까만 동그라미 위에 마요네즈가 한 줄. 플레이팅 같기도 하지만 아마도 치사토는 바삭한 식감을 중시하고 싶었던 것 같다.

토쿠다는 치사토를 보다가 다시 낙담한 모습인 미카를 보았다.

"드세요, 토쿠다 씨…. 저희 가게 서비스입니다."

"하하…. 감사합니다. 잘 먹겠습니다."

접시 위에 놓인 이쑤시개로 콕 찌르자, 바삭한 타코야키 표면의 감촉이 손에 전해져왔다. 그리고 이쑤시개 구멍에서는 타코야키 속에 갇혀 있던 김이 모락모락.

무섭도록 뜨거워 보이지만, 마침 손에는 아까 새로 받아놓은 찬물이 있다. 괜찮겠지, 하고 토쿠다는 타코야키를 소스에 굴려 한입에 쏙 집어넣었다.

갓 구운 타코야키를 한입에 먹는 건 목숨 아까운 줄 모르는 짓이지만 그래도 차가운 소스가 쿠션이 되어주…지 않았다.

어마어마하게 뜨겁고 흐물흐물한 타코야키 속이 입안에 가득 차서, 토쿠다는 저도 모르게 "하후!" 하고 신음을 내뱉고 말았다. 입에서 하얀 김이 뿜어 나온다.

치사토가 웃는다. 단골손님들도 토쿠다의 모습을 보고 웃음을 터뜨린다.

남이 뜨거움에 몸부림치는 모습을 보고 웃다니…. 그런 생각이 들었지만 입안에 든 것을 거의 삼켰을 무렵에는 토쿠다도 함께 웃고 있었다.

그래, 이게 카페 리코리코지.

가게에서 제공하는 직원식사만 봐도 평범하지 않다.

즐겁다.

맛있다.

그게 좋다.

다만 핫케이크를 먹으러 가는 건 조금 미루는 게 나을 것 같다.

완전히 혀를 데고 말았다.

■ 제3화 『Takina's cooking』

타키나가 위험하다.

그녀가 카페 리코리코의 멤버가 된 지도 벌써 여러 달. 모두가 이렇게 생각하기 시작하고 있었다.

카페 리코리코의 점심식사는 돌아가며 맡는 당번제인데… 타키나는 위험하다.

미카는 물론 말할 필요도 없다. 빠르게 먹을 수 있는 맛있는 요리를 안정적으로 내놓는다.

치사토는 도전하거나 즐기는 스타일. 한 번도 안 먹어본 외국요리를 모 아니면 도라는 방식으로 만들어보기도 하고 직원용 식사라고는 생각하기 힘든 이벤트적인 요리를 내놓기도 하지만 기본적으로는 맛있게 잘하고 무엇보다 즐거운 일이 많다.

미즈키는 반쯤은 술안주 같은 요리나 술안주가 될 만한 식재료를 이용한 요리다. 남은 재료… 라기보다 가게 경비로 구입한, 필요량보다 많은 식재료는 그녀의 저녁 술상 안주가 되는 부정한 시스템이 버젓이 통용되고 있기 때문에 상당히 적극적이다. 실제로 요리도 괜찮게 하는 편이다.

쿠루미는 연령적인 이유에 더해, 애당초 요리를 하지 않기도 했고 본인의 취향에 따라 막과자나 냉동식품을 인터넷으로 주문한다. 이건 이것대로 미카만 빼고 다들 나름대로 만족하고 있었다.

그리고 문제의 타키나다.

오늘도 역시나 상식 밖의 물건이 카페 멤버들 앞에 놓였다.

손님이 빠져나간 점심시간, 리코리코 일동은 다다미석에 앉은 채 그대로 굳어버렸다.

"저기~, 타키나…. 이게 뭐야?"

"오늘 점심이에요. 손님들 오기 전에 얼른 드세요."

치사토의 질문에 타키나는 태연하게 대답했다.

"점심이라고…? 아니, 저기…."

치사토는 다시 한번 리코리코의 다섯 멤버들 앞에 놓인 물건을 보았다. 반투명한 플라스틱 컵에 뚜껑이 달린 것. 이른바, 셰이커다.

미즈키가 집어 들고 흔들어보니 안에 든 희뿌연 액체는 걸쭉한 느낌이었다.

"이게 뭐야…."

"프로틴이에요. 바나나 맛이에요."

치사토 그리고 미카, 쿠루미, 미즈키 모두 할 말을 잃은 얼굴이다. 타키나가 미간에 주름을 잡았다.

"믿을 수 있는 국산품이에요. …초콜릿 맛이 더 나았을까요?"

동요를 숨기지 못한 미카가 침착하려 애쓰며 안경을 고쳐 썼다.

"그런 문제가 아니야. 타키나. 뭐랄까…, 좀 더 식사라고 할 만한, 점심밥다운 음식을…. 그… 뭐라고 해야 되나…."

미카는 신중히 말을 고르다가 결국 정답을 찾지 못하자 할 수 없이 입을 다물고, 수용 의사를 표시하듯이 셰이커를 가볍게 흔들고 나서 마시기 시작했다.

"…핫케이크 반죽인 줄 알았네…. 좋아하는 향이나 과일을 곁들여서… 홈파티처럼 다 같이 구워먹는 줄 알고 살짝 기대한 내가 바보지…
…."

쿠루미도 마시기 시작한다. 맛 자체는 싫지 않은지 꼴깍꼴깍 소리를 내며 잘도 들이켠다.

"그런데 타키나, 왜 점심으로 프로틴을 선택한 거야?"

질문하면서 치사토도 일단 마셔본다. 확실히 평소 마시는 것보다는 그나마 맛이 나은 편이다. 괴상한 맛은 아니다.

"일하는 틈틈이 섭취해야 되니까요. 준비부터 섭취까지 빠르게 끝낼 수 있고, 무엇보다 영양적으로도 균형이 잡혀 있고요. …아, 손님 오셨다."

가게 문에 달린 종이 울린다. 손님이다. 응대하는 건 타키나뿐, 다른 멤버들은 다다미석에서 고개를 떨구고 있었다.

"…타키나 녀석, 식사를 섭취라고 말했어."

쿠루미는 마치 누군가가 책임지라고 말하고 싶은 것처럼 그 점을 지적했다.

지난번에는 비상시에 대비한 보존식량의 소비기한이 임박했다는 이유로 레토르트 식품이 나왔었다.

그때는 어쩔 수 없는 일이기도 하고 또 아까우니까, 치사토는 물론 다른 멤버들도 납득하고 받아들일 수 있었다.

지지난번에는 전날 치사토가 만든 카레가 너무 많이 남아서 그냥 두면 상한다는 이유로 카레였기 때문에 상당히 괜찮은 편이었다.

하지만 그 전에는… 분명히 제대로 된 음식을 준비해주었던 그녀였다.

토란조림과 밥, 수제 무청양념, 장아찌, 된장국, 냉두부, 그리고 톳무침. 만족도가 굉장히 높아서 치사토는 그걸 똑똑히 기억하고 있었다.

모두에게 그 이야기를 하자 과연 하고 미카가 혼자 뭔가를 납득한다.

"당해보라는 의미는 아니겠지만… 그렇군, 착실하게 지시를 따르고 있는 거었어."

"선생님, 그게 무슨 말이야?"

"기억 안 나? 특히 미즈키. …그날은 손님이 유독 많았던 날이라 네가 타키나에게 잔소리를 했잖아."

"아, 플로어가 만석인데 타키나가 조리실에 틀어박혀 안 나온 날? 했지, 했지. 너무 비효율적이니까 그런 데 시간 쓰지 말고, 점심 준비보다는 당장 나와서 일하라고 말이야."

쿠루미가 깜짝 놀라 화난 얼굴로 미즈키를 쏘아보았다.

"그럼 뭐야, 미즈키가 잔소리하는 바람에 그 이후로 성의가 없어진 거였어? …어이, 미즈키. 그 결과가 이런 비극이잖아. 책임져!"

"뭐, 나?! 아니, 하지만 그 애가 디저트 카페 주방에서 토란조림을 만들기 시작했다니까?! 손님이 밀려드는 바쁜 시간에! 헐, 제정신이야? 그런 생각 안 들어?"

치사토는 프로틴을 찰랑찰랑 흔들었다.

"타키나답다면 답지만… 이 일을 어쩌지?"

"…뭔가 방법을 찾아봐야 하나."

"미카, 지금 한가한 소리 할 때야? 당연히 방법을 찾아야지, 반드시! 우리 삶의 질이 흔들리고 있다고."

쿠루미의 항의에 아무도 반대 의견은 내지 않았다.

미즈키가 프로틴 냄새를 맡으면서 입을 열었다.

"그래서 뭘 어쩔 건데?"

치사토는 생각했다. 아마 타키나는 요령껏 하는 법을 모르는 게 분명하다.

근본적으로 지나치게 성실하다. 그래서 식사당번이 되면 정성껏 준비할 수는 있어도 대충 이 정도면 되겠지 라는 타협점을 찾아내지 못하는 것이다.

하지만 암만 그래도 프로틴은….

치사토로서는 가게가 바쁘거나 말거나, 예전 같은 집밥 요리가 몇 배는 기쁘다.

하지만 타키나가 미즈키의 지적을 한 귀로 흘려듣고, '자신'을 고집할 거라고 생각하기는 힘들다.

미카가 팔짱을 꼈다.

"타키나에게 직원식사 요리란 무엇인지부터 먼저 가르쳐줬어야 했던 걸까."

"음, 타키나의 직원식사 요리라…."

치사토도 새삼 직원식사로 적당한 요리를 가르쳐줘야 하나 생각해 봤지만 의외로 이게 쉽지 않다.

이렇게 멤버들끼리 먹는 요리에는 절대적인 정답은 존재하지 않는다.

예를 들어 아침식사로는 빵과 베이컨, 달걀과 커피가 기본이지만 그렇다고 이게 매일이 되면… 괴롭다.

그럼 반대로 메뉴에 다양성을 주면서 금방 만들 수 있고, 동시에 간단히 먹을 수 있는 맛있는 음식, 이라는 요건을 가지고 생각해 보면… 실은 타키나의 선택이 정답이 되어버린다. 하지만 그런 금욕적인 생활은 타키나 말고는 아무도 원하지 않는 것이다.

새삼스럽지만 식사로 어떤 음식을 만들어 먹을지 생각한다는 것은 실로 어려운 일이다.

"다들 뭐 하세요? 주문 들어왔어요. 빨리 일을 시작해주세요."

타키나의 재촉에 멤버들은 제각기 남은 프로틴을 들이켜고 몸을 일으켰다.

―딸랑딸랑.

종이 울린다. 다시 손님이다. 치사토가 그쪽을 쳐다보자… 도이다.

와우, 아주 환상적인 타이밍이다. 타키나에게 이것저것 가르쳐주면서 동시에 그와의 관계를 진전시키고 덤으로 자신도 즐겁고 맛있는 최고의 전개로 끌고 갈 수 있다.

치사토는 종종걸음으로 도이에게 다가갔다.

"도이 아저씨, 도이 아저씨, 어서 오세요. 아, 주문 전에 잠깐… 점심 드셨어요? …앗, 아직 안 드셨다고요?! 그럼, 그럼그럼그럼그럼그럼, 잠깐 어떠세요? 지금부터 같이 식사하러 안 가실래요? 가요! 가는 거죠? 타―키―나―, 옷 갈아입어―. 나가자―!"

그리하여 치사토는 우격다짐으로 타키나를 끌고 도이와의 짧은 데이트…스러운 외출을 반강제로 결행했다.

도이는 이런 억지스러운 권유에 당황하기는 해도 거절한 적은 없다. 단순히 상냥하기 때문인지 아니면 그도 타키나를…. 충분히 가능한 일이라고, 치사토는 생각하고 있었다.

그의 단골 초밥집에서 점심시간에 일품요리 정식을 판매한다고 해서 그곳으로 향했다.

테이블석은 두 개뿐이고 나머지는 카운터석인 작은 가게. 초밥집은 초밥집이지만 밤에는 술도 파는 가게 같았다.

그래서일까, 가게 주인도 청바지에 티셔츠를 걸친 편한 차림이다. 아침에 들여온 재료를 손질하는 김에 시작한 점심 영업이라고 했다.

"…점심은 아까 먹었잖아요."

"물론 영양적으로는 균형 있게 섭취했지. 다만 칼로리가 명백하게 부족해! 만족감도!"

"칼로리는 충분해요. 그러다 살쪄요."

"어라라? 타키나는 오늘이 이대로 평범하게 끝날 거라고 생각해? 이제부터 돌발적으로 격렬한 움직임이 필요해질지도 몰라. 그런 때 칼로리가 부족하면 곤란하잖아."

본업인 리코리스로서의 임무는 어른들에 의해 면밀하게 계획되어 준비가 갖춰진 후에 실행되는 경우가 대부분이다. 핸드폰을 들여다보며 거리를 걸어가다가, 대상자와 스쳐 지나가면서 한 방 쏘고 그대로 걸어서 사라지면 끝. 뒤처리도 전문가가 담당한다.

하지만 리코리코에서 총을 사용하는 임무의 경우, 돌발적인 것이 많고, 그렇게 되면 당연히 계획은 최소한이 되며 준비할 것도 자신의 장비 외에는 없어서 결과적으로 현장에서 대처할 수밖에 없기 때문에 뛰고 점프하고 경우에 따라서는 격투전까지 벌이게 된다. 그러니까 칼로리를 넉넉하게 섭취해도 아무 문제 없다…고 할 수도 있다.

"결국 안 움직이게 돼서 살찔까 봐 걱정되면 자기 전에 운동하면 되잖아."

"…물론… 대비해두는 게 좋기는… 하지만."

"혼자 하기 싫으면 같이 하자."

"혼자 할래요."

"쳇, 심술쟁이~."

초밥집에서 정식이 나오기를 기다리는 동안, 그런 대화를 나누는 소녀들을 보고 도이가 당황한 어조로 말했다.

"…운동을 한다고? 오늘은 스니커즈를 안 가져왔는데."

"아, 도이 아저씨, 걱정 마세요. 오늘은 그런 코스가 아니에요. 그냥 타키나에게 맛있는 점심을 먹여주고 싶었을 뿐이에요. 그리고 도이 아저씨가 평소에 어떤 걸 드시는지도 궁금했고요. …여기 단골이시죠?"

"아, 응. …정말로 운동은 안 하는 거지?"

지레 겁먹은 도이를 안심시키며 기다리기를 몇 분, 수량 한정인 일품요리 정식이 세 사람 앞에 놓였다.

간장양념에 절여 색이 약간 진해진 흰살 생선회가 밥 위를 먹음직스럽게 덮고 있고 한쪽에 고추냉이가 곁들여져 있었다.

여기에 된장국과 뭔지는 모르겠지만 종이를 올려놓은 접시가 하나. 나중에 튀김이 하나 나온다고 한다.

"우와, 이게 뭐야. 짱이다! 맛있겠다!"

치사토가 환호성을 지르자, 가게 주인은 멋쩍은 듯이 쓴웃음을 지었다.

"어제 팔고 남은 재료로 만든 거라 최고라고 할 수는 없는데, 그렇게 환하게 웃으면서 칭찬해주니까 기쁘기도 하고 미안하기도 하고 그러네."

남은 재료로 만들기 때문에 수량은 물론, 덮밥에 올라가는 회의 종류도 그날그날 달라진다고 한다. 도이 말로는 오늘은 당첨인 것 같았다.

"잘 먹겠습니다!"

손을 모으고 외쳤을 때는 치사토는 이미 본래의 목적을 잊고 있었지만 그것을 지적하는 사람은 아무도 없다.

나무젓가락을 쪼갠 다음, 일단 된장국부터 맛본다. 붉은 된장. 작게 자른 두부와 미역, 그리고 채친 대파를 넣은 된장국. 뜨거운 국물을 머금고 입안을 구르는 주사위 모양 두부의 식감이 기분 좋다.

개운한 국물로 먼저 입안과 목을 축이고 이어서 젓가락 끝을 적셨다.

오케이, 준비 끝.

치사토는 덮밥을 향해 손을 뻗었다. 눈으로 봐서는 무슨 생선인지 구별하기 어렵지만 아무튼 맛있어 보였다.

무엇보다 이렇게 간이 되어 있는 덮밥은 '회덮밥 간장 문제'가 없어서 마음이 편하다. 즉, 간장에 고추냉이를 섞어 뿌려먹거나, 먹을 때마다 한 점씩 간장에 찍어먹거나… 그런 식으로 먹는 사람의 개성이 크게 발휘되기 때문에 주위와 보조가 맞지 않아 작은 트러블이 생기기도 하는 그것 말이다.

자, 넌 누구니? 치사토는 회를 응시했다.

아마 여러 종류의 생선이 섞인 것 같았다. 회 모양이 제각각인 것은 원 생선의 크기가 다르거나 자투리 조각이기 때문인 것 같았다.

치사토가 젓가락으로 밥과 함께 회를 떠서 입에 넣는다. 온기가 남아 있는 밥이 처음에 나타나고, 뒤이어 간장양념에 절인 회 맛이 입안에 퍼졌다.

지나치게 튀지 않는 맛술의 단맛, 다시마 국물의 감칠맛, 간장양념의 짭조름한 맛…, 그런 가운데 기름진 회의 맛이 배어 나온다.

방어인가? 부시리나 잿방어일지도 모르지만 아무튼 그런 종류다. 탄력 있는 살점을 씹었을 때 치사토는 그걸 알아차렸다. 그런 가운데 어렴풋이 개운한 향이 느껴지는 무언가. 뭐지? 하고 생각할 새도 없이 개운한 상쾌함이 입안 가득 퍼졌다.

아마 잡내를 없애기 위해 잘게 다진 양하를 뿌린 것 같았다. 매운맛이 앞서지 않는 걸 보면 아마 물에 담가두었던 모양이다. 개운함만 남아 기분이 좋다. 정성이 느껴진다.

"와~, 너무 맛있다. 그치, 타키나?"

마침 타키나도 입에 넣고 오물거리고 있던 참이라 그녀는 고개만 살짝 끄덕여 대답했다.

"…네. 맛있어요. 이건 도미네요. 간이 딱 좋아요."

"아, 도, 도미였구나! 맞아, 도미야! 응!"

예상했던 것과 전혀 달라서 치사토는 약간 당황했다.

"오, 어린 학생들이 잘도 아네."

주인장이 기쁜 얼굴로 웃으며 카운터 안쪽에서 튀김을 하고 있다.

치이익 튀겨지는 소리가 참을 수 없이 식욕을 자극했다.

도미인가, 도미였구나. 위험했다. 자칫 방어나 부시리라고 말했으면, 회 맛도 모른다는 소리를 들을 뻔했다.

치사토는 자신의 예상을 말하지 않은 걸 다행으로 생각―,

"실은 붉은살 생선이 딱 하나 섞여 있어. 아주 얇게 회를 떠서 맛을 조금 약하게 조절했지만…, 지금이 제철인 부시리야."

"아, 그렇군요. …왜 그래요, 치사토? 고추냉이 때문에 그러나요?"

치사토는 고개를 숙인 채 눈을 꼭 감고 젓가락을 꽉 움켜쥐고 있었다.

"…아니, 알고 있었어. 알고 있었다고! 부시리가 섞였다는 건!"

주인장이 작게 웃고, 타키나가 어이없다는 표정을 짓는다.

"허세부리지 마세요, 치사토. 방금 먹은 도미도 그렇지만 간장양념에 절인 회라 맛을 구분하기 어려우니까요."

"어흑! 아니야, 정말로! 정말로 알고 있었다고!!"

"자, 그럼 둘 다 정답인 걸로."

"그럽시다, 정답이라고 하죠. 잘 알아맞혔어, 치사토."

주인장과 도이가 웃었다.

"힝, 믿어주세요…."

"그보다 이 덮밥에는 다른 게 더 들어 있네요."

뭐라? 치사토는 얼른 다시 한 점을 입에 넣었다.

…음. 이게 도미인가? 모르겠어.

하지만 다시 한 점을 입에 넣자, 새로운 식감과 맛을 발견할 수 있었다. 새우다.

탱글탱글한 식감, 씹자마자 퍼지는 감칠맛과 단맛. 덮밥의 맛에 깊이가 더해졌다.

"새우, 짱 맛있어!"

"그렇게 말해줘서 고마워. 자, 답례로 튀김."

비어 있던 접시 위에 놓인 튀김은 한입 사이즈의… 무언가. 그것이 세 개.

타키나가 튀김을 바라보다가 고개를 갸웃했다.

"이건 무슨 튀김이에요?"

"먹어보면 알 거야, 소금에 찍어먹어봐."

치사토도 주인장의 추천대로 탁자 위에 있던 소금을 뿌리고, 젓가락으로 집어 들었다. 방금 튀겨낸 튀김이다. 뜨거울 것 같았지만 젓가락을 통해 느껴지는 바삭한 튀김옷을 최고의 상태—즉, 가능한 한 빨리즐기고 싶어서, 치사토는 조금 무리할 각오를 하고 한입에 쏙 집어넣었다.

뜨겁다. 예상한 그대로다.

짧게 입김을 토한 후, 조심조심 튀김을 씹어본다.

바삭, 촉촉.

"…앗, 뭐지?!"

예상 밖의 식감이다. 큰 새우의 자투리 조각이나 문어다리, 아니면참마 정도로 예상하고 있었는데… 아니다.

고소한 튀김옷 속에 탱글탱글하게 잠복해 있다가 어느새 사르르 녹아버리는 그것.

그리고 그 식감에 보조를 맞추듯이 크리미하고 진한 맛이 입안에 가득 퍼진다. 거기에 다시 튀김옷의 고소한 맛이 더해진다.

잡냄새가 없고, 감칠맛만이 농후하다.

감탄스러울 정도로 맛있다. 강하다. 밥하고는 잘 안 어울릴 것 같지만…. 이건 아마 맥주? 술에 어울리는 음식이구나. 치사토는 그걸 깨달았다.

뭐지, 이건. 알 듯 말 듯한 느낌….

"아, 이리네요. ……하지만 뭐죠? 대구는 아닌 것 같은데. 복어인가
요?"

"우리는 복어는 취급 안 해. 도미의 이리야."

도미의 이리! 처음 먹어봤어! 라고 치사토는 탄성을 질렀다.

타키나도 신기한 모양인지 만드는 방법을 물어보고 있었다.

소금을 뿌려 잡내를 제거하고 살짝 데친 다음 자르기. 거기에 튀김옷
만 입혀 튀겨내는데 재료만 신선하면 누가 해도 맛있다고 한다.

"…사장님, 도미 이리는 저녁 장사용 아닙니까?"

"도이 씨가 웬일로 숙녀분들과 함께 오셨는데 서비스라도 좀 드려야
죠. 뭐, 너무 어리기는 하지만."

치사토는 급하게 입안에 있는 것을 삼키고 말했다.

"나이 차별은 좋지 않아요."

도이도 난처한 기색으로 "애당초 그런 게 아니지만요"라며 머리를
긁적였다.

그런 거 맞아요, 라고 치사토는 혼자 중얼거리면서 타키나와 도이를
흐뭇하게 바라본다.

세 사람이 맛있게 덮밥을 먹는다. 훌륭한 맛 덕분에 식사는 금세 끝
나버린다. 말 그대로 게 눈 감추듯 순식간이다.

그리하여 점심 메뉴 공부 겸 도이와 타키나의 데이트 비슷한 외출은
삽시간에 끝나버린 것이었다.

술 한 잔 하고 가겠다는 도이에게 인사를 하고, 치사토와 타키나는
가게를 나섰다.

결국 도이에게 얻어먹기는 했지만 타키나가 고집스럽게 자기 몫은

자기가 내려고 한 것은 좋았다고 생각한다. 자신이 내고자 하는 의지를 보여줘서 호감도를 높이는 게 중요하다고, 전에 미즈키가 말했던 것을 치사토는 기억하고 있었다.

덧붙여 치사토는 이런 때 일절 망설임 없이 '잘 먹었습니다!'를 외치는 타입이다.

"…그래서 치사토, 왜 갑자기 식사를 하자고 한 거예요?"

리코리코로 돌아오는 길, 타키나는 당연한 의문을 드러냈다.

"아니, 실은 타키나의 점심 메뉴 말인데… 오늘은 좀 아닌 것 같다고 모두가…. 그래서 직원식사란 이런 거라는 느낌을 알려주고 싶었어."

멤버들과 했던 이야기를 간단히 전하자, 타키나도 자신의 메뉴 선택이 약간 상식 밖이었음을 느꼈는지 조금 시무룩한 표정이 되었다.

"…그럼 도대체 뭐가 정답이죠? 시간을 들여도 안 되고, 너무 간단해도 안 되고…."

"뭐, 가끔은 오늘 같은 것도 괜찮다고 생각해. 쿠루미도 비슷하니까. 그리고 무엇보다 매번 그러면 힘들겠지만, 이번에는 타키나의 메뉴 덕분에 나름 즐거웠어."

"즐거웠다고요…?"

"타키나다워서 좋다는 뜻이야."

식사가 맛있으면 그보다 좋은 것은 없다. 하지만 치사토로서는 그 식사시간 또한 즐기고 싶다.

인생은 짧다. 앞으로 몇 번이나 식사를 할 수 있을지 알 수 없다.

그렇다면 맛있는 편이 좋다. 즐거운 편이 좋다.

타키나가 프로틴을 점심으로 내놓았을 때는 모두가 경악했다…. 그건 아마 죽을 때까지 잊지 못할 것이다.

리코리코에서 모두와 함께한 추억. 보물이다.

"하지만 별로였잖아요."

"뭐…, 맛있는 밥이 더 좋기는 하지…."

즐거운 추억은 훌륭하다. 거기에 맛있는 밥이 더해진다면 더욱 훌륭하다.

으음—. 고민하는 치사토를 보고 타키나는 한숨 한 번.

"…알겠어요. 조금 생각해 볼게요."

1

"여러분, 점심 드세요."

손님이 빠진 타이밍에, 타키나가 말했다.

그러자 리코리코의 멤버들이 서로 눈짓한다. 그 '프로틴 점심 사건' 이후로 정기휴일을 제외한 여섯 번째 영업일… 즉, 타키나의 당번날인 것이다.

타키나가 주방으로 들어가는 것을 본 치사토와 멤버들이 가볍게 정리를 마치고 다다미석에 앉아 기다리기를 약 15분. 타키나가 커다란 쟁반에 덮밥을 들고 나타났다.

"오늘 점심은 아마 만족하실 거예요."

과연 오늘의 메뉴는… 국그릇과, 어디선가 본 기억이 있는 간장양념에 절인 회덮밥이다.

모두가 덮밥을 보고 와아~! 탄성을 지르는 가운데, 모든 걸 짐작한 치사토는 머리를 싸쥐었다.

그렇지 않을까 싶었는데.

"이건 도미덮밥이에요. 간은 되어 있으니까, 그대로 드세요. 옆에 국물은 지리탕이에요. 나중에 이리 튀김도 있어요."

미즈키가 기쁨의 환호성을 질렀다.

"뭐야, 뭐야, 뭐야, 뭐야, 뭐야?! 이게 뭐야. 완전 미쳤다!!"

더는 기다릴 수 없다는 듯이 미즈키가 손뼉을 짝 치고 "잘 먹겠습니다!"를 외친다. 그리고 모두가 따라 외친다. 한 입 맛을 보자… 치사토도 익히 경험이 있는, 그야말로 먹느라 정신없는 상태가 된다.

치사토도 한 입 먹어보니… 깜짝 놀랄 정도로 그 초밥집의 정식 맛을 그대로 재현한 덮밥이다. 새우나 부시리 같은 건 없고, 전부 도미인 것 같지만.

그래서 더 직접적으로 도미와 다시마 베이스의 육수 맛이 살아나 오히려 그때 먹은 덮밥보다 더 기품 있고 고급스러운 맛이었다.

이미 그 정식의 완벽한 재현을 넘어 이 덮밥이 더 맛있을 정도였다.

"이게 뭐야, 너무 맛있어! 덮밥인데 술이 당길 정도야~!"

"음, 확실히 맛있군. 어떻게 한 거냐, 타키나."

미즈키가 가게에 보관해둔 술병에 마음이 끌리기 시작하고 미카가 미소를 짓는다. 쿠루미는 말없이 먹기만 한다. 거의 다 먹어갈 즈음엔 아예 지리탕을 덮밥에 부어 말아 먹는다.

쿨한 타키나도 멤버들의 반응에 기쁜 얼굴로 미소 지었다.

"치사토에게 배웠어요. 점심은 이런 거라는 걸요."

치사토, 굿 잡! 미즈키가 엄지손가락을 척 세웠다.

"나까지 칭찬받아서 기쁘긴 한데…, 잠깐 괜찮아? 저기, 타키나. 이 도미는 어디서 난 거야? 설마… 일부러 사서…?"

"설마요. 점심 메뉴에 예산을 그렇게 쓸 순 없잖아요."

"그, 그렇지? 맞아! 하하하…, 다행이다. …그럼 이건 어디서 난 거야? 어제 먹다 남은 건… 아니지?"

"네, 아니에요. 어제는 스튜였잖아요."

지리탕을 마시던 미카가 명백하게 깜짝 놀라 움직임을 멈춘다. 그리고 그는 조심스럽게 지리탕 그릇 안에서 커다란 도미 머리를 건져냈다.

토막 내서 잡내를 없애기 위해 바싹 구운 도미 머리 반 토막이다.

"타키나…, 이건 저기… 그러니까… 충분히 멀쩡한 도미 아닌가?"

"저도 그렇게 생각했어요."

어쩐지 절묘하게 종잡을 수 없는 대화다. 미즈키와 쿠루미는 전혀 신경 안 쓰고 먹고 있지만, 미카와 치사토는 곤혹스러움에 젓가락이 멈춰 버렸다.

"자, 이리 튀김이 왔어요!"

"…엥?"

치사토가 고개를 들자… 웬 모르는 아저씨가 접시를 손에 들고 서 있었다.

"뭔가가 또 나왔어!"

"도미 이리 튀김이에요, 치사토."

"아니, 타키나. 그게 아니라! 이 아저씨는 누구… 앗, 사장님…?"

전혀 모르는 아저씨는 아니었다. 그때 도이와 함께 갔던 초밥집의 주인장이다.

미카가 설명을 요구하자, 타키나는 당연하다는 얼굴로 이야기하기 시작했다.

"치사토가 점심이란 이런 거라고 가르쳐줘서 그걸 재현해 보고 싶었어요. 하지만 비용이나 기술적인 면에서 현실적이지 않다고 생각하고, 여기 계신 사장님에게 의논드렸더니, 사장님이 전부 알아서 해주신다고 해서….."

"저어…, 출장요리 비용은요?"

미카의 질문에, 초밥집 주인장은 호탕하게 웃었다.

"무료입니다. 도미도 마침 지인이 잡아온 게 있어서 어린 학생들에게 요리해 주고 싶다고 했더니 그냥 가져가라고 하더라고요."

"낚시꾼 지인 최고~!"

미즈키의 말에 동의하듯이, 두 볼이 다람쥐처럼 볼록해진 쿠루미가 주먹을 불끈 치켜 올렸다.

"그러니까 마음껏 드세요. 자, 이리 튀김에는 소금을 추천합니다."

"우와! 입에서 살살 녹아! 미쳤다, 완전 최고야!!"

미즈키가 신이 나서 떠들어댄다. 치사토와 미카는 두통에 시달리는 사람처럼 고개를 푹 떨궜다.

"어~이, 미카랑 치사토. 이렇게 최고의 점심을 앞에 두고… 둘 다 왜 그렇게 표정이 썩었어?"

체구는 작은 주제에 누구보다 먼저 덮밥을 먹어치우고 튀김에 젓가락을 가져가면서 쿠루미가 그렇게 말했다.

솔직히 치사토는 이미 뭐라고 말해야 좋을지도 알 수 없었다.

타키나도 의아한 얼굴로 쳐다본다.

"왜요? 맛이 없나요?"

"아니, 너무 맛있어. 정말로… 응, 맛있어!"

후회해도 이미 어쩔 수 없는 일인지라, 치사토는 더 이상 생각하지 않기로 했다.

이건 이것대로 즐기자. 맛보자. 마음껏! 니시키기 치사토는 기분전환이 빠른 편이다.

그런 치사토의 모습에, 타키나는 어리둥절하며 고개를 갸웃한다.

이 녀석, 귀여운 얼굴로 말이지. 치사토는 그렇게 생각하며 튀김을 입안에 욱여넣었다.

바삭, 사르르… 맛있다. 미소가 번진다.

맛을 음미하는 치사토의 시야 한구석에, 미카가 초밥집 주인장에게 연신 고개를 숙이는 모습이 보였다.

보호자는 고생이 많구나, 하고 남의 일처럼 태평하게 치사토는 생각했다.

2

정기휴일을 끼고 여섯 번째 영업일 후.

손님이 없는 타임이 전혀 없었다.

타키나가 주방에서 설거지를 하고 있을 때, 치사토가 추가로 지저분한 접시를 가져왔다.

"오늘은 너무 힘들어~. …아! 타키나, 점심은 아직 멀었어? 나 배고파."

주방 한구석에서 열심히 파르페를 만들고 있던 미즈키가 타키나를 힐끔 쳐다본다.

"오늘 당번은… 타키나 아냐?"

미즈키의 시선과 말을 타키나는 처음에는 무시하려고 했지만, 그녀와 치사토의 시선이 계속 자신을 향하자 어쩔 수 없다고 판단했다.

한숨 한 번.

"…손님이 너무 많아서 먹을 시간이 없잖아요. 매상 올려야죠."

치사토가 타키나의 양 어깨를 붙잡고 흔들어댄다.

"배고파! 타키나."

"…알아서 해 먹으면 되잖아요. 제가 하면 어차피 또 불평불만만 나올 게 뻔하니까요."

"간판 직원이 너무 오래 자리를 비우면 손님들이 실망하잖아. 미즈키는 괜찮지만."

"뭐가 어째?!"

"아무튼 저는 이제 점심 당번 같은 건 안 할래요. 소질이 없어요."

"왜 자기비하를 하고 그래?"

미즈키가 웃는다. 타키나가 조금 발끈한다.

"그런 적 없어요."

"그랬어, 그랬어."

"그런 적 없어요!"

타키나가 젖은 손으로 싱크대를 짚으려고 하다가 생각보다 힘이 들어가는 바람에 조금 크게 탕 소리를 냈고 그 때문에 분위기가 싸해지고 말았다.

치사토가 난처한 듯이 웃으며 자연스럽게 미즈키와 타키나 사이에 끼어들어 진정하라는 듯이 손바닥을 위아래로 흔들었다.

"저기…, 타키나가 화난 건 알겠는데."

"화 안 났어요."

"이런 때는 말이지, 타키나? 입을 꼭 다물고 볼에 공기를 넣어봐."

"…왜요?"

"일단 해 봐. 시험 삼아 해 봐. 어서."

전혀 의미를 알 수 없다. 그걸 한다고 무슨 의미가 있단 말인가.

무시하자… 라는 생각이 든다.

하지만 어쩌면 자신이 모르는 무언가가 있을지도 모른다.

치사토가 하는 말은 기본적으로 아무 말 대잔치지만 때때로… 그래, 극히 드물게, 잊을 만하면, 거의 없기는 하지만… 타키나가 모르는 것을 가르쳐줄 때가 있다.

새로운 시점, 상상도 못한 사고방식, 모르는 세계—.

그 분수 앞 그때처럼, 어쩌면 또—,

"…알았어요. …이렇게요?"

타키나는 입술을 꼭 다물고 양볼을 부풀렸다.

"아~앙, 뽀로통한 타키나는 너무 귀~여~워~! 에잇!"

양볼이 손가락에 눌려, 푸시시 소리를 내며 공기가 빠져나간다. 미즈키와 치사토가 웃는다.

"뭐 하는 거예요?!"

"뭐냐고 물으면 할 말은 없지만, 아무튼 귀여운 타키나?"

오늘의 치사토는 아무 말 대잔치 쪽이었다. 아니, 그녀는 기본적으로 늘 그렇다. 왜 자신은 확률이 낮은 쪽에 승부를 걸고 말았을까.

"너무 화내지 마. 그건 그렇고… 타키나, 아무거나 좋으니까 점심밥 좀 해줘."

"싫어요. 무리예요. 전 못 해요."

"그치만 오늘은 타키나가 당번이잖아."

"…그건 그렇지만, 어차피 저는….."

"'어차피'라고 하지 마. 그런 말을 하면 복 나가. 일단 해봐. 냉장고 안에 있는 걸 이용해서 아무거나! 다 괜찮으니까."

잘하는 사람은 항상 그런 식으로 쉽게 말한다.

짜증이 올라온다. 하지만 약속… 규칙이다. 그걸 어기는 건 확실히 잘못이긴 하다.

무슨 일이야? 라며 미카가 주방을 들여다본다.

"점심 메뉴 때문에 그래? …걱정 마. 밥은 해놨으니까. 그냥 간단히 반찬만 하면 돼. 그보다 플로어로 돌아와, 치사토. 와서 일해."

"잉, 쿠루미가 있잖아."

"…손님이랑 보드게임하면서 노는 중이야."

"그 꼬맹이 녀석! …나도 끼워줘!!"

그게 아니지! 라는 미즈키의 태클을 무시하고, 치사토는 주방을 뒤로… 하지 않았다.

한 번 나갔다가 다시 얼굴을 빼꼼 들이민다.

"그럼 타키나, 점심밥 잘 부탁해."

그리고 이번에야말로 치사토, 그리고 파르페를 완성한 미즈키도 주방을 나가버렸다.

홀로 남겨진 타키나는 할 수 없이 냉장고를 열었다.

점심은 가능한 한 남은 재료로 싸게 간단히 만들 수 있으면서 금방 먹을 수 있고 동시에 맛있고 즐거운 것….

생각하면 할수록 요구사항은 많기만 하다.

그런 주제에 냉장고 속의 식재료는 빈약하기 짝이 없다. 애당초 카페 리코리코는 디저트 카페인지라 가게에서 쓰는 식재료 중에 반찬으로 적합한 것은 많지 않다.

팥앙금은 많이 있다. 과일 종류, 밀가루. 생크림, 우유, 달걀, 매실장아찌, 비엔나소시지….

"…매실장아찌?"

비엔나소시지는 미즈키의 안주용이겠지만, 매실장아찌는 대체… 아니, 이것도 미즈키의 술상용이다.

전에 소주인지 뭔지에 넣어서 보드게임이 끝난 뒤에 손님들과 함께 마시는 걸 본 적이 있다.

계속해서 냉장고를 뒤져봤지만 나온 것은 기껏해야 마른안주 같은 술안주 몇 가지뿐.

아까까지는 뭘 만들어야 좋을지 알 수 없었지만 이 상황에서는 오히려 뭘 만들 수 있는지의 문제라는 생각이 들기 시작했다. 바쁜 와중에

장을 보러 갈 수도 없고.

비엔나소시지와 달걀…. 달걀말이용 프라이팬이 있다는 건 미카가 전에 만들어준 적이 있기 때문에 알고 있다. 이거랑 밥…, 매실장아찌를 올려서 간단한 도시락처럼….

글쎄, 어떨까? 합리성을 중시하는 타키나도 약간 거부감이 있다. 참깨는 있지만 그걸 뿌려도 별반 달라질 건 없다.

타키나는 잠시 팔짱을 끼고 생각에 잠겼다.

반찬이 물리적으로 존재하지 않는 이상, 이건 이미 어쩔 수 없다. 하지만 밥은…. 뿌려먹는 양념가루 같은 걸 만들어볼까? 아니, 하지만 매실장아찌밖에 없으니….

차라리 오차즈케(주8)나 달걀비빔밥은… 점심식사라기보다 야식 같은 느낌이다.

그렇다면 역시 흰 쌀밥에 매실장아찌를 곁들이는 정도밖에….

"…아, 그러고 보니까…."

문득 어떤 생각을 떠올리고, 타키나는 조미료 선반을 뒤져보았다. 그러자 일반적인 조미료 외에… 김이 있었다. 이소베야키(주9)용이다.

이거야, 라고 타키나는 생각했다.

비엔나소시지에 칼집을 넣어 볶는다. 빨간색 싸구려 비엔나소시지는 기름기가 별로 없어서 식어도 괜찮을 것 같아서 먼저 조리했다. 적당히 볶아 접시에 담는다.

이어서 달걀말이다. 먹은 적은 많지만 만드는 건 처음이다.

핸드폰으로 달걀말이 만드는 법 동영상을 보면서, 사각 프라이팬을 달구고 기름을 두른다.

거기에 가볍게 소금과 육수를 넣고 섞은 달걀물을 조금 붓고 살짝 뒤

주8) 오차즈케: 쌀밥에 따뜻한 녹차를 붓고 고명을 올려 먹는 음식.
주9) 이소베야키: 간장을 발라 구워서 김을 말 떡.

142 |

적여준 다음 빠르게 말아나간다.

자신은 교토 출신이니까 칸토풍 말고 칸사이풍으로 가자. 몸 쪽에서부터 바깥쪽으로 말아서… 말아서… 말아서… 어라?

"왜 자꾸 달라붙지…?"

이상하다. 동영상에서는 쉽게 금방금방 두툼하게 잘만 말리던데, 타키나의 그것은 전혀 말리지 않고 엉망진창이 되어버렸다.

『잘 안 돼도 포기하지 마세요. 달걀말이는 최종적으로 모양만 나오면 되니까요. 수습할 수 있어요.』

아하, 그렇구나. 타키나는 동영상의 설명에 용기를 얻었다.

스크램블 에그처럼 되어버린 그것을 프라이팬 구석에 모으고, 다시 달걀물을 붓자… 스크램블 에그의 양이 늘어났다.

"어, 어라…?"

아마 어디선가 뭔가를 잘못한 모양이다. 하지만 한 번 시작한 달걀말이 프로젝트는 중단을 허락하지 않는다. 이러고 있는 동안에도 시시각각 달걀이 익어 단단해져간다.

계속할 수밖에 없다. 타키나는 과감하게 남은 달걀물을 마저 붓고… 스크램블 에그 같은 그것을 간신히 한 덩어리로 만들어 도마로 옮겼다.

망설이는 동안 군데군데 진갈색이 되어버린 수수께끼의 얼룩무늬 노란 덩어리 같기도 하지만… 아무튼 완성이다. 이건 이것대로 괜찮다.

마르면 씻기 힘들어지니까 타키나는 달걀물을 담았던 그릇을 물에 담가놓고 마지막 조리에 들어갔다.

나머지는 간단하다. 주먹밥이다. 맛은 깨소금으로 평범하게. 안에는 매실장아찌. 겉을 감싸는 것은 구운 김.

직원 점심메뉴로 이게 정답인지는 알 수 없다.

하지만 지금 할 수 있는 최선은 다했다…고 생각한다.

이게 뭐야, 라며 미즈키가 웃고 있었다.

"뭐야, 뭐야, 무슨 일이야?"

치사토였다. 치사토가 있으면 웃음소리가 난다. 하지만 웃음소리가 나면 달려오는 것 또한 치사토라는 사람이다. 재미있는 일을 찾아 자신도 끼워달라고 달려온다.

"치사토. 이것 좀 봐."

미즈키가 가리킨 곳에 있는 주방 테이블 위… 거기에 나란히 놓인, 지금 막 타키나가 완성한 음식들이다.

"이게 타키나의 역작이래."

미즈키가 계속 웃는다. 놀림당하고 있다. 타키나도 이유는 알고 있다.

비엔나소시지는 그렇다 쳐도 달걀말이는 얼룩무늬에다, 자른 단면은 예쁘게 말지 못한 것을 폭로하듯이 엉망진창이다.

그리고….

"특히 이 주먹밥, 대박 아냐? 찌그러진 피라미드 모양!"

속상했다. 쉽게 만들 수 있을 줄 알았다.

원통 모양의 오하기를 종종 만들었기 때문에, 삼각형 주먹밥쯤은 일도 아니라고 누구나 다 할 수 있는 거라고 생각하고 있었다.

하지만 아무리 애써도 삼각형이 되지 않은 것이다.

애당초 평면이 아닌 인간의 손바닥으로 어떻게 삼각형을 만든다는 거지? 보고 있으면 그런 반감을 품지 않을 수 없을 만큼 굴욕적인 피라미드 모양의 주먹밥이었다.

"…안 먹어도 돼요. 어차피 실패—."

콕, 하고 타키나의 입술을 치사토의 손가락이 터치.

"타키나, '어차피'라는 말은…?"

타키나는 입을 다물고 뒷말을 삼켰다. 그래도 속상한 기분은 변함없다.

타키나는 치사토와 멤버들에게 등을 돌리고, 사용한 조리기구를 설거지하기 시작했다.

뒤에서 그녀들의 대화가 들려왔다.

―처음 만들어봤나? ―그런 거 아냐~? ―아, 이거 봐, 미즈키. 문어 비엔나소시지야. 검정깨로 눈알까지 만들었어! ―와우, 섬세하네. ―응! 심지어 맛있어! ―빨간 비엔나는 누가 구워도 똑같잖아. ……아, 달걀말이는 보기와 달리 꽤 맛있네. ―응, 속이 꽉 찼어. 자, 그럼 궁금한 건….

주먹밥인가. 타키나는 어금니를 꽉 깨물었다. 제일 실패작이다.

자신은 좀 더 잘할 수 있을 줄 알았다. 실제로 손재주는 있는 편이다.

그래서, 하면 된다고 자만하고 있었다.

하는 법, 만드는 법은 설명서만 있으면 그게 틀리지 않은 한 어떻게든 된다고…. 하지만 비엔나소시지는 몰라도 핸드폰으로 검색해 만든 달걀말이와 주먹밥은 완전히 실패작이었다.

최선은 다했다. 그럼에도… 완성된 것은 피라미드. 몇 개를 만들어도 여전했다.

아마 뭔가 요령 같은 게 있겠지. 그러니까….

"…무리할 필요 없어요. 제가 다 먹으면 되니까요. 어차피―."

"타키나."

치사토가 부른다. 타키나의 말을 제지하는 것처럼.

타키나가 돌아보자, 치사토는 먹다 만 주먹밥을 손에 들고 이쪽을 빤히 쳐다보고 있었다.

그리고 그녀는 방긋 웃었다.

"엄청 맛있어."

무심코, 숨을 삼킨다.

치사토의 표정, 말, 분위기… 그것은 타키나의 모든 걸 받아들이고 다정하게 감싸 안아주는 듯한 그런….

타키나는 입술을 꼭 깨물고 다시 싱크대 쪽으로 고개를 돌렸다.

빨개질 것 같은 게―.

기뻐지고 마는 게―.

참을 수 없이 분하고… 부끄러워서.

―치사토는 비겁해.

뭐가 비겁한지는 알 수 없다.

하지만 타키나는 그렇게 생각했다.

■ 인트로덕션 4

토쿠다는 오랜만에 느끼는 감촉에 조금 기뻐졌다.

베레타92. 한 시대를 풍미한 걸작 권총이다. 미군에도 채용됐었고 그 우아한 디자인으로 한때는 영화와 게임에서 큰 인기를 누렸다.

하지만 의외로 일본인이 잡으면 '크고 무겁다'라는 인상을 주는 그것. 서양인들처럼 가볍게 다루기는 어렵다.

그래서 토쿠다는 카페 리코리코의 카운터석에 앉은 채, 책상 밑에서 살며시 그리고 단단히 베레타의 그립을 고쳐 쥐었다.

방아쇠에 검지는 올리지 않고 쭉 뻗은 채로 둔다. 쏜다, 죽인다, 그 순간까지 건드리지 않는다. 그게 안 되는 녀석은 초짜거나 궁지에 몰렸음을 자인하는 것이나 마찬가지다. 일류와는 거리가 멀다.

가게 안을 슬쩍 둘러보자, 여러 명의 손님 같은 사람들. 모두가 평온함을 가장하고 있지만 희미하게 긴장감이 감돌고 있었다.

그것은 토쿠다도 마찬가지. 당연하다, 카페 리코리코는 평소 이런 일을 하는 곳이 아니다. 거기서 설마 이렇게 총을 잡게 될 줄은 상상도 못했었다.

십대 때처럼 총을 다룰 수 있을지는 솔직히 알 수 없다. 하지만 어설픈 아마추어보다는 나을 거라고 생각한다.

카운터석 구석에 앉은 도이와 눈이 마주쳤다. 도이는 토쿠다의 긴장감을 간파한 듯 피식 웃었다.

도이는 이 긴시초에서 오랫동안 가게를 여러 개 경영했다고 한다. 그래서일까? 아마 아수라장 한두 번쯤은 겪어봤을 것이다. 어딘지 익숙한 모습이다.

질 수 없지. 토쿠다는 다시 마음을 단단히 먹었다.

—딸랑딸랑.

종이 울린다. 손님이다. 종이봉투를 든 백발의 여자.

타깃이 왔다. 베레타를 쥔 손에 축축하게 땀이 밴다.

"기다리게… 했나?"

가게 한복판에 서서 그녀가 말하자, 2층 자리에 있던 흑발의 여자가 벌떡 일어섰다.

"뻔뻔하게 잘도…. 물건은 가져왔나요?"

그녀가 아래층으로 내려오자, 백발의 여자는 의기양양하게 웃었다.

"물론— 놓고 왔지!"

백발의 여자가 종이봉투에서 권총을 꺼낸다. 소형 리볼버. 그게 흑발 여자의 이마를 겨누려 한 순간, 토쿠다 일행—가게 안에 있던 손님들이 일제히 행동 개시.

그리고 토쿠다는 동료들과 함께 외쳤다.

""""""""꼼짝 마!!!""""""""

카운터석에 있는 토쿠다와 도이, 다다미석에 있는 대학생 정도로 보이는 아가씨, 어린아이를 데리고 있는 엄마, 그리고 2층의 테이블석에는 세일러복을 입은 여중생…. 그 손님들 모두에 더해, 주방에서 산탄총을 든 흑인 남자가 백발 여자를 향해 총을 겨누었다.

백발 여자의 리볼버는 흑발 여자를 겨누기 직전에 멈춘 채, 얼굴은 경악으로 얼어붙었다.

흑발 여자는 그런 상황에 아랑곳없이 백발 여자에게 다가가, 그녀의 귀에 속삭였다.

"호신용 5연발 리볼버로 여섯 명을 상대하기는 어렵겠죠?"

"…크윽?"

그리고 교착 상태, 침묵이 흘렀다.

수상한 긴장감 끝에, 마침내 목소리가 울렸다.

"오케이!! 협조에 감사드립니다!!"

카메라를 든 여자—만화가 이토의 말에, 모두의 긴장감이 일제히 풀리고 가게 안이 시끌시끌해졌다.

—와! 이런 건 오랜만에 해 보네. —근데 요즘에 이런 건 3D CG로 하지 않나? —그럴 예산도, 기술도, 시간도 없어요. —하, 하지만, 하지만 굉장히 즐거웠어요! 완전 두근거렸어요! —저도 중학교 때 연극에서 한 이후로 처음이에요. 와, 정기적으로 하고 싶어요!

손님들이 즐겁게 웃는다.

이토가 지금 하는 연재만화에 작화가 어려운 장면이 있다고 해서, 그 참고자료를 위해 모두가 협조하게 된 것이다.

물론 백발과 흑발의 여자는 치사토와 타키나다. 이토가 지금 하는 연재만화의 주인공과 그 라이벌 역이라고 하는데, 처음부터 이 주인공의 모델은 치사토였기 때문에 그녀보다 더 적임은 없다고 한다.

열심히 사진과 동영상을 찍은 이토의 촬영 데이터를 다 함께 다다미석에 둘러앉아 확인한다. 놀라울 정도로 모두가 그럴싸해 보여서 부끄럽기도 하고 멋쩍기도 하다.

"그럼 이걸 바탕으로… 라기보다 거의 베낄 예정이지만, 아무튼 잘 쓸게요. …혹시 수정할 부분이 있는 분 계세요?"

도이가 좀 더 댄디하게 해달라고 주문하고, 여중생이 멋있는 느낌으로요, 라고 주문하는 가운데, 혼자만 다른 사람의 수정할 부분을 이야기한 사람이 있었다. 치사토다.

"아…, 토쿠 아저씨의 손은 조금 수정하는 편이 좋겠어요."

뭐? 토쿠다가 깜짝 놀라 무심코 되물었다.

타키나도 이토의 노트북 화면을 보더니, 아아, 하고 납득한 듯이 말했다.

"총을 잡은 모습이 '컵&소서'가 되어버렸네요. 확실히 프로라는 인상은 아니에요."

치사토와 타키나의 말에 의하면, 총을 잡을 때 오른손으로 그립을 잡고, 그것을 왼손 손바닥으로 밑에서 받치듯이 잡는 방법을 '컵&소서'라고 부른다고 한다.

리볼버 전성기 시대라면 몰라도 연사가 가능한 세미 오토매틱이 주류가 된 현대—라기보다 토쿠다가 잡고 있는 베레타가 그러한 이상—이런 자세는 상당히 아마추어처럼 보인다는 것이다.

밑에서 받치고 있는 왼손은 무의미하니까 제대로 하려면 양손으로 단단히 그립을 잡거나 그게 아니면 도이가 한 것처럼 한 손으로 잡고 팔을 뻗는 게 무난해 보인다고 한다.

"다시 말해, 이걸 쏘면 오른손만으로 반동을 억눌러야 해요. 그러니까 왼손으로 이렇게 꽉 잡으면 양손으로 그걸 받아낼 수 있어서 곧바로 두 번째 사격이 가능해지죠."

치사토가 실연해 보여주자, 그렇구나, 하면서 이토가 얼른 메모를 했다.

"…아, 죄송합니다…. 줄곧 이런 식으로 했었기 때문에 무심코…."

십대 끝자락에 어쩌다 산 에어건으로는 항상 이 자세로 친구들과 놀았기 때문에 문제없다고 생각했는데…. 토쿠다는 조금 창피한 기분이었다.

이토를 비롯해 모두가 "괜찮아, 괜찮아"라며 웃어준다. 이럴 줄 알았으면 여유부리지 말고 촬영 전에 지도를 좀 받아놓을걸. 괜찮아요, 자신 있어요, 라고 자신만만하게 말해버린 자신이 조금 창피했다.

"치사토는 총에 대해 잘 아는구나?"

토쿠다는 창피함을 얼버무리듯이 물었다.

그녀는 "아하하하" 하고, 어쩐지 부자연스럽게 웃었다.

"그냥 뭐… 영화를 좋아하니까요."

쑥스러워하는 것 같으면서도 별로 듣기고 싶지 않은 곳으로 대화가 흘러가고 말았다는 느낌도 있고… 잘 모르겠다.

"그러고 보니까 치사토는 요즘 영화, 옛날 영화 할 것 없이 다 잘 알 잖아. 특히 액션 영화."

이토의 말에, 치사토는 쑥스러운 듯이 뒤통수를 긁적이는 시늉을 했다.

"뭐, 남들만큼은 알죠. 얼마 전에도 '에일리언' 시리즈의 블루레이 디 스크 박스를 샀어요."

와아, 하고 저도 모르게 토쿠다는 감탄했다.

집에서 보는 영화는 스트리밍이 당연해진 요즘 시대에 블루레이를 산다는 것은 상당히 드문 일이다. 수집가가 아닌 한, 거의 듣기 힘든 이 야기다.

그게 십대라면 더더욱… 드물다.

토쿠다는 거기에 대해 물어보았다.

"음, 뭐라고 할까요. 화질과 음질이 좋다거나, 스트리밍 서비스가 중 단될 수도 있다거나 그런 이유도 물론 있지만… 역시 블루레이를 사면 그 작품이 정말로 내 것이 된 느낌이 들지 않나요? 아아, 그 명작이 내 손에!! 라고 말이에요. 그리고… 아, 누구에게 추천하기도 좋고요! 이건 진짜예요!! 스트리밍은 그 사람이 가입한 서비스에 따라 못 볼 수도 있 잖아요!"

타키나가 어이없다는 듯이 치사토를 쳐다본다.

"그 결과… 저는 언제나 너무 많은 영화의 시청을 강요당하고 있어요."

"엄선한 거야. …다 재미있었잖아."

"내용을 떠나 임무나 훈련의 일종이라고 생각하고 메모까지 하면서 봤던 과거의 제가 불쌍해요."

과연, 하고 토쿠다는 생각했다.

치사토는 영화광이라 총에 대해 잘 알고 그런 치사토 때문에 반강제로 영화를 봐야 했던 타키나도 덩달아 잘 알게 된 것이리라.

영화를 좋아하는 사람 중에는 다른 사람에게 작품을 추천하는 타입이 많은데 치사토도 아마 그런 타입인 모양이다.

"지금도 정기적으로 강요당하고 있지만 솔직히 민폐예요."

"너무 그러지 마~. 타─키─나─. 재미있는 것만 골라서 줄게~."

작품을 다른 사람에게 추천하는 데는 몇 가지 패턴이 있다. 아마 치사토의 경우는 자신이 재미있다고 생각한 작품을 타인과 공유하고 싶어하는 타입인 것 같았다.

같은 걸 보고 재미있었지, 라며 함께 웃고 싶은 것이다.

자신과 비슷한 듯 다른 취미라고 토쿠다는 생각했다.

대학 시절의 토쿠다는 '자신이 발견했다'고 말하고 싶어서 점점 사라져가는 비디오 가게에서 마이너한 작품을 찾아다니고 했지만….

지금 생각하면 조금 부끄럽기도 하고 그리고 잘 생각해 보면 자신은 그 시절과 달라진 게 없는 느낌이다.

카페 리코리코를 잡지에 소개하고 싶었던 것도 결국은 자신이 발견했다, 자신이 소개했다, 라고 자랑하고 싶었기 때문이니까.

"타키나에게 그렇게 영화를 보여주고 싶으면, 아예 영화관에 같이 가거나 아니면 집에 데려가서 문을 걸어 잠그고 강제 영화감상회를 하면 되잖아."

이토의 조언에 타키나가 진저리를 쳤다.

"…민폐예요."

하지만 치사토는 "오호?" 하고 팔짱을 끼더니, 의미심장하게 웃으며 타키나를 쳐다본다.

"타키나, 오늘밤에 이 언니랑 같이 놀지 않을래?"

"…오늘밤은 일해야 돼요."

"아, 맞다…."

여중생 소녀… 카나라는 이름의 소녀가 의아한 얼굴을 한다.

"언니들은 밤에… 일을 해요?"

"그래, 카나. 언니들은 밤에 비밀스러운 일을 해."

허리에 손을 올리고 파워당당하게 말하는 치사토를 보고, 토쿠다는 저도 모르게 도이와 눈빛을 교환했다. 표정으로 미루어 상대도 아마 같은 상상을 한 모양이다.

요즘 같은 세상에 십대 소녀가 밤에 그것도 비밀스러운 일이라면…. 특히 치사토는 의외로 가슴도 크고 타키나도 정통파 미소녀인 데다 무엇보다 여기는 긴시초…. 불안감이 스멀거린다. 수상한 소문이 적지 않은 동네인 것이다.

"토쿠다, 도이, 이상한 상상 하지 마. 순수하게 육체노동이니까."

정오가 한참 지난 시간이지만 자다 일어난 게 분명한 모습으로 한 소녀—쿠루미가 플로어로 나와 그렇게 말했다.

"그냥 사회공헌 작업이야. 일본의… 쓰레기 청소랄까."

자원봉사 활동인가. 하지만 그걸 왜 밤에…?

토쿠다가 고개를 갸웃하고 있을 때, 한 발 늦게 지팡이와 엽총을 손에 든 미카가 다가왔다.

"어디, 어디···. 호오, 괜찮군. 그럴듯해."

사진 속의 미카는 별로 눈에 띄지 않는다. 카운터 안쪽에 있었기 때문이기도 하지만 큰 체구와 상반되게 자세가 매우 낮았기 때문이다.

그야말로 카운터에 몸 대부분을 숨기고 있어, 엽총과 코 위부분밖에 보이지 않는다.

"···응?"

어라, 하고 토쿠다는 생각했다. 혹시 미카의 이 자세는 상대의 반격을 상정하고 몸을 한계까지 숨긴 게 아닐까.

도이처럼 옛날 액션영화같이 당당하지도 않고, 토쿠다처럼 아마추어 티를 내지도 않고··· 더 실전적인···.

외모로 판단하면 안 되는 건 알지만, 미카의 외모로 짐작컨대 외국 태생일 가능성이 높다. 그렇게 생각하면 유소년기 혹은 그 이후에도 한동안 총기 소지가 당연한 곳에서 자랐을지도 모른다.

그렇게 생각하면 납득이 되지만··· 과연?

어쨌거나 또 하나, 카페 리코리코의 수수께끼가 늘었다.

"밤에 일하는 건 너무 힘들어. 선생님, 그거 부탁해."

"알아, 치사토. 준비해둘게."

뭔데요? 라고 카나가 묻는다.

"별거 아니야. 강배전한 원두를 아주 곱게 가는 것뿐이지."

에스프레소구나, 토쿠다는 단번에 알 수 있었다.

■ 제4화 『리코리코 오브 더 데드』

『여러분, 침착하세요. …이건 세상의 종말일지도 모릅니다. 하지만 부디 희망을 버리지 말아주세요. 반드시 구조대가―.』

으응…. 타키나는 볼에 닿는 딱딱하고, 그런 주제에 어쩐지 따스한 나무의 감촉에 신음했다.

아마 깜빡 잠이 든 모양이다. 몸이 몹시 무겁다. 눈을 뜨는 것조차 귀찮기만 하다.

코로 들어오는 공기에 감도는 냄새. 고소한 커피 원두의 향과 은은하게 풍기는 달콤한 냄새…. 카페 리코리코 안이다. 그리고 왠지 모르게… 치사토의 냄새가 난다.

『…아마 이 스튜디오도 한계인 것 같습니다. 아까부터 '그들'의 신음 소리가 들리고 있습니다. 바리케이드 너머에 이미…. 여러분, 감사했습니다. 끝까지 직무를 완수한 것을 기쁘게 생각― 아악, 으아악―!!』

폭력에 물건이 박살나고, 군중이 들이닥치는 듯한 소리와 함께 비명 소리가 울리고… 모든 소리가 뚝 끊긴다.

그리고 타키나의 귀에 들려오는 것은 온화한 숨소리뿐.

자신의 숨소리가 아니다. 그렇다면 누구?

육중한 문을 밀어 열듯이 힘겹게 눈을 뜨고, 땅 속 깊이 가라앉을 것만 같은 의식을 억지로 끌어올린다.

흐릿한 시야, 노을빛으로 물든 세상. 거기에… 치사토의 잠든 얼굴.

"…응?"

리코리스 제복을 입은 치사토가 리코리코의 카운터에 고개를 옆으로 돌리고 엎드린 채 잠들어 있었다. 그리고 같은 차림을 한 타키나 역시,

그녀 옆에서 서로 마주보는 자세로 엎드려 있었다는 것을 서서히 알 수 있었다.

자신이 깜빡 잠드는 일 자체도 드물지만, 치사토와 나란히 잠들었다는 게 기묘했다.

타키나는 몸을 일으켜 눈을 비볐다. 뭔가 이상하다. 가게 안을 둘러봐도, 창문으로 들어오는 저녁햇살에 실내가 노을빛으로 물든 것 외에는 특별한 이상은 없다—아니, 이상하다.

리코리코는 볕도 잘 들고, 창문으로 들어오는 햇빛을 적극적으로 받아들일 수 있는 구조로 되어 있지만, 그래도 조명은 낮에도 기본적으로 켜두고 있다. 그러니까 해질녘이라고 해서 가게 안이 노을빛으로 물드는 일은 없는 것이다.

휴일? 영업 종료 이후?

오늘이 무슨 요일이었는지 기억이 나지 않는다. 가게 안에 설치된 텔레비전은 방송 종료를 알리는 컬러바가 화면을 가득 메우고 있을 뿐, 아무 정보도 없다.

핸드폰을 꺼내 확인해 보니 역시 통상의 영업일, 영업시간이다. …하지만 이상하다. 핸드폰이 터지지 않는다. 통화권 이탈 상태다. 가게 안의 와이파이도 작동하지 않는 것 같았다.

"으응… 응?"

치사토가 웅얼거리며 몸을 일으키더니, 크게 기지개를 켰다.

"어라? 다른 사람들… 선생님은?"

"모르겠어요. 저도 지금까지 잠들어 있었던 것 같아요…. 뭔가 좀 이상해요."

치사토도 가게 안을 둘러보더니 "정전인가?" 하고 고개를 갸웃한다. 하지만 텔레비전이 켜져 있으니까 정전은 아니다.

—딸랑딸랑.

문에 달린 종이 울린다. 타키나와 치사토는 반사적으로 자리에서 일어섰다.

"어서 오세… 아…."

타키나는 말문이 막히고 말았다. 그도 그럴 게 가게 안에 들어온 남자는… 명백하게 정상이 아니었다.

여기저기 찢어진 더러운 옷, 음식물 쓰레기 냄새 같은 악취.

흐리멍덩한 눈동자. 힘없이 벌어진 채 신음소리만 내는 입, 그리고 군데군데 명백하게 살점이 떨어져나간 피부. …부패가 시작된 모습.

그 모습은 그야말로 시체라고밖에는 표현할 길이 없다. 그것이 움직인다면 즉—.

"좀비다———앙♪"

치사토가 꺄아꺄아 환성을 지르며, 좀비처럼 보이는 상대를 향해 달려갔다.

"앗, 뭐야, 뭐야? 오늘이 할로윈 데이는 아니죠? 우와, 완전 본격적이네요!"

코스프레라기에는 거의 할리우드 수준이다. 무엇보다 이 썩는 냄새는 도저히 코스프레를 위해 일부러 낼 수 있는 수준이 아니다.

치사토 말대로 의심의 여지없이… 좀비다.

하지만 왜, 어째서, 어떻게…. 머릿속에 온갖 의문이 소용돌이친다.

하지만 영문을 알 수 없는 이런 상황 하에서는 그런 질문들은 일단 무시하는 게 답이다.

너무 많은 의문은 혼란을 초래하고, 혼란은 행동의 정체를 낳고, 그리고 상황의 악화에 박차를 가한다. 따라서 모든 의문은 무시하고, 담담하게 눈앞의 현상을 인식하고, 거기에 대처한다.

혼란에 빠지는 것도, 머릿속으로 이런저런 생각을 하는 것도, 긴급상황 하에서는 배부른 행동이다.

타키나는 카운터석의 둥근 의자를 온힘을 다해 좀비에게 집어던졌다. 의자에 안면을 강타당한 좀비는 부서진 의자 파편과 함께 비틀거리면서 가게 밖으로 뒷걸음질 치다가 엉덩방아를 찧었다.

"잠깐만, 타키나?!"

놀라는 치사토를 무시한 채, 타키나는 재빨리 가게 문을 닫고 잠가버렸다.

"뭐, 뭐 하는 거야?! 손님한테 다짜고짜….."

"치사토는 그게 손님으로 보였어요?"

"…음, 손님이랄까… 좀비?"

"맞아요. 정답이에요."

"하와이 여행?"

"무슨 소리예요?"

쾅, 하고 강한 힘이 문을 두드린다.

"봐, 타키나…. 화났잖아."

"의자에 정통으로 얻어맞고 아무 말도 없이 문을 두드리는 사람은 정상이 아니에요. 정상적인 사람이라면 구급차나 경찰을 부르겠죠."

"그야… 그럴지도 모르지만, 엄청 터프한 사람일 수도 있잖아. 일단 확인해 보자."

"왜 자꾸 좀비 편을 드는 거예요?"

"아니, 하지만… 좀비라는 건 말이 안 되잖아."

"말이 안 되죠. 하지만,"

"타키나, 진정해. …영화나 만화를 너무 많이 본 거 아냐?"

"치사토가 그렇게 말하니까 왠지 화가 나네요."

"그럼 게임파야?"

"진짜로 화낼 거예요!"

"앗, 아니구나. 그럼 벌칙 게임?"

"아까부터 대체 무슨 소리예요?"

"옛날 퀴즈 프로그램적인 느낌? …뭐, 됐고. 아무튼 현실적으로 생각해 봐. 방금 그 사람, 약간 썩은 것 같지 않았어?"

"네, 그러니까—."

"바로 그래서야, 좀비가 부패되어 있다는 이미지는 옛날 좀비 영화의 영향이야. 좀비가 바이러스 때문에 생겨난다는 설정이 나오기 전이라 종교나 흑마술에 의해 좀비가 되는데 그때는 매장되어 있던 무덤 속에서 나오기 때문에 부패된 거야. 화장이 기본인 일본에서는 그런 일은 있을 수 없어."

"…하지만 도이 아저씨와 영화관에서 본 영화에서는 바이러스 때문이었지만… 조금 부패되어 있지 않았나요?"

"그건 감염돼서 좀비로 변하고 며칠이 지났다는 걸 보여주기 위한 설정이고."

아~, 하고 타키나는 무심코 납득해버렸다.

바이러스 때문이든 흑마술 때문이든, 좀비가 되어버린 인간이 갑자기 부패하는 일은 일본에서는 있을 수 없다. 적어도 금방은 썩지 않기 때문에 한여름이 아닌 이상, 아니, 한여름이라 해도 잠에서 깨어나 보니 부패된 좀비가 득실거린다는 상황은 분명 이상하다.

"그럼 지금 그건 뭐죠?"

"작정하고 분장한 좀비 코스프레가 아닐까?"

"확인해 볼까요."

"하자."

두 사람은 잠긴 문을 열었다. 거기에는 명백하게 목이 이상한 방향으로 돌아간 남자 좀비가 기괴한 신음소리를 내며 서 있었다.

치사토와 타키나는 동시에 발차기를 날려 좀비를 뒤로 날려버리고 다시 문을 걸어 잠갔다.

"타키나, 저건 진짜 좀비가 아닐까?"

"좀비라고 생각해요. 처음부터 그렇게 말했잖아요."

치사토와 타키나는 서로를 마주보다가, 흠 하고 잠시 생각에 잠겼다.

"일단 현재 상황을 확인하자."

치사토는 창문으로 달려가 바깥을 내다보았다. 타키나는 뒷문을 잠근 후, 가게 안을 둘러보며 침입자 및 리코리코의 다른 멤버들이 없는 것을 확인했다. 쿠루미가 언제나 틀어박혀 있는 벽장도 열어봤지만 전원조차 안 켜진 그녀의 머신만 덩그러니 놓여 있을 뿐이었다.

만약을 위해 타키나는 탈의실에서 찾은, 총기를 넣어둔 사첼백―치사토와 자신의 것을 회수해 플로어로 가져왔다.

치사토는 텔레비전 리모컨을 손에 들고 있었다.

"TV는 안 나와. 인터넷도, 전화도 다 안 돼."

"역시 그렇군요. 혹시 모르니까 장비는 일단 여기 놔둘게요. …쿠루미와 다른 멤버들도 아무도 없어요."

"흠, 그렇구나. 다들 무사해야 할 텐데. …밖에는 좀비 같은 사람들이 돌아다니고 있어. 정상적인 사람이 안 보여서… 조금 걱정이야."

"그런 상태인 것들이 아무렇지도 않게 돌아다니는 시점에, 경찰은 물론이고 정상적인 도시 기능도 마비됐다고 보는 게 좋을 것 같네요."

"어쩌다 이런 설레는 전개가 돼버렸을까?"

"설렌다고요?"

"설레지!! 넌 안 설레? 뭐야, 어떤 의미에서는 꿈의 시추에이션이잖아! 망상한 적 없어? 좀비가 득실거리는 위험한 곳에서 목숨을 걸고 탈출해 다 같이 쇼핑몰에 모여서… 아, 맞다. 쇼핑몰이야! 가자!! 아니, 가야 해!! 이건 생존자의 의무라고 해도 좋아!!"

"치사토, 일본에는 외국처럼 대형 쇼핑몰이 많지 않아요. 교외에 있는 몰에 간다고 쳐도, 일단 입구가 너무 많아서 그걸 다 봉쇄하고, 이미 안에 들어와 있는 좀비를 처치하는 것만으로도 보통 일이 아니에요. … 무엇보다 일본은 쇼핑몰에서 총기를 판매하지 않으니까, 메리트가 별로 없지 않나요?"

"엥? 그래도 전기톱 같은 건 있잖아."

"…그런 걸로 움직이는 좀비를 베었다간 난리가 날 거예요."

정육점에 걸어놓은 고기처럼 가죽을 벗겨 핏물을 뺀 것이라면 몰라도… 일단 너무 무거워서 휘두를 수도 없을뿐더러 목표물에 명중하면 사방으로 튀는 피와 살점, 게다가 전기톱에 옷이나 머리카락이라도 끼면 작동불량, 최악의 경우 체인이 끊어져 맹렬한 속도로 날아가고… 등등, 사용하자마자 트러블이 발생할 게 확실하다. 무기로 사용될 만한 물건이 아니다.

그 점을 일깨워주자 치사토는 명백하게 실망한 얼굴이 되었다.

"…타키나는 꿈이 너무 없어."

"있어요. 퍼스트 리코리스가 돼서 임무를―."

"그런 거 말고! 이 경우의 꿈이란 건… 그러니까 로망 말이야!"

"됐고요, 일단은 정보를 더 많이 손에 넣어야 해요. 비상용 가방 안에 라디오가 있을 거예요."

"우씨~, 공감 좀 해줘~. 우리 같이 설레자~."

"그건 다음 기회에요."

타키나는 냉정하게 자르고 바로 꺼낼 수 있도록 카운터 밑에 수납되어 있던 비상용 가방에서 라디오를 꺼냈다.

—딸랑딸랑.

타키나는 깜짝 놀라 카운터에서 고개를 내밀었다. 문은 닫혀 있다.
그리고….

"…치사토?"

가게 안에 남은 사람은 타키나 혼자뿐.

1

라디오 방송은 아직 딱 하나만 살아 있었다.

방송에 의하면 이 수수께끼의 좀비 팬데믹은 오늘 새벽부터 맹렬한
속도로 퍼져 정오가 지났을 무렵에는 일본의 도시 기능 정지. 발단은
알 수 없지만 해외에서는 일본보다 더 이른 단계에 이미 혼란이 시작되
었기 때문에 외국의 도움은 기대할 수 없다는 것, 자위대와 경찰 등도
혼란 초기에는 대응하는 모습을 볼 수 있었지만 현재는 그 존재를 확인
할 수 없다는 것….

그리고 상투적이지만 좀비는 인육을 먹으며, 물린 사람은 똑같이 좀
비가 된다고 한다. 이 라디오 방송도 스튜디오를 완전히 봉쇄한 채 자
가발전으로 방송 중이라고 한다. 간간이 흐느끼는 진행자의 울음소리
가 차마 듣기 괴로울 정도였다.

타키나는 손에 넣은 정보를 메모해 정리하고, 다시 한번 그것을 읽어
보았다.

역시 이상해.

팬데믹의 확산이 지나치게 빠르다. 좀비의 원인이 바이러스성이고
맹렬한 속도로 살을 썩게 만드는 작용을 낳는다고 가정해도 부패가 너

무 빠른 것이다.

무엇보다 오늘 새벽에 시작됐다면 지금까지 전혀 인식 못 하고 있던 자신과 치사토는 한나절 이상을 카운터에 엎드려 잠들어 있었단 말인가? 있을 수 없는 일이다.

생각하면 할수록 타키나의 사고는 하나의 결론으로 수렴해간다.

그렇다, 답은 이미 치사토가 말했었다.

"…꿈, 인가."

사실을 쌓아갈수록, 답은 그곳에 도달해버린다.

적어도 현실은 아니겠지.

하지만, 하고 거기서 다시 타키나는 생각했다.

자신은 왜 이런 세계의 꿈을 꾸고 있는 걸까.

오히려 이 꿈의 느낌은—.

—딸랑딸랑.

"다녀왔어!"

치사토다. 그녀는 가격표가 달린 보스턴백을 어깨에 메고 있었다.

"문 잘 잠그세요, 치사토."

"어라? 생환을 기뻐해주지도 않는 거야? 보고 싶었어, 어디 갔었어, 이 바보야! 하면서 울며 달려올 줄 알았더니."

"준비해둔 가방이 없어진 걸 봤으니까요. 치사토가 총을 챙겨갔으면 충분히 대비한 거잖아요. 단, 앞으로는 멋대로 행동하지 말아주세요."

"응."

"그래서 뭘 가져온 거예요?"

"일단 통조림이랑 보존식량이랑 비타민…, 그리고 이거!"

나무 배트와, 어째서인지 공구류가 나왔다.

"좀비물 하면… 역시 못 배트지! 하지만 파는 게 아니니까 직접 만들

거야."

"…마음대로 하세요. 그래서? 바깥 상황은 좀 어때요?"

"좀비 천지야. 현실감이 없어서 오히려 무섭지도 않아. 냄새가 좀 고약할 뿐이지. 덤벼들어도 움직임이 느려서 결국 총을 사용할 필요도 없었어."

흠, 하고 타키나는 잠깐 생각한 뒤에 조금 전 자신이 생각한 가설을 말해 보기로 했다.

"…치사토, 저는 이게 꿈이라고 생각해요."

날이 저물어 가게 안도 어두컴컴해져서, 치사토는 불을 켜려고 한다.

"그럴 줄 알았어. 그럼 즐겨야지. 이왕 이런 꿈이니까. …어라? 정전인가?"

쳐다보니, 컬러바 화면이 나오던 텔레비전도 어느새 꺼져 있었다.

"…손전등을 준비할게요."

타키나는 비상용 가방에서 LED식 랜턴을 꺼내 켰다.

치사토는 그 불빛 속에서 충전식 드릴로 나무 배트에 구멍을 뚫기 시작했다. 나무 배트는 너무 단단해서 망치로 못을 박으면 갈라져버린다고 한다.

그런 건 타키나는 모른다.

만약 이게 꿈이라면… 적어도 자신의 꿈은 아니다.

그렇다면 이런 생각을 하는 자신은 뭘까.

이런 생각조차 그 꿈의 주인이 꾸는 꿈일까—.

그렇다면 자신은—.

2

정전과 함께 어느새 수돗물도 끊겨 있었다.

치사토가 못 배트를 찾으러 나간 동안, 타키나가 물을 받아두었지만 당연히 많은 양은 아니다.

역시 탈출할 수밖에 없다고 타키나는 마음을 정했다. 여기서 버티기에는 비축식량도 없고 구조를 기다린다 해도 눈에 잘 띄지도 않는 장소다.

LED 랜턴의 불빛 속에 장비를 정비하면서 타키나와 치사토는 앞으로의 계획을 의논했다.

"쇼핑몰이 안 된다면… 역시 자위대 주둔지로 가야 하지 않을까?"

드릴로 구멍투성이가 된 나무 배트. 치사토는 그 구멍에 접착제를 짜 넣은 다음 못을 박아 넣었다. 고슴도치 모양의 무기가 서서히 그 모습을 드러내기 시작했다.

"자위대가… 기능하고 있을까요?"

타키나는 무기고에서 두 팔 가득 탄약을 가지고 나와 탄창에 채워 넣었다. 타키나는 평소 사용하는 라운드 노즈형 풀 메탈 재킷이 아니라, 이번에는 인간이었던 생물이 메인 타깃임을 감안해 할로 포인트를 선택했다. 관통력보다도 명중시의 파괴력을 중시한 선택이다.

"기능하고 있지 않아도 아마 나름의 무기와 비축식량은 있을 테고, 만에 하나 고립되어도 버틸 수 있도록 준비되어 있을 거야. 어쨌거나 전쟁에 대비하는 조직이니까."

정론이다. 전시에 모든 라이프 라인이 끊겨도 어느 정도는 유지 가능하도록 대비되어 있을 것이다.

다만 한 가지 걱정스러운 문제가 있었다.

"…상대가 좀비라도 자위대는 못 쏠 것 같아요."

"그야…."

쏘기 위한 훈련을 하면서도 결코 사람을 쏘면 안 되는 일본의 자위대이기에 아무리 좀비가 되었다 해도 자국민을 향해 총을 발포할 각오가 있다고는 생각하기 힘들다. 이런 상황에서 발포 결단을 내릴 수 있는 사람은 적극적으로 쫓겨나거나, 혹은 특수 임무를 담당하는 부대로 보내지는 게 기본이다.

그렇다면 근방의 주둔지는 좀비가 내부에 침입하거나 혹은 감염이 퍼졌을 때 궁지에 몰렸을 가능성이 있다.

"치사토는 쏠 수 있어요?"

작업하던 치사토의 손이 멈춘다. 타키나도 손을 멈추고 그녀를 보았다.

"…몰라. 사람은 죽이고 싶지 않지만… 하지만… 좀비니까."

"적어도 제 눈에는 의욕이 넘쳐 보여요."

치사토는 손에 들고 있던 못 배트를 보고, 그러네, 하고 웃었다.

못 배트 같은 건 상대가 죽어도 상관없다고 생각하지 않으면 쓸 수 있는 물건이 아니다.

"아마 꿈일 테니까. 그리고 상대가 좀비라면… 어쩔 수 없이 쏴야겠지. 하지만 평소의 그 총알로."

"이 상황에서도 그걸 고수한다고요?"

"게임에서도 그렇지만 강하니까, 이길 수 있으니까, 효율이 좋으니까…라는 이유만으로 자신의 플레이 스타일을 버리는 걸 난 싫어해."

"자존심, 인가요?"

"그렇게까지 멋진 건 아니고. …그냥 끝까지 나답고 싶어서?"

알겠어요, 라고 대답하고 타키나는 치사토의 탄창에도 탄약을 채우기 시작했다.

만약 좀비가 진부하게도 부패되어 있다면 치사토의 총으로도 충분한 효과를 기대할 수 있다. 아니, 어쩌면 그 이상일지도 모른다. 대상물이 영화의 그것처럼 부자연스럽게 흐물흐물하다면 할로 포인트조차 쉽게 관통해버릴 가능성을 부인할 수 없지만 플라스틱 프랜저블탄이라면 대상물의 강도에 관계없이 같은 임팩트를 줄 가능성도 있고, 어쩌면 그 이상으로….

"그럼 타키나는 어디로 가야 한다고 생각해?"

"DA 본부로요."

"…오호?"

사방이 담으로 둘러쳐져 있고, 자위대 주둔지만큼은 아니라도 고립 시에 한동안 버틸 수 있을 만큼의 비축식량은 있을 것이다.

게다가 DA는 전국 각지에 지부가 있지만 현재의 본부이자 모든 의미에서 최상위인 곳은 치사토가 자라고 타키나가 이주해 훈련을 받아온 이 수도권 지부다.

예전에는 교토가 주축이었지만 본부를 도쿄로 옮긴 이후로는 이쪽이 주력이 되어 교육·훈련설비, 대규모 테러 등의 대비를 위한 초법적인 화력의 비축분까지 갖추어져 있다.

다만 그 무엇보다 타키나가 후보로 꼽은 이유는, 거기에 있는 전투원들은 조직으로서의 훈련을 받아 사람을 쏘기 위한 훈련을 하고 있다는 점이다.

무기를 가지고 공격해오는 적을 쓰러뜨리는 게 아니라, 죽이지 않으면 안 되는 이유가 있는 무방비한 인간을 죽이는 것을 당연하게 여기는 자들이 모여, 일본의 비상(非常)을 자신들의 일상으로 삼는 집단이다.

현재 상황에서는 더할 나위 없이 이상적인 조직이다.

또한 현역 리코리스인 타키나조차 그 전모를 알지 못하지만 아마도 존재하는 게 분명한 자매조직과의 연대도 DA라면 가능할 것이다.

DA는 다이렉트 어택의 약칭이다. 조직명으로서는 명백하게 이상한 이름이다.

유일무이한 조직이라면 리코리스처럼 적당히 호칭을 붙이면 될 텐데 굳이 구체적인 역할을 조직명으로 삼았다는 것은, 그렇지 않다는 뜻이다.

즉, '평화로운 일본의 모습을 지킨다'라는 동일한 이념을 가지면서, 적에 대한 직접 공격을 메인으로 하지 않는 다른 조직이 존재하는 것은 거의 확실하다.

어쩌면 유사한 초법적 조직이 여러 개 존재하고, DA는 그중의 한 전문조직, 어떤 거대조직의 일개 부서에 지나지 않을지도 모른다. 그리고 그 이름을 지은 존재—이것들을 포괄, 또는 통합하는 상위의 존재도 아마 있을 것이다.

이런 사실은 결코 누가 가르쳐주는 게 아니지만 DA라는 이름에 위화감을 품으면 누구나 빠르든 늦든 깨닫게 되는 일이다. 하지만 입에 담는 것은 암묵적으로 금기인 느낌이라 리코리스들 사이에서도 이야기가 나온 적은 거의 없다.

어쨌든 이것들이야말로 지금 가장 의지할 수 있고 전투 능력을 지닌 자신들을 최대한으로 활용해줄 수 있는 일본 유일의 조직이라고 추측할 수 있다.

"그러네, 그럼 쿠스노키 씨를 만나러 가는 느낌으로 가볼까."

타키나가 다른 조직과의 연대 가능성에 대해서도 자신의 생각을 이야기하자 치사토는 가볍게 그렇게 응수했다.

역시 그녀도 예상하고… 아니, 알고 있을 것이다. 하루카와 후키도 다른 조직에 대해 아는 것 같았으니까 퍼스트 리코리스가 되면 누군가가 가르쳐주는 걸지도 모른다.

자신도 언젠가 모든 걸 알게 될 때가 올까. 퍼스트 리코리스의 붉은 제복을 입는 날이….

어쨌거나 이 좀비 세상에서는 어려운 일이고 지금은 그런 생각이나 하고 있을 때가 아니다.

지금 할 일은 꿈을 꾸는 것도 한숨을 쉬는 것도 아닌, 살아남는 것이다. 타키나는 마음을 다잡았다.

"…자, 다음은…."

탄약을 전부 채워 넣고 타키나는 다시 무기고로 갔다. 그러자 지금까지 미처 몰랐던 수상한 건케이스 두 개가 눈에 들어왔다. 열어보니 저격총과 엽총이 들어 있어서 일단 챙겼다. 미카와 치사토의 총인 것 같았다.

이건 생각지 못한 행운이었다. 저격총은 몰라도, 엽총은 기쁘다.

그것은 켈텍의 KSG다. 당연히 비살상탄밖에 준비되어 있지 않다.

혹시 몰라 쇼트셀 하나를 열고 안에 든 총알을 꺼내 확인해 보니, 금속구슬이 든 고무탄 여섯 발이 들어 있었다. 지근거리에서 발사하면 아무리 건장한 남자라도 한 방에 세 명은 병원행일 것이다. 머리를 노리면 죽을 수도 있다.

좀비 상대라면 한 방으로 무리를 흩어버릴 수 있을 것이다. 가져가기로 했다.

한편, 치사토와 의논한 결과, 저격총은 두고 가기로 했다. 짐이 너무 많기 때문이다.

무엇보다 세미 오토매틱이면 몰라도 단발식은 좀비를 상대로 의미가 있다고 생각하기 힘들다. 원거리에 있는 적을 쏠 수 있다지만 날아다니는 도구를 사용할 리 없는 좀비라면 무시해도 된다.

치사토와 타키나는 보스턴백에 차곡차곡 짐을 챙겨 넣었다. 총, 탄약, 관리 키트, 휴대용 버너, 식량, 물, 위생용품을 비롯해 각종 약, 최소한의 갈아입을 옷, 랜턴, 무전기, 그리고 초콜릿 과자….

"…이건 뭐예요?"

"응? 맛있어."

"…그런가요….'"

아마 말해도 소용없으리라. 타키나는 조용히 한숨을 내쉬고, 가방에 과자를 집어넣었다.

가득 찬 보스턴백 두 개가 완성되었다. 들어보니, 끙 소리가 절로 나올 만큼 무겁다.

두 개로 나누었어도 식량과 물, 그리고 엽총과 배트가 주원인이라 이것들 전체의 중량이 한쪽 어깨를 짓누른다.

양어깨에 부하가 걸리는 배낭이라면 그나마 낫지만, 등에 사첼백을 메야 하기 때문에 숄더 타입밖에 선택지가 없었던 것이다.

이 중량감은 치사토에게도 견디기 힘든 모양인지 들어 올린 후 찡그린 얼굴이 된다.

"못 들 정도는 아니지만 이걸 들고 마라톤이나 전투는 하기 싫어."

"자동차를 찾아봐야겠어요. 어차피 이동수단은 필요하니까요."

"앗, 그럼 더 많이 가져가도 되지 않아?"

"상황이 불분명해요. 혹시라도 차가 퍼지면 바로 탈출해서 들고 다닐 수 있도록 해두고 싶어요."

무슨 일이 일어날지 모르기 때문에 최대한 많이 가져갈 것인가, 아니면 무슨 일이 일어날지 모르기 때문에 가볍게 갈 것인가…. 어려운 문제다.

아마 둘 다 정답이고, 상황에 따라서는 둘 다 오답이 될 수 있다. 타키나는 단순히 후자를 선호하는 것뿐이라 치사토가 가져가자고 하면

검토해 볼 요량이었다. 하지만 치사토는 "OK" 하고 순순히 응했다.

그녀로서는 못 배트만 있으면 충분한 모양이었다.

준비에 생각보다 시간이 걸려서 어느덧 한밤중이다. 아침까지 기다리기로 하고 타키나가 벽장에서 낮잠용 이부자리 두 채를 꺼내와 다다미석에 깔았다.

그러자 얼른 치사토가 두 채를 딱 붙여놓는다.

"…왜죠?"

"이게 더 즐겁잖아!"

치사토는 제복 차림 그대로 잽싸게 이불 속으로 들어가더니, 옆자리의 이불을 들췄다.

"자, 컴온!"

타키나는 어이없어하면서도 사첼백에서 총을 꺼냈다.

"으아아아악?! 그렇게 화났어?!"

"무슨 말이에요. 머리맡에 두고 자야죠."

"아, 맞다, 맞다! 그럼 나도 나무 배트를 두고 자야지."

실은 세 시간씩 교대로 망을 보고 싶었지만 치사토와 입씨름하기도 귀찮았다.

무엇보다 불과 몇 시간 전에 잠에서 깼기 때문에 졸리지도 않고 피곤하지도 않다. 자신이 이불 속에서 안 자고 있으면 그만이다.

타키나는 헤어슈슈로 긴 흑발을 가볍게 묶어 어깨에 늘어뜨린 다음, 치사토가 들춰놓은 이불 속으로 들어갔다. 제복이 구겨질 것 같지만 여기서 벗을 수도 없는 노릇이다.

"선생님과 다른 멤버들은 무사할까?"

"…흔적이 전혀 없어서 걱정이에요."

미카와 미즈키는 몰라도 쿠루미가 적극적으로 이 가게를 떠날 거라고 생각하기는 힘들다. 좀비 세상이 아니라도 원래부터 신변의 위험을 안고 있는 아이가 아닌가. 심지어 그녀의 가장 큰 무기인 머신들의 전원이 꺼져 있는 상태라면….

24시간 언제나 가동하는 탓에 가게의 전기세가 급등해 한바탕 소란이 벌어진 적도 있을 정도다. 적어도 타키나는, 쿠루미의 머신이 완전히 침묵하는 것은 처음 보았다.

만약 이 세계가 꿈이라면… 아마 쿠루미는 등장인물에 포함되지 않은 걸지도 모른다.

"있잖아, 타키나…. 넌 좋아하는 사람 있어? 있지?"

"갑자기 무슨 소리예요?"

너무나 생뚱맞은 소리에 타키나는 옆에 누운 치사토를 보았다. …얼굴이 코앞에 있어 타키나는 본능적으로 고개를 뒤로 젖혔다.

"꽃다운 나이의 두 소녀가 나란히 누워서 자게 됐으면, 당연히 연애 이야기를 해야지!"

"………가게 밖에는 좀비가 득실거리고 머리맡에는 총과 못 배트가 있는 이 상황에요?"

"연애 이야기는 인류가 존재하는 한 영원히 계속될 거야. 자, 이 언니에게 솔직히 말해 봐!"

"특별히 할 이야기는 없어요."

"뭔가 있잖아! 없을 리 없잖아. 응~?"

타키나는 무시하고 천장을 올려다보지만 치사토의 얼굴이 너무 가까운 탓에 그녀의 목소리와 숨결이 귀를 간지럽힌다.

타키나는 결국 참지 못하고 치사토에게 등을 돌리고 돌아누웠다.

"…타키나의 머리카락은 언제나 아름다워. 냄새도 좋고…."

속삭이는 치사토의 목소리, 그리고 머리카락을 쓰다듬는 손길. 무시

했다. 그러자 기다렸다는 듯이 치사토는 타키나의 머리를 묶은 헤어슈슈를 풀어버렸다.

"…치사토, 하지 마세요, 꺅!"

타키나의 머리카락에 치사토가 자신의 얼굴을 파묻는다. 목덜미에 느껴지는 치사토의 코끝과 입술의 감촉에 저도 모르게 비명을 지르며 타키나는 몸을 젖혔다.

"타키나도 그런 소리를 내는구나."

킥킥 웃으며 치사토는 타키나의 등을 살며시 껴안고 몸을 밀착해온다. 명백하게 이쪽의 이불 속에 들어와 있다.

타키나가 발차기 일격으로 치사토를 날려버리기로 마음먹은—그때였다.

가게 안의 유리창이 일제히 깨지는 소리, 기괴한 신음소리, 가게 안에 퍼지는 끔찍한 악취.

창이라는 창은 전부 다 박살나버리고, 좀비들이 가게 안으로 노도처럼 들이닥친다.

"맞다!! 꽁냥거리다 습격당하는 건 기본 중의 기본이었지—!!"

"무슨 소리를 하는 거예요, 얼른 대처해요!"

타키나는 이불을 젖히고 총을 집어 들었다. 가게 안으로 들어온 좀비는 현재까지 여덟 개체. 뒤따르는 놈들도 있지만 앞서 들어온 놈들이 창틀에 발이 걸려 바닥에 널브러져 있었다. 겁먹을 필요는 없다.

타키나는 망설임 없이 발포해 쓰러지듯 가게 안으로 밀려드는 좀비들의 머리를 쏘았다. 좀비 하면 머리라는 상식을 떠나, 확실하게 명중시킬 수 있는 거리라면 타키나는 원래 헤드샷을 노린다.

총에 맞은 좀비는 순간적으로 몸을 경련하더니 그대로 움직임을 멈췄다.

효과가 있다. 됐어, 물리칠 수 있어!

타키나는 일말의 망설임도 없이 계속해서 총격을 가했다.

"탈출할게요, 치사토. 어서 짐 챙겨요!"

리코리코의 플로어는 그리 넓지 않은 공간이다. 상대가 허수아비라도 인해전술로 밀고 들어오면 최종적으로는 밀릴 수밖에 없다.

치사토가 가져온 공구도 있는데 널빤지로라도 창문을 막아놨어야 했다. 타키나는 그렇게 후회하면서도 명백하게 자신들을 노리는 좀비들을 향해 방아쇠를 당겨나갔다.

"헐, 실화야~?"

치사토가 배트를 손에 쥔 채, 겁먹은 얼굴로 가게 안에 서 있었다. 마치 연약한 소녀처럼.

"치사토, 뭐 해요?"

"아니, 막상 하려니까 아무리 좀비라도 사람 같다고 할까, 아니, 완전히 사람으로 보여서… 휘두르기가….""

"그럼 안 싸워도 되니까, 짐 챙겨서 탈출—."

"앗, 미즈키다."

"네?!"

치사토의 목소리에 타키나가 돌아보니, 가게 안으로 들어와 흐느적거리며 걷는 좀비 중 하나가 눈에 들어왔다. 명백하게 미즈키였던 존재다.

희뿌연 눈동자에 살은 썩어 문드러지고, 몸 곳곳에 이빨자국처럼 보이는 물어뜯긴 흔적, 떨어져나간 살점—차마 눈뜨고 보기 힘든 형상이지만 그래도 미즈키였다.

그것은 힘없이 벌어진 입으로 침을 줄줄 흘리며 저주와도 같은 신음소리를 내면서 치사토를 향해 다가온다.

"치이~사아… 토… 오 오 오 오…."

"아아, 미즈키, 어쩌다 이렇게…. 아아, 왜, 대체 왜… 죽어!!"

치사토, 풀스윙. 못 배트가 미즈키의 몸에 박히는 것과 동시에 부러져버리고, 미즈키의 몸은 벽으로 날아가 바닥에 내동댕이쳐졌다.

"앗, 부러졌어!! 기껏 만들었는데!!"

"…해, 해냈군요. 심지어 잘하는데요?"

"아니, 저렇게까지 처참한 모습이면 곱게 죽을 수 있도록 도와주는 게 동료의 도리 같아서. 뭐, 어차피 꿈이니까."

치사토는 부러진 배트의 그립 부분을 미즈키의 사체에 던져버리고 사첼백을 둘러멘 후 재빨리 좋아하는 총을 꺼내 약실에 초탄을 장전했다.

"탈출하자, 타키나."

"아까부터 그렇게 말하고 있잖아요."

치사토는 바닥에 허리가 꺾인 채 쓰러져 있는 미즈키의 머리에 총알을 박아 넣어 숨통을 끊은 다음, 보스턴백을 어깨에 메고 문 쪽으로 달려가 잠금장치를 풀었다.

치사토가 문을 연다. 기다리듯 서 있는 무수한 좀비 떼. 치사토는 거침없이 그들에게 다가가 얼굴 앞으로 비스듬히 총을 겨누고—익스텐디드 포지션으로 정밀하게 좀비들의 목을 조준한다.

아마 미즈키를 쏘고 확인했으리라. 아무리 부패한 상태라도 두개골은 비살상탄으로는 관통하기 어렵다.

그래서 목이다. 물렁한 살에 비살상탄을 지근거리에서 쏘면, 평범한 인간도 절명 가능성이 있다.

그것이 좀비—즉, 살이 썩어 물컹거리는 그것들이라면 더 쉽다. 치사토의 총에 맞은 좀비는 어퍼컷이라도 먹은 것처럼 몸이 젖혀져 날아가버리고 어떤 좀비는 썩은 살점이 사방으로 튀고 또 어떤 좀비는 목이 툭 떨어져… 쓰러져버린다.

비록 움직임이 느린 좀비라도, 적의를 가지고 달려드는 움직이는 상대, 게다가 머리보다 면적이 좁은 목만을 노려 지속적으로 명중시키는 것은 난이도가 상당한 일이다.

하지만 치사토는 당연한 듯이 그것을 해나간다. 지겨울 정도로 반복한 게임처럼.

다섯 발로 좀비 다섯을 쓰러뜨리고 치사토는 총알을 장전하면서 밖으로 나갔다.

"치사토, 탄창은 버리지 마세요! 보급 없이 장기전도 고려해야 되니까요!"

타키나는 치사토의 탄창을 주워 보스턴백에 쑤셔 넣고 쫓아가려고 하지만….

"으악?!"

뛰쳐나갔던 치사토가 뒷걸음질하다 하마터면 타키나와 부딪칠 뻔했다.

"무슨 일이에요?! …아."

평소에는 긴시초 역에서 가까운 곳이라고 믿기 힘들 만큼 조용한 동네지만, 지금은 마치 축제날처럼 사람이―좀비가 우글거리고, 그것들이 전부 타키나와 치사토를 쳐다보는 것 같았다.

정전으로 깜깜해진 도시에서 희뿌옇게 변한 눈만이 빛나는 것처럼 보이는 모습은 본능적으로 몸이 떨려올 정도였다.

"으햐, 어떡하지, 이거…?!"

"길을 열어야죠. 비켜보세요!"

타키나는 치사토 앞에 서서 양팔을 정면으로 뻗어 자세를 잡고, 발을 앞뒤로 가볍게 벌렸다. 평소의 위버 스탠스는 물론 이등변삼각형 자세와도 미묘하게 다른, 이른바 수정된 이등변삼각형, 혹은 컴뱃 스탠스라 불리는 자세다.

좌우로 전개하는 복수의 타깃을 빠르게 조준해 쏘면서 돌발적인 사태에 대비하기에는 이쪽이 편리하다.

발은 땅바닥에 단단히 고정하고, 상반신도 반쯤 고정한 채 허리를 사용해 문자 그대로 회전식 포대처럼 좌우로 총구를 이동시킨다.

좀비들이 괴성을 지르며 일제히 달려든다.

타키나는 쏘고 또 쏘았다. 그야말로 슈팅 레인지에서의 훈련처럼 거리가 가까운 상대부터 순서대로 흔들림 없이.

아까 치사토에게 탄창을 버리지 말라고 했지만 줍고 있을 여유는 없다. 타키나는 빈 탄창을 발밑에 버리고 다음 탄창을 장전한 다음, 다시 팔을 뻗어 자세를 취하고, 다시 쏘기 시작했다.

그러다 깨달았지만 예상보다… 편하다. 좀비들의 체격은 큰 차이 없이 비슷비슷하다―즉, 좀비들의 머리는 기본적으로 가로로 일렬이며 좌우로 움직이지도 않고 똑바로 자신들을 향해 다가와주기 때문에 자연히 조준하기가 쉬워진다.

총알만 있으면 얼마든지 가능해, 라고 생각한 직후… 아차, 하고 타키나는 깨달았다.

숨을 필요가 없다고 생각해 소음기를 장착하지 않았는데 이렇게까지 연사해대면 귀가 아픈 건 둘째치고 머즐 플래시를 무시할 수 없다. 동공이 머즐 플래시에 대응해버린다. 가까운 곳이라면 몰라도 먼 곳의 어둠속은 볼 수 없다.

"치사토, 근처에 차 없어요?!"

타키나는 총소리에 묻히지 않도록 큰소리로 물었다.

"보자… 아, 저기 오리모토 아저씨네 가게 앞에 배달용 봉고차가 있어!"

됐어! 타키나는 생각했다. 오리모토 재활용 가게의 봉고차는 아마 오래된 차량일 것이다. 도난방지 장치가 있는 자동차는 쿠루미의 지원 없이는 장악하기가 쉽지 않지만 고전적인 잠금장치라면 가지고 있는 공구로 몇 분 안에 시동까지 걸 수 있다.

"길을 열게요!"

자세를 위버 스탠스로 바꾸고 오리모토 재활용 가게 쪽으로 총구를 향한다.

앞을 가로막는 무수한 좀비 떼. 많다.

절로 혀를 차고 싶어질 만큼―.

그때, 폭음과도 같은 총소리. 좀비 떼가 사방으로 날아가 쓰러진다.

타키나 옆에서 치사토가 엽총을 겨누고 있었다.

"가자, 파트너."

3

봉고차의 엔진 시동.

운전석 밑에 기어들어가 있던 타키나는 공구를 대시보드에 던져버리고 급하게 좌석에 앉아 안전벨트를 맨 다음, 핸들을 잡았다.

"갈게요, 치사토!"

응! 하고 머리 위―봉고차 지붕에 올라가 달려드는 좀비들을 모조리 쓸어버릴 기세로 총을 난사하고 있던 치사토의 대답소리에 이어, 열려 있던 선루프에서 엽총이 떨어졌다. 이어서 치사토의 몸이 차 안으로 미끄러져 들어… 오지 않는다.

"으악?! 가슴! 아야야야얏!"

구멍 속으로 뛰어들듯이 다리부터 밀어 넣었지만, 그리 크지 않은 선루프라 가슴이 걸려 버린 모양이다. 쾅 하는 둔탁한 충격음이 들렸으니까, 실질적으로 체중 전체를 가슴으로 받아낸 셈이다.

다리를 버둥거리자 치사토의 몸도 스르륵 아래로 떨어졌지만, 상당히 아팠던 모양인지 뒷좌석에 굴러 떨어져 가슴 아래를 붙잡고 몸부림친다.

"출발해도 돼요?!"

"마음대로 해!!"

헤드라이트 점등, 하이 빔. 앞 유리창 앞을 가로막은 좀비 떼.

이 정도는 이미 익숙하다.

타키나는 사이드브레이크를 푸는 것과 동시에 액셀을 힘껏 밟았다. 격렬한 충격 후, 절묘하게 생물 같은 느낌의 무언가를 밟는 불쾌한 진동을 느끼면서도 봉고차가 발진한다.

앞을 막아서는 좀비 떼를 속도와 질량으로 날려버리고 밟아버리고 돌진한다.

치사토가 진동보다는 통증의 후유증으로 비틀거리면서 조수석으로 넘어와 안전벨트를 매고… 그리고 다시 가슴 아래에 팔짱을 끼고 끙끙거린다.

힐끗 쳐다보니 눈에 눈물이 가득하다. 진짜로 아팠던 모양이다.

"통과할 수 있을 줄 알았지…. 옛날에는 쉽게 됐던 것 같은데…."

"네, 네. 성장했네요. …고속도로로 갈게요. 그쪽이 아마 좀비가 적을 거예요."

긴시초 역 바로 옆에 있는 인터체인지로 향한다. 차단봉이 내려져 있었지만 타키나는 무시하고 돌진해 부숴버렸다.

그리고 고속도로에 올라서자 예상했던 대로다. 여기저기 차들이 멈춰 있기는 하지만 좀비 자체는 거의 없다.

역시 정답이다. 무엇보다 시야가 트여 있다.

"의외로 조용하네. 보통 이런 상황에서는 가는 곳마다 화재가 발생해 불타고 있는 이미지였는데… 깜깜해."

"한꺼번에 좀비가 되어버리면… 오히려 이렇지 않을까요? 정전이라 화재가 잘 안 나는 걸 수도 있고요."

이야기하다가 발전소의 상황에 생각이 미쳤지만 거기까지 신경 쓰면 아무것도 할 수 없다. 자신이 감당할 수 있는 문제가 아니라고 판단하고 타키나는 일단 무시했다.

잠시 차를 달리자, 비로소 가슴의 통증이 가라앉았는지 치사토의 얼굴에 여유가 돌아왔다.

"…흠, 나쁘지 않네."

"뭐가요?"

"아무도 없는 세상에서 파트너와 둘이 칠흑같이 어두운 길을 드라이브하는 거… 근사하지 않아?"

"좀비물 다음은 로드 무비인가요? 이 상황에서 정말 대단하네요."

"이대로 우리 둘이 세상 끝까지…는 안 되겠지?"

"물자도 연료도 금방 바닥날 거예요. …왜요?"

"아니, 타키나랑 둘만 있는 것도 꽤 괜찮은 것 같아서."

치사토의 진의를 짐작하기 어려워 타키나는 잠시 침묵했다.

"…그게 무슨 뜻이죠?"

"말 그대로야."

"둘보다는 집단, 그것도 조직으로서 기능하면 더 좋다고… 생각해요."

"그건 나도 알지만. …타키나는 어때? 나랑 둘이 있는 거."

"치사토… 하고요?"

"응, 언제까지나 단둘이."

타키나는 서쪽으로 진로를 잡으면서, 조금 생각해 보았다.

좀비가 창궐하는 일본에서 단둘―.

마음만 먹으면, 둘뿐이라도 일정 구역의 좀비를 퇴치하고 안전지대를 확보할 수 있을 것이다. 식량은 근처 가게나 가정집에서 보존식 등을 확보하면 당분간은 버틸 수 있다. 물도 일본에는 지하수가 나오는 곳도 많고, 우물도….

하지만 모두 한계는 반드시 온다. 그렇게 되면 역시 단둘만으로는 버티기 힘들다. 전문지식과 설비, 그리고 무엇을 하든 일손은 반드시 필요해진다.

게다가 자신들에게는 일반인이 갖지 못한 특수기술이 있는 것이다. 이것을 활용하지 않는다면 국가적으로도 손실이….

아니, 그게 아닌가. 타키나는 여기서 비로소 깨달았다.

치사토는 지금, 그런 실무적인 생존 플랜을 제안하고 있는 것이 아니다.

애당초 그녀는 그런 건 신경 쓰지 않는다. 최선이 아닐지라도 즐거우면 그것을 택하는―자신의 감각과 감정을 최우선하는 것이 치사토다. 일본의 미래 따위는 생각도 안 할 것이다.

그러니까 그녀의 질문은… 아마 말 그대로, 자신과 단둘이 있는 걸 어떻게 생각하느냐는 의미다.

지금까지의 일을 생각하고, 앞으로의 일을 생각해 본다.

DA에서 쫓겨난 뒤로 많은 일이 있었다. 아마 좀비 팬데믹이 발생하지 않았다면 더 많은 일이 있었을 것이다.

국가가 아닌 개인을 위한 리코리스로 활동하고 카페 직원으로 일하면서… 언제까지나 치사토 옆에 있었을 것이다.

그런 삶은 얼마 전까지라면 '그냥 그런 것'이라고 생각했을 것이다.

하지만 지금은….

"…뭐, 싫지는 않아요."

침묵이 상당히 길어져버린 탓에, 타키나는 혼잣말을 중얼거리듯이 그렇게 말했다.

치사토가 질문한 뒤로 몇 분, 어쩌면 십 분은 흘렀을지도 모른다. 질의응답으로서 성립되지 않는다.

그러니까 아마도 이건 그냥 혼잣말.

그뿐이다.

자신의 생각을 전하고 싶다고는 생각하지 않는다.

질문을 받았으니까, 그 대답을 생각했을 뿐.

"…그럼 갈래?"

치사토의 목소리.

쳐다보니 그녀는 조수석 쪽의 창문을 바라보고 있었다. 하지만 곧 천천히 타키나 쪽으로 시선을 향한다.

눈이 마주친다―.

수줍은 듯한 미소가, 거기에 있었다.

"어딘가 멀리, 우리 둘이서."

치사토는 기다리고 있었던 것이다.

대화라고 하기엔 지나치게 긴 공백의 이 시간을.

오직 자신의 대답만을.

"…아."

잘 알 수 없는 목소리가 흘러나온 것과 동시에, 핸들을 잡은 타키나의 손에 저절로 힘이 들어갔다.

직후, 타키나는 자신이 무엇을 잡고 있는지 의식하고 무엇을 타고 무엇을 하고 있는지를 떠올렸다.

차 운전 중이다. 그것도 백 킬로미터에 가까운 속도로. 한눈을 파는 짓은—.

타키나는 스스로를 다그쳐 간신히 치사토에게서 시선을 돌리고, 전방을 응시했다.

실제로 그렇게 하지 않으면 위험했다…고 생각한다.

하지만 만약 지금 운전 중이 아니었다면 치사토의 눈동자에서 자신은 어떻게 눈을 뗄 수 있었을까. 모르겠다. 모르겠다고 생각하고 마는 마음을 모르겠다.

타키나는 배에 힘을 꽉 주었다. 발까지 그 기세가 미쳤는지, 차의 속도가 조금 더 빨라졌다.

"…안 돼요. DA로 갈 거예요."

"엥~, 왜애~"

치사토는 어린애처럼 칭얼거렸다.

"살기 위해서예요. 끝이 보이는 생활은 바람직하지 않으니까요."

"하긴… 그런가~. 그래, 뭐, 응…. 할 수 없지. 하지만 좋지는 않아."

"DA 말인가요? 과거에 스스로 버린 곳이라서…?"

"앗, 아니, 아니! 전혀 그런 뜻이 아니라…. 왜, 이런 포스트 아포칼립스적인 좀비물은 결국 마지막에는 인간 대 인간이 돼버리잖아. 난 그게 솔직히 좀 그래. 그때까지 괴물과 대치하던 심장 쫄깃한 이야기가 갑자기 원한과 고통과 이해관계와 사랑 같은 뻔한 요소에 점령당해버리니까. 난 좀비가 보고 싶다고! 좀비를 보여줘! 괴물과 싸워! 그런 생각이 든단 말이지."

잠시 침묵.

그 사이 문득 아까 치사토가 한 질문의 진짜 의미에서의 진의가 타키나에게도 보이기 시작했다.

치사토가 한 말은 결국, '사람이 많은 곳은 내부분열이 생길 수밖에 없으니까. 우리 둘만 있는 게 좋다고 생각하는데, 거기에 대해 어떻게 생각해?'라는 의미가 아니었을까.

그렇다면 자신은 말도 안 되는 착각을….

타키나의 등에 식은땀이 흐르고, 참기 힘든 부끄러움이 밀려왔다.

얼굴이 빨개질 것 같았다. 아니, 벌써 빨개졌을지도 모른다.

하지만 지금은 밤, 자동차 안…. 치사토가 알 리 없다.

왜 자신은 그런 생각을 해버렸을까. 후회와 반성과 민망함이 뒤섞여… 저도 모르게 어금니를 꽉 깨물고 만다.

"왜 그래, 타키나?"

"…그냥…. 아무것도 아니에요."

"좀 이상해, 타키나. 왜 그래?"

치사토가 이쪽으로 몸을 기울인다. 갑자기 다가오는 그 기척, 희미하게 느껴지는 그녀의 향기. 평소에는 별 생각 없었던 그것이 묘하게 타키나를 동요하게 만들었다.

"자, 잠깐만요, 치사토!"

치사토의 손이 타키나의 볼에 닿는다.

45구경을 자유자재로 다룬다고는 믿기 힘든 보드랍고 따뜻한 그 손끝이 타키나의 볼을 스치고 턱선을 따라 귀에 이른—그때 타키나는 몸을 비틀어 억지로 치사토와 거리를 두었다.

"하, 하지 마세요!"

"어?! 타키나, 어쩐지 뜨거운 것 같아! 열 있는 거 아냐…?!"

걱정스러운 얼굴을 한 치사토가 당황한 기색으로 더 가까이 오려고 한다.

"없어요! 열 같은 건 전혀—아얏?!"

앞 유리창이 갑자기 환해진 느낌이 들었다. 맞은편에서 오는 차—아니, 그게 아니다.

상향등을 켠 봉고차의 헤드라이트가 정면에 넘어져 있는 자동차의 차체에 반사되어 타키나와 치사토를 비춘 것이다.

즉, 시속 백 킬로미터로—타키나와 치사토는 성대하게 사고를 내고 말았다.

4

"너무 상심하지 마. 열이 없어서 다행이었잖아."

치사토는 아무렇지도 않게 말하지만 타키나가 받은 충격은 상당히 커서 한동안 벗어나기 어려웠다.

아무리 동요했다고 하나 한눈을 판 걸로도 모자라 핸들 조작 미스라니 프로로서 변명의 여지가 없다.

설마 자신이 이런 실수를 할 줄은⋯.

지금 타키나는 옆으로 넘어진 봉고차 위에서 끌어안은 무릎 위에 턱을 올린 자세로 이 굴욕을 견디고 있었다.

"둘 다 안 다쳤으면 됐지, 뭐! 와, 역시 안전벨트와 에어백은 위대해~."

상처는 입었다. 타키나의 마음에만, 이지만.

치사토는 옆으로 넘어진 자동차 안에서 보스턴백을 꺼내 등에 메고 차체 위로 올라왔다. 좀비의 습격에 대비하기 위해서다. 높은 곳에 있는 것만으로도 좀비의 첫 습격은 확실하게 막을 수 있고 설사 접근할 때까지 몰랐다 해도 그들이 차체를 오르려고 하면 요란한 소리와 진동으로 알 수 있다.

치사토는 보스턴백에서 휴대용 버너와 페트병 생수, 그리고 작은 은색 포트를 꺼냈다.

"일단, 잠시 커피 브레이크."

브레이크(break)는 이미 했다. 타키나의 자존심과 자동차가.

"…에스프레소네요."

"응, 짐을 줄여야 되는데 드립 세트를 가져오기는 좀 그래서. 걱정마, 곱게 간 걸 가져왔으니까. 실은 원두 그대로 우유와 함께 가져오고 싶었지만."

마키네타라고 불리는 그것은 직화식 에스프레소를 만들기 위한 세로로 긴 모양의 은색 포트다.

분해해서 하부에 물을 넣고, 가운데 부분에 있는 구멍 뚫린 바스켓에 커피가루를 꾹꾹 눌러 담아 불에 올리면 증기압에 의해 뜨거운 물이 올라와 일반적인 드립과 달리 압력으로 추출된 커피가 포트 상부에 고이는… 그런 구조다.

일반적인 카페의 에스프레소는 대형머신으로 고압을 가해 그 이름처럼 초특급으로 빠르게 완성되어 진한 한 잔이 된다.

하지만 직화식 에스프레소는 그 이름처럼 불에 올려 천천히 시간을 들여 추출한다. 카페 리코리코의 에스프레소는 실은 이렇게 만드는 것이다.

어느 쪽이 더 좋고 나쁜 건 없지만, 타키나는 이쪽의 직화식이 의외로 좋았다.

불에 올려놓은 포트의 물이 끓으면 달각달각 작은 소리가 난다. 진동인지, 뜨거운 물의 기포가 터지는 소리인지는 알 수 없다. 포트 속의 세계는 그저 상상하는 수밖에 없다.

그리고 그때쯤이면 서서히 진한 커피 향이 퍼지기 시작하고, 처음으로 쉭쉭 하고 수분이 증발하는 듯한 소리가 난다. 달궈진 상부에 에스프레소가 추출되기 시작하는 소리다.

여기까지 오면 향기가 순식간에 주위를 감싸기 시작한다. 실로 커피의 영역. 그곳에 있는 사람에게 안도감을 주는 마법의 힘.

보글보글 끓는 소리가 나고 뚜껑이 달그락달그락 소리를 내기 시작한다. 이렇게 되면 이미 완성이다.

치사토는 손수건으로 마키네타의 손잡이를 잡고 머그컵 두 개에 따르기 시작했다. 각각의 컵에 담기는 에스프레소의 양은 그리 많지 않다. 작은 캔커피의 절반 정도. 하지만 이 정도면 1인분으로 충분하다.

그리고 마지막으로 치사토는 각설탕을 각자의 컵에 퐁당퐁당 집어넣었다.

그러고 보니까, 하고 타키나는 깨달았다. 치사토가 가져온 마키네타는 두 잔분, 다시 말해 2인용이다. 가게에는 1~4인용까지 종류별로 있는데….

어쩌면 그 질문은 정말로 타키나가 생각한 그대로의….

"자, 타키나."

그럴 리 없다. 타키나는 자조하듯이 속으로 중얼거리고, 치사토가 내민 컵을 받아들었다.

따뜻한 김이 피어오르는 그것. 마치 술잔을 부딪치듯이 머그컵을 가볍게 부딪치고 입으로 가져간다.

묵직한 맛. 씁쓸한 맛. 그것을 덮어버리는 설탕의 달콤한 맛. 그리고 한결같이 진한 커피향이 입과 목구멍, 그리고 코로 빠져나간다.

조금뿐인 양. 하지만 그걸로 충분하다. 이 농후한 맛을 한 입에 털어넣는 것은 좋은 방법이 아니다.

마치 위스키를 마시듯이, 조금씩 홀짝홀짝 마시는 게 좋다.

그 소량이 확실하게 몸에 스며드는 것을 느낄 수 있다.

"우유가 필요했어?"

"아뇨, 이게 베스트라고 생각해요."

불필요한 것에 그 향기를 방해받고 싶지 않다.

특히 지금은, 그렇게 생각한다.

핥듯이 마셔나간다.

후우, 한숨이 흘러나왔다. 자연스럽게. 긴장감과 속상한 기분이 사라져간다.

"응. …아하하. 역시 선생님처럼은 안 되네. 뭐가 다른 걸까?"

치사토가 쓴웃음을 지었다.

직화식 에스프레소는 손으로 내리는 것이다. 그래서일까, 똑같은 커피가루를 사용해도 만드는 사람에 따라 맛이 달라지기 쉽다고 타키나는 생각한다.

아무리 똑같이 해도, 조금은 다른 것이다.

바스켓에 커피가루를 담는 양과, 눌러 담을 때의 힘 조절과, 불 조절….

아주 사소한 차이에서 생겨나는 개성적인 맛.

타키나는 다시 한 모금을 마시고, 조금 미소 지었다.

"하지만 치사토의 에스프레소도 저는 마음에 들어요. 맛있어요."

치사토는 잠시 눈이 동그래졌다가 차츰차츰 환하게 미소 지었다.

"정말? 기뻐. …아자! 이제 아침까지 버틸 수 있겠다!!"

"지금 마셨으니까, 한동안은 잠이 안 올 거예요."

에스프레소는 마시는 양도 적고, 강배전 원두를 사용하면 카페인이 많이 빠져나가서 이미지와 달리 실은 카페인 양이 적다―라는 이야기는 거짓말이다.

일본에서는 널리 퍼진 속설이지만, 실은 이건 인터넷 기사에서 처음 시작된 설이라고 한다. 의도적이었는지 단순한 오류였는지 아니면 표현상의 오류로 잘못 전달된 건지는 알 수 없지만, 그 의외성 덕분에 비슷한 사이트들에서 내용을 퍼 나르고 광고수입을 위해 그걸 다시 기사로 내고 그렇게 무제한으로 확산되어 속설이 되었다고 한다.

일반 카페에서 머신으로 추출하는 에스프레소도 그 작은 한 잔에 드립커피 한 잔과 비슷한 양의 카페인이 들어 있다.

그리고 직화식은 아마 그것보다 훨씬 많다… 고, 리코리코의 멤버라면 모두가 피부로 느끼고 있었다.

이는 단순히 사용하는 커피가루의 양이 많은 것에 더해, 물이 커피가루에 닿는 시간이 길기 때문인 것으로 짐작되지만 상세한 내용은 알 수 없다.

아무튼 이 카페인 양에 대해 언급한 사람은 만화가인 이토와 작가인 요네오카였다.

두 사람의 말에 따르면, 마감이 닥쳤을 때 마시면 '직화식은 효과가 상당하다'고 한다. 에너지 드링크나 영양 드링크보다 훨씬 강력하다는 평이다.

타키나와 치사토도 밤에 일하러 갈 때는 나가기 전에 늘 설탕을 듬뿍 넣은 에스프레소를 마신다. 그러면 당분 덕에 에너지도 생기고, 아침까지 졸리는 일은 확실히 없었다.

그러니까 밤늦게 아니, 곧 있으면 새벽인 이 시간대에 마셔버리면… 언제 잘 수 있을지 타키나로서는 알 수 없었다.

하지만 그래도 괜찮다.

안심할 수 있는 장소까지 그리 쉽게 갈 수 있는 상황이 아니니까.

"자, 타키나도 먹어봐."

치사토는 보스턴백에서 초콜릿 과자를 꺼냈다. 비스킷 위에 초콜릿을 씌운 과자, 알포트다.

입에 넣자, 바삭바삭 기분 좋은 식감. 사르르 녹는 초콜릿도, 좋다.

기품 있는 맛. 설탕을 듬뿍 넣은 에스프레소보다는 일반 커피가 더 잘 어울릴 것 같지만… 그러나 그 '단맛'과 '단맛'의 조합도 지금은 나쁘지 않다. 지친 몸에 깊이 스며든다.

"맛있네요, 이거."

"그치?! 난 이거 너무 좋아해♡"

뭐든지 대충대충인 치사토지만 그 초이스…랄까, 입맛 센스는 신용할 수 있다.

깨닫고 보니, 사고의 충격은 어디론가 사라지고, 당연한 듯이 과자를 먹고 잡담을 하는 시간이 되었다.

영화 이야기와 총, 가게 이야기… 그리고 왠지 도이 이야기도 나왔다.

그리고, 치사토가 영문을 알 수 없는 말을 한다.

"일단 앞으로 위기상황이 닥치면, 소매를 찢어서 민소매로 만들려고 생각해."

"움직이기 쉽게 하려고요?"

"아니, 민소매가 아니면 힘이 안 나니까."

"…무슨 말이에요?"

"어라? 몰라, 타키나? 이런, 이런~, 우리 타키나는 아직 이수를 못했구나~! 어쩐지… 아아, 그랬구나~."

"글쎄 무슨 말이냐고요. 이수라니….."

"민소매가 아니면 힘이 안 나는 캐릭터가 맹활약하는 해외 좀비물 드라마가 있거든. 완전 훈남인데, 노만 리더스가 연기하는 캐릭터야."

"아아, 영화 「분닥 세인트」에 나온 그 배우요?"

"맞아! 그 사람! 용케 기억하고 있었네! 기특해!"

"리코리코에 처음 왔을 때, 치사토가 다짜고짜 건네준 영화 세트 안에 있었으니까요."

"우리도 그렇게 최고의 파트너가 됐으면~ 하는 마음으로 건네준 거야. 내가 진짜 아끼는 거야. 멋있고, 재미있고, 최고! 물론 내가 언니니까, 노만 리더스 역은 타키나에게 줄게."

"굳이…."

"사실 내가 그 작품에서 제일 좋아하는 캐릭터는 FBI의 스메커 수사관이지만♡"

마음대로 하세요, 하고 타키나는 어이없어하면서도 웃음 짓고, 에스프레소를 전부 마셔버렸다. 마지막에 바닥에 남아 있던 설탕이 씹히는 느낌이 즐겁고 달콤하고 참을 수 없이 맛있다.

그리고 문득 생각한다.

이런 시간은 나쁘지 않다.

좀비 천하인 세상이라도, 차가 옆으로 넘어졌어도, 미래를 가늠하기 힘든 상황이라도 여전히…. 신기하게도 그런 생각이 든다.

맛있는 에스프레소—커피 때문일까.

아니면….

"응?"

치사토가 타키나의 시선을 느끼고 이쪽으로 얼굴을 향한다.

의아한 얼굴로 고개를 갸웃하는 그녀.

어쩐지 굉장히 멋져 보이는 그녀의 모습에, 차 안에서 나눈 대화가 떠오른다.

—어딘가 멀리, 우리 둘이서.

지금 똑같은 말을 듣는다면, 진의와 관계없이 고개를 끄덕이고 말 것 같은 기분이라고 타키나는 생각했다.

이것은 분명 꿈.

그렇다면 뭘 하든 괜찮지 않을까.

리스크라든가 디메리트라든가 앞으로의 일 따위는… 아무래도 좋다.

전부 어차피 덧없이 사라질 세계.

이렇게 생각하는 자신 또한 사라져버릴지도 모른다.

그렇다면 마음 가는 대로, 하고 싶은 대로 하면 그만이다.

그래, 치사토처럼.

꿈이다.

그래, 꿈이니까.

꿈이니까… 마음대로 해도 상관없다.

다만 동시에 머리 한구석에서 냉정한 자신이 말한다. 그런 무모한 짓을 하면 안 된다고.

꿈을 핑계로 삼아서는 안 된다고, 설사 꿈이라 해도 끝까지 '자신다움'을 관철해야 하는 게 아닐까 생각한다.

그래, 치사토처럼.

손해라는 걸 알아도 끝까지 자신답고 싶어하는 그 삶의 방식은

—싫지 않다.

어렵다. 둘 다 정답이라고 생각하지만 둘 다 고개를 갸웃하게 되는 요소가 있다.

흔들리는 양팔저울. 망설인다. 결론이 나지 않는다.

누가 등을 떠밀어줬으면 좋겠다고 마음속으로 생각한다. 하지만 그건 타인에게 판단을 맡기는 '도피' 행위일까.

아니, 하지만… 둘밖에 없는 이 상황에 등을 떠밀어달라고 하는 것은 즉 상대는 치사토이고… 그녀가 원하는 것은 아마… 그러니까, 즉… 자신도 '그것'을 원하고 있다…?

타키나는 자신의 고동소리가 커지기 시작하는 것을 느꼈다.

"왜 그래, 타키나?"

치사토의 얼굴이 아까보다 훨씬 또렷하게 보인다. 동틀 녘이 가까워진 것이다. 사방이 서서히 밝아오고 있다.

"…아무것도 아니에요. 그보다 금방 동이 틀 거예요. 날이 밝으면 행동을 개시하기로 해요. 어디로 가든지 간에…."

타키나는 동쪽에 있는 파괴된 구 전파탑을 보고―경악했다.

새벽하늘. 거기에 떠오른 구 전파탑의 모습…과 거대생물의 실루엣.

"아, 괴수다."

"네?"

당연하다는 듯이 치사토는 말하지만…, 타키나는 자신의 눈을 의심하고, 하마터면 손에 들고 있던 머그컵을 떨어뜨릴 뻔했다.

아침 해를 등진 그 모습은 거대하다. 상당히 거대하다. 수백 미터는 되는 사이즈다. 심지어 그것의 모양은 실루엣만 보고 알아버렸지만, 이족 보행하는 다람쥐다.

―뿌에에에에에에에에에에엥~~.

다람쥐가 포효했다. 다람쥐가 포효할 줄은 몰랐지만 아무튼 포효하고 있다. 공기가 진동할 정도지만… 묘하게 귀여운 목소리다, 아니, 쿠루미의 목소리 그대로였다.

그것이 시가지를 파괴하며 구 전파탑 쪽으로 가더니 냅다 주먹을 휘

두른다. 마치 플라모델처럼 쉽게 평화의 상징이 허무하게 무너져 내렸다.

꽝음과 대지를 뒤흔드는 진동만은 어마어마해서 박력이 굉장하다.

"와…, 좀비 다음은 괴수물인가. 그런 거야?"

"…어쩐지 순식간에 현실감이 사라져버렸다고 할까요. 도대체… 저게 뭐죠? 이제 어떡하죠?"

"어떡하긴… 어떡하지? 우리가 가진 총으로 퇴치할 수 있는 차원이 아니야."

둘이 망연자실하고 있을 때, 쿠르르르르르… 하는 괴상한 소리와 함께 진동이 전해져왔다. 소리가 나는 쪽을 쳐다보니 고속도로 위로 탱크가 달려오고 있었다.

이제 무슨 일이 일어나도 놀라지 않을 것 같다고 타키나는 생각했다.

탱크가 두 사람 앞에 정지. 이어서 덜커덩 소리와 함께 해치가 열리더니 그 안에서 나온 사람은—미카였다.

"아! 선생님! 안 그래도 슬슬 등장할 때가 됐다고 생각하고 있었어~~!"

"주인공은 원래 늦게 등장하는 법이니까. …어떠냐, 치사토, 타키나. 같이 괴수를 퇴치하러 가지 않을래?"

"물론이지! 가자, 가자! 그런 거 짱 좋아!!"

치사토는 재빨리 휴대용 버너와 머그컵을 보스턴백에 집어넣고 가방 두 개를 탱크 위로 휙 던져 올리고 이어서 자신도 탱크 위로 올라가기 시작했다.

"자, 타키나도 얼른 와!"

치사토가 그렇게 말하고 탱크 위에서 손을 뻗었다.

좀비가 우글거리는 도시에서 간신히 탈출했다고 생각했더니 다음은 거대 괴수 퇴치⋯. 바쁘기 그지없다.

쉬고 있을 시간은 당분간 없을 것 같다. 에스프레소를 마셔두길 다행이었다.

"알았어요⋯. 알았다고요. 같이 갈게요. 치사토."

치사토가 웃는다. 타키나도 어이없어하면서도 웃었다. 그리고 점프.

타키나가 치사토의 손을 잡자 치사토가 홱 잡아당겨 와락 끌어안았다.

"자, 출발한다. 꽉 잡아."

미카가 다시 탱크 안으로 들어가 해치를 닫았다.

"자, 일본의 평화는 우리에게 달렸다! 출발!!"

거대 괴수와 구 전파탑이 있는 쪽으로 향해가는 탱크 위에서 치사토에게 안겨 타키나는 생각했다.

아아, 정말 소란스럽기 짝이 없네.

그리고 그런 날이 일상이 된 지도 어느덧 여러 달.

의외로 나쁘지 않다고 생각한다.

그렇게 생각하게 된 건 언제부터였을까―.

5

"간다아⋯, 타키나⋯."

귓가에서 속삭이는 나른한 목소리에 타키나는 문득 정신을 차렸다.

온몸에 긴장감이 흐르고, 자신이 지금 어디서 뭘 하고 있는지 떠올리듯이 주위를 둘러본다.

자동차 안. 하지만 봉고차가 아니다. 눈에 익은 내부⋯ 미즈키가 운전하는 그녀의 차 뒷좌석이었다.

창밖을 보니 고속도로 위. 구 전파탑으로 향하는 루트다. 구 전파탑과 태양의 위치로 봐서 아직 정오 전인 것 같았다.

"어머, 일어났니?"

룸미러 너머로 미즈키가 타키나를 보았다.

"DA에 넘겨주기까지 시간이 걸려서 결국 밤을 꼬박 새고 말았잖아. 괜찮으니까 더 자."

"…아뇨…."

헝겊에 물이 스며들듯이 천천히, 자신이 놓인 상황이 떠오른다.

그렇다, 자신은 불법약물 밀수 루트를 밝혀내기 위해…. 그리고 타깃을 쫓아서…. 지금은 그 귀환 도중이다.

"어차피 가게에 돌아가면 또 일해야 되니까, 치사토처럼 너도 좀 쉬어둬."

치사토…. 타키나는 그 이름을 떠올리고서야 비로소 자신의 몸에 가해지는 무게감을 깨달았다.

옆에 앉은 치사토가 타키나에게 몸을 기댄 채 세상모르고 자고 있었다.

"…쌔… 쌔…."

치사토의 몸을 반대쪽으로 밀어보지만… 손을 떼면 다시 타키나 쪽으로 기울어진다. 쭛, 혀를 차고 싶어진다. 안 돼, 밀어도 소용없다.

"얼빠진 얼굴이네. 즐거운 꿈이라도 꾸는 중인가?"

"…그런가 봐요."

"너도 아까 뭔가 꿈을 꾸는 것 같던데?"

"…그랬나요?"

"가끔씩 혼자 중얼거리기도 했었어."

"…잊어주세요."

그렇구나. 역시 전부 꿈이었다. 예상대로다.

후우, 하고 타키나는 피곤함을 느끼면서 등받이에 몸을 기댔다.

"역시 피곤한 얼굴이네."

"꿈 때문이에요."

"나쁜 꿈이었어?"

타키나는 미즈키의 그 질문에 잠시 생각하다가 대답했다.

그렇지도 않았어요, 라고.

"쏴…, 타키나, 쏴…. 세계 평화는… 우리 둘이…."

치사토의 잠꼬대 소리와 숨소리가 귀를 간지럽힌다.

■ 인트로덕션 5

토쿠다는 리코리코의 카운터석에 앉아 노트북을 펼쳐놓고 있었다.

일거리다. 리코리코에는 일거리를 가져오고 싶지 않았지만 어쩔 수 없다.

마감이 임박한 것이다. 카페 특집 취재는 일단 끝났지만 원고 정리는 아직 손도 못 댄 상태에 가까웠다.

그리고 괜찮다고 생각한 카페는 취재를 위해 자신의 신분을 밝혀버렸기 때문에, 직원들이 보는 앞에서 그 기사를 쓸 수도 없다.

결과적으로, 자신의 작업을 허용해주는 카페이면서 마음이 편하고 장기전에 필수인 화장실도 가기 편하고 동시에 노트북을 자리에 방치해도 안심할 수 있는 카페는… 이미 리코리코밖에 떠오르지 않았던 것이다.

동네를 벗어나면 그런 가게는 얼마든지 있지만 혹시 모를 취재 누락에 대비해서, 마지막 순간에 뭔가를 문득 깨닫게 될지도 모르니까, 무엇보다 동네 주민이 많아서 '그곳만의' 정보 제공을 기대할 수 있으니까….

그런 식으로 온갖 이유를 동원해 토쿠다는 리코리코에서 노트북으로 작업 중이었지만 실제로는 단순히 자신의 모티베이션이 높아지는 장소에서 작업하고 싶었을 뿐이다.

하지만 오늘의 리코리코에 그런 모든 핑계들은 필요가 없었다.

카운터석 구석자리에는 토쿠다와 마찬가지로 노트북을 들여다보며 부모상이라도 당한 듯한 표정으로 딱딱하게 굳어 있는 작가 요네오카, 그리고 다다미석에는 눈 밑에 아이섀도를 칠해놓은 것처럼 진한 다크

서클을 달고 있는 만화가 이토가 액정 태블릿을 앞에 놓고 단행본 표지라고 하는 컬러 일러스트와 씨름하고 있었다.

그 둘에 비하면 자신은 양반이라고 생각한다. 마감은 어젯밤이었지만 아직 수습 가능하다. 무엇보다 원고의 양 자체가 그리 많지 않아서 쓸 내용만 정하면 금방 끝낼 수 있다. 문제는 쓰고 싶은 내용이 너무 많아서 정하기가 힘들다는 것뿐이다.

마음만 먹으면 금방… 이라고, 그렇게 믿고 있고 그런 각오가 없으면 이 일은 할 수 없다.

"인간이란 참 슬픈 생물이야. 좋아서 가진 직업인데도… 고통을 겪지 않으면 먹고살 수 없으니 말이야."

게임이나 컴퓨터라도 한 모양인지, 고개를 우두둑거리고 어깨를 돌리면서 가게 안에 나타난 쿠루미가 그렇게 말하고 요네오카와 이토의 모니터를 들여다보았다.

"완전 백지네."

두 사람이 침몰하듯이 고개를 푹 숙였다.

마지막으로 토쿠다 쪽으로 다가온다.

"토쿠다도 손도 안 댔잖아."

"난 말이지, 봐, 취재한 내용을 정리만 하면 되니까… 마음만 먹으면 한 시간 안에…."

"토쿠다, 여기 언제부터 있었어?"

"…세 시간 전부터…."

"그 마음은 대체 언제 먹는 거야?"

토쿠다도 침몰했다. 팩폭만큼 사람을 상처 입히는 것은 없다.

"그만해, 쿠루미. 자, 이것 좀."

"난 쉬는 중이야. 이제야 겨우…."

"쿠루미, 부탁할게."

"…흠, 할 수 없지."

주방에서 미카의 목소리. 쿠루미가 그쪽으로 가서 쟁반을 들고 돌아왔다.

작은 에스프레소 잔 네 개와 아이스크림이 하나. 쿠루미가 토쿠다, 요네오카, 이토 앞에 잔을 놓아주었다.

작가 세 사람은 거기에 탁자 위의 설탕을 대충 때려 넣고, 건배라도 하듯이 동지들을 바라보며 잔을 치켜들었다. 그리고 단숨에 마셔버렸다.

에스프레소를 마시는 최악의 방법이다.

커피보다 걸쭉한 이미지의 액체가 혀를 쓰다듬고 목구멍을 통과하자, 쓴맛이 삽시간에 올라온다. 하지만 아직 입 안에 남은 덜 녹은 설탕 입자의 단맛이 서서히 퍼지면서, 뒷맛은 디저트처럼 달콤하게 마무리된다.

이거면 충분해. 카페인과 당분을 듬뿍 섭취했으니까, 이제 기운 내서 일할 수 있겠지…. 아마도.

"이런, 다들 제정신입니까?"

미카가 주방에서 나와 어깨를 들썩이며 웃었다. 정성스럽게 내려준 에스프레소를 이렇게 대충 마셔버려서 미안하긴 했지만, 이번만 봐달라고 토쿠다는 속으로 생각했다.

"응? 나머지 한 잔은 누구 거지?"

"…앗, 나야! 미안해!"

마침 화장실에 가 있었던 카나였다.

토쿠다가 막 단골이 되기 시작했을 무렵에 마찬가지로 단골이 되었다고 하는 여중생이다. 지금은 보기 드문 세일러복 교복을 입은, 미소가 밝은 소녀다.

카나가 허둥지둥 이토 옆의 자리에 앉자 쿠루미가 탁자에 바닐라 아이스크림 그릇과 에스프레소 잔을 놔주었다.

토쿠다를 비롯한 작가들이 에스프레소를 주문할 때, 카나가 한 번도 안 마셔봤다고 해서 어른들이 사준 것이다.

하지만 카나는 쓴 걸 잘 못 먹는다고 해서 미카가 바닐라 아이스크림을 서비스로 제공해주었다.

"이건… 어떻게 먹어야…."

이토가 펜을 움직이면서 킥킥 웃었다.

"아이스크림에 에스프레소를 부으면 돼. 맛있어."

이토의 조언대로 카나는 에스프레소를 부으려고 하지만… 손이 멈춰버린다. 차가운 아이스크림 위에 뜨거운 것을 붓는다는 데 저항감이 생긴 모양이다.

어른들과 쿠루미가 그 귀여운 모습을 보고 웃었다.

"괜찮아, 원래 그렇게 먹는 거야."

미카의 목소리. 안정감을 주는 어른의 목소리.

카나는 소심하게 고개를 끄덕이고 조심조심 하얀 바닐라 아이스크림 위에 까만 에스프레소를 부어나간다. 고형이었던 하얀색이 까만색 액체와 섞이며 표면이 사르르 녹는다….

아포가토다.

아주 심플한 디저트지만 제대로 내주는 가게의 이것은 정말로 맛있다.

뜨거움과 차가움의 공존. 아이스크림이 가장 맛있는 타이밍은 사르르 녹기 시작하는 순간인데, 그것을 의도적으로 만들어내는 레시피다.

에스프레소의 묵직한 쓴맛을 아이스크림의 차가움과 달콤함과 부드러움이 감싸주는 그 맛은 다른 데서는 찾기 힘든 것이다.

특히 이 가게의 커피원두와 파르페에 쓰는 아이스크림은 모두 최고급이다. 그렇다면 아포가토도….

"자, 잘 먹겠습니다."

모두가 지켜보는 가운데, 카나의 아포가토 첫 체험.

스푼으로 부드럽게 떠지는 아이스크림과 에스프레소, 스푼 위에서 금세 녹아 어우러진다. 그것을 입으로.

처음에 쓴맛이 먼저 왔는지 미간을 잔뜩 찡그리고 쓴 얼굴을 한다. 하지만 곧 평범한 얼굴이 되었다가 지금은 황홀한 표정이다.

그 감상은 물어볼 필요도 없다.

"작가 선생님들도 카나처럼 즐겨주시면 좋겠네요."

마감이 끝나면요, 하고 이토가 한숨 섞인 어조로 말하자 요네오카와 토쿠다도 거기에 동의했다.

"그나저나 나도 나이를 먹었나 봐."

요네오카가 말한다.

"최근에 깨달았는데 젊은 애들이 맛있게 먹는 모습을 보면 나까지 기분이 좋아진다니까."

알 것 같아요, 라고 이토와 토쿠다도 바로 동의했다.

"그럼 언제든지 얼마든지 한턱 쏘셔도 돼요."

여전히 황홀한 미소를 지은 채 카나가 말한다. 모두가 왁자지껄 웃는다.

"오, 제법인데? 각오해."

"이토 선생님, 기대할게요 ♪"

"카나도 말발이 제법이네. 중학생인데 벌써 그렇게 처세에 능하면 어른이 됐을 때는… 와, 무서워라."

요네오카가 성희롱 일보직전의 발언을 하지만, 카나가 웃고 있어서 아무도 뭐라 하지는 않았다.

그러고 보니까, 하고 이토가 불쑥 말을 꺼냈다.

"카나가 입은 그 교복은 기우치카와라 중학교 교복 맞지?"

흠칫, 카나가 몸을 떨더니 눈이 커다래졌다. 그 모습에 토쿠다는 그녀의 분위기가 변한 것을 눈치챘지만 액정 태블릿에 시선을 고정하고 있는 이토는 모르는 것 같았다. 그녀가 말을 잇는다.

"내가 전에 그 학교 근처에 살았거든. …근데 거긴 여기서 꽤 멀지 않나? 도쿄가 아니라서 긴시초까지 오려면 환승도 해야 되잖아. 카나는 리코리코에 꽤 자주 오던데, 어디 이 근처 학원이라도 다니는 거니?"

"……아… 네. 저기… 학원 때문에… 네, 맞아요."

"카나는 예쁘게 생겼으니까, 혹시 아이돌 지망인가? 댄스나 보컬 트레이닝이나, 아니면… 의외로 성우 학원?"

"마, 맞아요. 대충 비슷해요….

"앗, 뭔데? 어떤 거야? 말해 봐. 나중에 소재로 써먹을 수 있을지도 모르니까."

그러면서 이토는 비로소 액정 태블릿에서 고개를 들었다가 창백해진 카나를 보고 상황을 파악한 것 같았다.

카나가 고개를 숙이자, 앞머리가 눈을 가려 표정이 한층 어두워 보였다.

"다녀왔습니다—!!"

그때 종소리와 함께 가게 문이 열리고, 장바구니를 든 치사토가 들어왔다.

"장보기 완료! 아, 마감을 앞두신 선생님들, 진척은 좀 있나요~?"

간판 직원의 등장으로 그때까지의 어색한 분위기가 사라졌다.

살았다, 하고 생각한 건 토쿠다만은 아니리라.

"어때요, 토쿠 아저씨? 진척이 좀 있어요?"

"…뭐 좋지는 않아. 이래저래."

토쿠다는 카나를 보았다.

스푼을 든 그녀의 손은 완전히 멈춰버렸고 그릇 안에서 바닐라 아이스크림이 천천히 녹아가고 있었다.

■ 제5화 『주문은?』

리코리코의 오늘 영업도 무사히 끝나고 간판도 안으로 들여놓았지만 그래도 가게 안에는 손님이 남아 있었다. 평소 같으면 이런 때 아날로 그 게임대회가 열리지만… 오늘은 그렇지 않았다.

단순히 요네오카, 이토, 토쿠다의 작업이 아직 안 끝나서 연장전에 들어간 것이다.

하지만 21시가 지났을 무렵에는 그것도 파장 분위기가 되었다.

이토는 밑그림 작업을 마치고, 채색은 시간과 체력 관계상 디자이너에게 맡기게 되어 한 건 해결. 토쿠다도 원고를 무사히 마무리해 편집부와 디자이너에게 보낸 것 같았다. 그리고 요네오카는 '오늘 안에 아무리 노력해도 마감은 물리적으로 불가능'이라면서, 아까부터 즐겁게 이 사람, 저 사람과 잡담을 나누고 있었다.

이토는 그런 요네오카를 보고 생각했다. 저렇게 되지 말아야지, 라고.

"갑니다~, 으라차~!"

"윽, 치사토…! 크윽!!"

다다미석에 엎드려 누운 이토가 신음한다. 치사토는 그녀의 등에 올라타고 턱에 손을 걸어 들어 올린다—이른바, 프로레슬링 기술인 카멜클러치다.

이 기술을 치사토가 천천히 걸어준다. 종일 밑그림 작업을 하느라 등이 구부정해진 이토의 몸에는 의외로 효과가 있다. 관절과 근육이 우두둑거리며 비명을 질렀다.

"오케이, 끝."

치사토는 좋은 아이다. 원고를 그릴 때 모델이 되어주고, 작성한 콘티에는 기탄없이 의견을 말하면서도 반드시 칭찬해주고, 마감에 쫓길 때는 부탁하지 않아도 응원해주고 격려해주고 그리고 도와주기도 하고… 일이 다 끝난 뒤에는 지금처럼 스트레칭까지 시켜주는 것이다.

자신에게 아들이 있다면 무슨 수를 써서라도 치사토와 결혼시키고 싶을 정도다.

"치사토, 다음은 나도 스트레칭 시켜줘~."

요네오카가 커다란 파르페를 먹으면서 성희롱 섞인 말을 던진다. 하지만 당연히 통하지 않는다. 요네오카도 기대는 하지 않았을 것이다.

"안 돼요. 저희 카페의 마사지는 일을 다 끝낸 분께만 해드리는 서비스거든요."

치사토는 가볍게 받아넘기고, 쓰린 속을 달래려는 듯 따뜻한 우유를 마시고 있는 토쿠다에게 가서 어깨를 주무르기 시작했다.

토쿠다는 난처한 듯이 멋쩍게 웃는다. 28살이라고 한 것 같은데 아직 순진한 편이다. 아니, 단순히 연하라서 멋쩍어하는 걸지도 모른다. 비슷한 또래라면 기쁘고, 어린애라면 그저 귀엽고 흐뭇하지만 28살의 독신남과 여고생은 고개를 갸웃하게 되는 나이 차이면서도 그렇다고 현실에 전혀 없지도 않은 절묘한 라인이라고 할 수 있다. 그런 이유에서 나오는 리액션일까.

"…참, 토쿠 아저씨, 예의 물건은요…?"

"아아, 응. 잘 보내놨지."

"정말요?! 토쿠 아저씨 최고! 감사합니다!! 서비스 많이 해드릴게요~!!"

"아, 하지만 최종 판단은 그쪽에서 하는 거니까 보장은 못 해."

…수상해.

그렇게 느낀 이토가 요네오카 쪽을 힐끔 쳐다보자, 그쪽도 마찬가지인 모양인지 눈이 마주친다. 그리고 조그맣게 서로 고개를 끄덕였다.

"토쿠다 씨도 드디어 범죄에 발을 담갔구나. 짧은 기간이었지만 만나서 반가웠어요."

이토의 말에 당황하는 토쿠다를 무시하고, 요네오카는 팔짱을 끼고서 천장을 올려다보았다.

"설마 지인을 경찰에 신고하게 될 줄이야… 정말 괴롭군. 아베 형사 알지? 먼저 찾아가서 자수할 텐가?"

"저어…, 저를 왜 신고하신다는 거죠?"

"물건이라고 하면, 총이나… 아니면 요즘 젊은 애들 사이에 유행한다는 약 종류 아닌가?"

"아, 토쿠다 씨가 공급책이었구나! 그래서 우리 치사토를 매수하려고…. 이건 용서 못 하지!"

이토가 웃자 요네오카도 따라 웃었다. 토쿠다도 쓴웃음을 지었지만, 치사토만이 왠지 동요한 얼굴이었다. 순진하군, 이 녀석도.

"노, 농담은 그만하세요. 즐거운 카페에서 할 이야기가 아니잖아요. 그죠?"

"뭐, 그건 그래. 즐거운 카페 리코리코에 수상한 이야기는 어울리지 않지. …참, 수상하다고 하니까 생각났는데."

이토는 오늘의 여중생 단골손님, 카나에 대해 말을 꺼냈다. 아까는 마감이 너무 급해서 그럴 정신이 없었지만, 끝나고 나니 자꾸 그런 생각이 드는 것이다.

그 아이, 좀 수상해, 라고.

"왜요? 카나는 전혀… 음, 뭐랄까, 평범한 아이 아닌가요?"

확실히 토쿠다의 말대로다. 밝고 붙임성도 좋다. 자연스럽게 어른들의 대화에 끼어들기도 하지만, 억지로 떠드는 일 없이 귀를 기울이는 정도에 그치고 누가 말을 시켜도 모르는 건 분명하게 모른다고 말할 수 있는 아이….

그 정도라면 신경 쓰이지 않는다. 원래 그런 아이겠지, 라고. 약간 지나치게 모범적인 것 같기도 하지만 조금 무리해서라도 자신을 좋게 포장하고 싶어하는 나이이기도 하다.

그러니까 이토가 마음에 걸리는 것은 그게 아니라, 더 현실적인 부분이다.

"그 아이, 돈은 어디서 나는 걸까요?"

카페 리코리코는 결코 비싼 가게는 아니다. 하지만 디저트와 음료를 합치면 저렴한 조합이라도 천 엔 정도는 된다. 중학생이 하굣길에 과자를 사먹는 것과는 분명 다르다.

그리고 기우치카와라 중학교는 도쿄가 아니라 사이타마 현이다. 그리 멀지는 않지만 왕복 차비만도 몇 백 엔은 들고, 이동시간도 필요해진다.

왕복 한 시간 이상, 리코리코에 왔다 가는 것만으로도 이천 엔은 필요하다.

그 점을 설명하자, 요네오카가 고개를 갸웃했다.

"카페 비용은 그렇다 쳐도, 학원에 다니는 거면 교통비 정도는 부모가 주겠지."

"그런 것치고는 가게에 오는 요일과 시간이 일정하지 않아요. 가끔 학교는 어떡하고 왔는지 궁금한 시간대에 와 있기도 하고요."

알았다! 하고 요네오카가 손뼉을 탁 쳤다.

"집이 여기고, 학교가 사이타마겠지. 오케이, 해결!"

"굳이 기우치카와라 중학교까지 안 가도 도쿄에 중학교는 얼마든지 있잖아요. 규모는 커도 딱히 명문교도 아니에요, 거긴."

몇 가지 마음에 걸리는 점은 있었지만, 이토에게 가장 마음에 걸리는 것은 처음에 이야기한 돈 문제였다.

"그냥 부자인 게 아닐까요? 용돈이 넉넉한가 보죠."

토쿠다가 그럴듯한 의견을 내놓았지만, 이토는 역시 부인했다.

"그렇다면 패션에 돈을 더 들였을 거예요. 여자애니까."

일부러 도쿄까지 오면서, 아무리 인접한 사이타마라지만 지방 학교의 교복을 입고 신발은 흰 스니커즈다. 그뿐이면 몰라도 길어서 눈을 찌를 것 같은 곱슬곱슬한 앞머리, 머리는 당연히 흑발. 화장도 거의 안 하고, 네일도 안 한다. 아마 학용품이 들었을 가방은 브랜드도 없는 배낭이다. 일부러 도쿄까지 나와서 노는 십대 소녀의 소지품치고는 약간 초라하다.

돈에 여유가 있다면 커피보다 먼저 돈을 써야 할 물건이 많다고 이토는 생각한다. 그리고 서른 살인 이토가 그렇게 생각한다면 요즘 십대들이라면 더욱 그렇게 생각할 것이다.

"학교 교칙이 엄한가 보지. 그리고 아직 어리고 그냥도 예쁘니까 굳이 화장할 필요도 없지 않나? 지금 그대로도 충분히 예쁜 아이잖아."

"교칙이 아무리 엄해도 실제로 스트레이트 파마를 금지하는 학교는 없어요. 그리고 예쁘니까 화장할 필요가 없다는 건 노인네들 생각이에요."

마흔 줄에 접어든 요네오카에게는 생각보다 뼈를 때리는 말이었는지, 시무룩하게 고개를 숙인다.

이토도 약간 미안해지는 동시에, 앞으로 몇 년 후면 자신도 그 세계에 돌입한다고 생각하니 두려움이 엄습한다. 그녀는 얼른 치사토에게 말을 돌렸다.

"치사토는 어떻게 생각해?"

치사토는 난처한 얼굴로 웃다가 요네오카 뒤로 가서 어깨를 주물러 주고 있었다.

눈에 띄게 요네오카가 기운을 회복해간다. 그걸 젊다고 해야 할지, 반대로 나이 먹은… 쓰레기 같은 아저씨인 건지. …어느 쪽일까, 이토는 진지하게 생각했다.

"자, 남의 프라이버시를 캐는 건 그 정도로 해두고… 해산 전에 게임이나 한 판 할까요?"

가게 안쪽에서 미카가 나타나자, 치사토가 손을 번쩍 치켜들었다.

"저요! 치사토는 '영혼의 단짝' 게임이 좋다고 생각합니다!"

최근 카페 리코리코에 도입된 아날로그 게임이다. 치사토는 마음에 드는 게임을 반복하면서 놀기보다는 새로운 것을 즐기는 타입이다. 특히 이 게임처럼, 머리를 써서 계산하는 유형보다는 감성으로 승부하는 유형에 뛰어나다.

"치사토, 너는 좀 쉬어. 원래 같으면 지금 쉴 시간이야."

"전혀 상관없어! 오히려 노는 게 더 좋아. ……그러니까 다들 어떠세요? 할 거죠?! 해요~오!"

좋아, 하자! 라고 요네오카가 제일 먼저 나서는 바람에 모두가 약간의 불안감을 품었지만, 반대하는 사람은 아무도 없다. 편집자가 이 자리에 있었다면 발차기가 날아올 타이밍이다.

"게임을 하려면 쿠루미를 불러 와야지. 그리고… 타키나와 미즈키 씨는… 오늘 안 보이던데, 쉬는 날이야?"

이토의 의문에 치사토가 방긋 미소 지었다.

"다른 일을 하는 중이에요. 그러니까 오늘은 우리끼리 재미있게 놀아요."

카운터석에 앉아 있던 작가 둘이 컴퓨터를 정리하기 시작하고 미카가 게임을 하면서 먹을 수 있도록 음료와 스낵을 준비한다.

한 발 먼저 게임 상자를 가져온 치사토는 빠르게 내용물을 점검하면서, 작은 목소리로 조잘거리기 시작했다.

"그러고 보니까 이토 샘은 이번에 단편을 그린다고 하지 않으셨어요?"

"응, 이번에 창간된 계간지에서 의뢰가 들어왔어. 왜?"

"혹시 탐정, 아니… 추리물은 어떠세요?"

"그런 건 한 번도 안 그려봐서 글쎄…. 소재도 그렇고 구성도 어려워서. …그런데 갑자기 왜?"

"이토 샘은 의외로 소질이 있는 것 같아서요."

뭔 소린지 통? 이토는 고개를 갸웃했다.

1

"어떡해…, 어떡해, 어떡해…."

기우치카와라 중학교의 교복을 입은 소녀는 배낭을 꼭 끌어안고 고개를 숙인 채 밤거리를 걷고 있었다.

카페 리코리코에 있을 때와는 완전히 딴사람 같은 모습이다.

구부정한 자세로 고개를 숙이고, 조금 긴 듯한 앞머리는 눈을 완전히 가릴 만큼 축 늘어져 묘하게 어두운 분위기를 자아내고 있었다.

하지만 그것이 그녀의 본래 모습.

"어떡해…, 너무 방심했나 봐…. 어쩌면 좋아…."

기우치카와라의 교복 따위… 아니, 세일러복은 어느 학교 교복인지 아무도 모를 거라고 확신하고 있었다. 아니, 그 이전에 사복 차림으로 도쿄의 거리를 걸어 리코리코에 갈 수는 없기 때문에 선택지가 없었던 것이다. 옷도 별로 없을뿐더러 도쿄에 입고 가도 창피하지 않을 만한 옷은 거의 없다. 있어도 매번 똑같은 옷만 입고 가면 반드시 눈에 띄고 만다. 그러니까….

하지만 아직, 괜찮다. 이토가 옛날에 그 동네에 살았다는 것뿐이고 … 그 사람이 상황을 보러 오거나 하는 일은 없을 것이다.

설사 온다 해도 정체를 캐고 다니거나 할 리는 없다.

그러니까 괜찮다.

"…괜찮을 거야, 분명…."

다시 갈 수 있다. 침착하게, 평소처럼 이야기하면 아무도 수상하게 여기지 않을 것이다. 평소처럼 카나로서 모두를 만날 수 있다.

어쨌거나… 나쁜 짓을 한 건 아니니까.

굳이 말하면, 살짝 거짓말을 한 정도.

예를 들면, 이름.

카나라고 자신을 소개했지만, 진짜 이름은 카타시 쿄코다.

촌스러운 성에 할머니 같은 이름. 당장 갖다버리고 싶은 성과 이름. 부모가 떠안긴 최초의 안 반가운 선물.

긴시초역에서 전철을 타고, 집이 있는 사이타마로.

리코리코에서 도망치듯이 나온 뒤에도 긴시 공원에 멍하니 앉아 있었기 때문에, 시간은 이미 21시가 넘어 있었다. 중학생에게는 늦은 시간이지만, 사이타마~도쿄 구간의 전철에는 또래 학생들도 몇 명 있다. 도쿄의 사립학교에 다니거나, 멀리 도쿄의 유명학원에 다니는 아이들도 적지 않은 것이다.

그래서 카나는 그리 눈에 띄지 않는다…고 생각했다.

열차가 달리는 소리에 섞여 희미하게 웃음소리가 들려온다. 쳐다보니 지친 얼굴의 직장인들 뒤로 여고생 둘.

세련되고 세 보인다. 스타일도 좋고, 화장도 완벽하고, 소지품은 하나같이 카나도 알 만한 명품. 자신과는 다른 세계의 사람이다.

그녀들이 웃고 있다. 주위의 직장인들 따위는 아랑곳없이 즐겁게.

그녀들이 카나의 시선을 눈치챘는지 힐끔 쳐다본다. 그리고 다시 친구에게로 시선을 향하고 마주보고 웃는다.

배낭을 껴안은 카나의 팔에 힘이 들어간다. 비웃음당한 기분이다. 무시당한 기분이다. 아니, 아마 실제로도 그럴 것이다. 증거는 없다. 하지만 확신은 있었다.

그래서 늘 그렇듯이 기분이 상해버린다.

하지만 괜찮다. 지금의 자신은 괜찮다. 마음만 먹으면 무서울 게 없으니까.

"…봐줬다."

열차가 달리는 소리에 묻혀버릴 만큼 작은 목소리로 카나는 혼자 중얼거렸다. 손은 배낭 바닥을 꽉 움켜쥐고 있었다.

열차가 달려간다. 지긋지긋한 세계로 카나를 끌고 간다.

리코리코에 있는 시간만이… 카나로 있을 수 있는 시간만이, 정말로 살아 있는 기분이었다.

세상은, 그 대부분이 숨이 막힌다.

2

사이타마 구석 동네에 있는 맨션, 거기가 집이다.

22시가 다 되어 들어가도, 식구들은 아무 말도 하지 않는다.

어디서 뭘 하다 늦었는지 묻지도 않을뿐더러 카나도 말하고 싶은 생각은 없었다.

자기 방에 들어와, 카나는 문에 판자를 기대어 세워놓았다. 그러면 밖에서는 안으로 들어올 수 없다.

하지만 이건 안에 있을 때는 괜찮지만, 밖에 나갈 때는 당연히 문을 잠글 수 없다. 그래서 중요한 물건은 항상 가지고 다닐 수밖에 없다.

교복을 벗고 있을 때, 방문 밖에서 사람의 기척이 들렸다. 그 여자다.

"…동네사람들이 네가 너무 늦게 다니는 거 아니냐고 그러더라. 그래서 도쿄의 학원에 다니는 걸로 해놨어."

입을 맞춰놓자는 이야기다. 말 안 해도 알고 있다. 오히려 동네사람들 눈이 있으니 일찍일찍 다니라고 안 하는 게 고마울 지경이다.

"…알았어."

카나가 대답하자, 여자의 기척은 사라졌다.

계모 비슷한 여자다. 자신을 두고 엄마가 집을 나가버린 게 삼 년 전, 그 여자가 온 것도 삼 년 전. 그대로 집에 눌러앉아 어느새 같은 성(姓)까지 쓰고 있는데, 실제로 호적이 어떤지는 알 수 없다.

나쁜 사람이 아니라는 건 머리로는 알고 있다.

카나를 투명 인간 취급하며 간섭을 피할 뿐, 그 이상은 없다. 점심값 및 용돈으로 평일에는 매일같이 천 엔을 놓아둔다. 말하자면 좋든 나쁘든 완전히 남으로 대해준다.

아마 카나가 그녀에 대해 느끼는 것만큼 그녀도 카나를 싫어하겠지만 겉으로는 담담한 느낌이다. 어른이다.

하지만 카나는 그렇지 않다. 어쨌거나 엄마가 집을 나가기 전부터 아빠와 불륜관계였던 여자다. 좋은지 싫은지를 묻는다면 당연히 싫고 그런 여자가 집 안에서 숨을 쉬고 욕실과 화장실을 사용하는 게 불쾌했다.

엄마가 그립다. 하지만 엄마는 카나를 그렇게 생각하지 않는 게 분명하다. 무슨 잘못을 한 것도 아닌데 카나만 놔두고 말도 없이 집을 나가버렸을 정도니까.

하지만 만약에 엄마가 있었다면… 그 일에 대해 의논해주고, 같이 경찰서에 가줬을지도 모른다. 해결할 수 있었을지도 모른다. 그런 생각을 하면, 참을 수 없이 괴롭다.

그리고 자신을 그런 기분으로 만드는 이유 중 하나가 지금 이 집에 있는 그 여자에게 있다고 생각하면… 싫어하지 않을 수 없다.

그래서 그녀를, 리스트 네 번째에 이름을 올려놓고 있는 것이다.

그리고 아빠는 다섯 번째다.

3

기우치카와라 중학교에는 전철로 통학하고 있다.

원래는 가까운 동네 중학교에 가려고 했지만, 진학을 앞두고 엄마가 집을 나가버리는 바람에 주위의 시선을 견디기 힘들어 일부러 조금 멀리 떨어진 기우치카와라 중학교를 선택하게 된 것이다.

기우치카와라 중학교는 규모가 큰 학교라, 카나 말고도 전철로 통학하는 학생들이 다소 있다. 그래서 아는 아이를 만나 형식적인 인사를 나누고 그 후에 이어지는 괴로운 침묵의 시간을 피하기 위해 카나는 다른 학생들보다 이른 시간대의 전철을 주로 이용하고 있었다.

전철은 평소처럼 텅 비어 있어서, 구석자리에 앉아 배낭을 끌어안는다.

속이 쓰리다. 학교 따윈 가고 싶지 않다.

하지만 가야 한다.

가끔이면 몰라도 결석이 잦아지면 스스로 '학생들 편'이라고 자부하는 담임 이시하라가 집까지 찾아온다는 걸 과거의 경험으로 잘 알고 있다. 그리고 복잡한 가정사로 인한 등교거부지만 자신이 담임으로서 도와주고 싶다, 학교가 숨 쉴 곳이 되도록 최대한 노력… 어쩌고 하면서, 말도 안 되는 헛소리를 리포트로 정리해 교감에게 제출할 만큼 제정신이 아닌, 고교야구 선수 출신 교사다.

열혈교사를 연기하고 싶을 뿐인 인간이지만 이런 캐릭터는 매우 성가시다. 대체로 자신이 능력자라고 믿는 동시에 쓸데없이 행동력까지 겸비하고 있어서 감당하기 힘들다.

사실인지 아닌지는 모르지만, 과거에 다른 학교에서 폭력사건을 일으켜 쫓겨났다는 소문까지 있다. 보나마나 열혈교사인 자신에게 취해 옛날 드라마처럼 문제아들을 세워놓고 따귀라도 때린 게 분명하다.

아마 나쁜 사람은 아니다. 머리가 나쁠 뿐 그리고 민폐일 뿐이다.

학생들 편이라고 자부하는 이시하라에게 지금 자기 반이 어떤 상황인지를 폭로하면 어떤 얼굴을 할까.

"어머, 이 시간에 타는구나. 안녕, 쿄코."

흠칫, 몸이 반응한다. 쳐다보니… 예상대로 당연하다는 듯이 미조카쿠시 루리가 서 있었다.

윤기 흐르는 검고 긴 생머리. 청순한 얼굴. 하얀 피부. 중학교 2학년이지만 고등학생처럼 보이는, 모델처럼 큰 키에 날씬한 몸매. 두 손으로 가죽가방을 얌전히 들고 있는 그녀.

모두가 생각하는 우등생 그 자체…. 그게 바로 미조카쿠시 루리다.

실제로 머리도 매우 좋다. 집안도 좋다. 할아버지가 아마 정치인이고, 아빠는 그 지역에서는 누구나 아는 부동산 회사의 사장이다.

그녀는 자리에 앉은 카나 앞에 서서 미소를 지으며 내려다보고 있었다. 그 가늘어진 눈에 있는 것은 악의.

"안녕? 쿄코."

대답 따윈 하고 싶지 않다. 무시하고 싶다. 다른 세계로 가버리고 싶다.

하지만 그녀는 놓아주지 않을 것이다. 대답하는 수밖에 없다.

카나는 배낭을 끌어안은 팔에 힘을 주고 몸을 움츠린다. 벌레가 자신의 몸을 지킬 때 하듯이.

"…아, 안녕, 미조카쿠시."

열차가 달리는 소리가 묘하게 크게 들린다. 공기가 무겁다.

주뼛주뼛 눈을 들어보니, 아까와 전혀 다름없는 미소로 미조카쿠시가 카나를 내려다보고 있었다.

"참! 이렇게 만난 것도 좋은 기회니까… 쿄코, 오늘은 학교가 일찍 끝나잖아. 혹시 시간 있니? 가끔은 우리랑 같이 놀러 가자."

카나는 자신이 지금 어떤 표정을 하고 있는지 알 수 없었다. 충격일까, 절망일까. 어느 쪽이든 미조카쿠시에게는 재미있을 뿐인 모양이다. 그녀는 더 크게 웃고 있었다.

"도쿄에 놀러 가지 않을래?"

"…오늘은 볼일이…."

카나는 고개를 숙였다. 리코리코에서 다른 사람을 연기할 때는 쉬운데 일상생활에서 거짓말은 쉽지 않다.

…아니, 그게 아니야.

리코리코에 있을 때의 카나가 자신의 진짜 모습이기 때문이다. 지금이 가짜 모습. 그래서 그 카페에서는 얼마든지 떠들 수 있다. 여기서는 말문이 막힌다.

"무슨 볼일?"

"…그게… 저기….."

"중요한 볼일이야? …나랑 노는 것보다 더?"

미조카쿠시의 목소리가 약간 달라지더니, 손에 들고 있던 가방을 열기 시작한다.

"…뭐랄까, 그냥 좀 볼일이 있어서…. 왜?!"

미조카쿠시가 핸드폰을 들고 화면을 보여준다. 거기에 찍힌 것은 알몸으로 바닥에 짓눌려 있는 카나의 모습.

카나는 저도 모르게 자리에서 벌떡 일어났다. 거의 텅 빈 전철이지만, 그래도 주위에는 사람이 있는 것이다.

키득거리며 미조카쿠시가 웃는다.

체육시간에 옷을 갈아입다가 찍힌 사진이다. 옷 갈아입는 모습을 찍혀서 핸드폰을 빼앗아 지우려고 하다가 오히려 미조카쿠시의 친구들에게 붙잡혀 속옷까지 벗겨진 채 웃음거리가 되어 또 사진을 찍힌 것이다.

같은 반 친구에게 폭력을 휘두르려고 한 벌이야, 다시는 폭력을 쓰지 못하게 하기 위한 방어책이야, 그녀는 그렇게 말했다. 그리고 아무도 그녀들을 말리려 하지 않았다. 엮이지 않기 위해 탈의실을 나가버리거나 멀리서 에워싸고 키득키득 웃고 있을 뿐.

그때까지처럼 무시하고 비웃고 괴롭히는 정도는 상관없다고 생각하고 있었다. 싫었지만, 견딜 수는 있었다. 집에 있는 모르는 여자와의 생활보다는 차라리 낫다고.

하지만 바닥에 짓눌린 채 눈물 고인 얼굴이 선명하게 나온 알몸 사진을 찍힌 것만은 견딜 수 없었다. 가슴과 허벅지에 있는 점 때문에, 아는 사람은 알 수 있고, 무엇보다 이름이 새겨진 체육복까지 나온 게 최악이었다.

그걸 걸핏하면 슬쩍 보여준다. 그리고 이쪽의 반응을 보고, 그녀는 예쁜 얼굴로 웃는 것이다.

지금처럼.

"너무 심심하면 이 사진을 인터넷에 뿌릴지도 몰라."

미조카쿠시의 웃음이 농밀해진다. 괴물 같다. 아니, 괴물이다. 이 여자는.

"그러지 마…."

"뭐라고? 쿄코? 안 들려. 아, 원조교제 사이트에 네 연락처랑 같이 뿌려주는 게 더 좋아?"

"그러지… 말아줘."

어지간한 일이 없는 한, 인터넷에 뿌리는 일은 없다는 건 알고 있다. 카나에 대한 우위성을 유지하기 위해서는 그 알몸 사진을 혼자만 가지고 있는 게 중요하고, 외부로 누출하면 경찰도 움직일 것이다. 그렇게 되면 발뺌하기 힘든 증거가 된다.

미조카쿠시는 바보가 아니다. 이해득실을 따질 줄 아는 아이다. 하지만 기분이 상하면 누군가에게 보여주는 정도는 할 것이다. 오히려 이미 보여줬을 가능성이 더 높고 무엇보다 진짜로 그녀의 말을 안 들으면… 마지막에는 어떻게 될지 모른다는 공포가 늘 따라다니고 있다.

그녀의 남친은 무서운 사람이라는 소문도 들은 적이 있었다.

"미안해. 쿄코가 조금 건방져서 그랬어. …오늘 나랑 같이 놀러 갈 수 있지? 우린 친구니까. 그렇지?"

카나에게 이미 선택지는 없다. 카나는 배낭이 찌그러질 만큼 힘껏 끌어안으면서 고개를 끄덕였다.

미조카쿠시 루리는 리스트 1번. 자신을 바닥에 짓누른 그녀의 두 시녀 친구들은 2번과 3번.

지금 시작해도 상관없다. 하지만 일단 시작하면 단숨에 끝내야 한다. 아마 리스트 5번까지는 가기 힘들 것이다.

그러니까 지금은 아니다. 지금은 아직 때가 아니다. 아직은 참자….

카나는 그렇게 스스로를 타이르며 폭발할 것 같은 마음을 억눌렀다.

괜찮아. 이런 건 익숙해. 지금까지도 줄곧 참아왔잖아.

바로 얼마 전까지, 절망적인 와중에도 줄곧….

지금은 큰 희망이 있다.

"난 쿄코랑 더 친해지고 싶었어. 하지만 내가 요령이 좀 없어서…. 원래 좋아하는 아이한테는 더 못되게 군다고들 하잖아. 그거."

속보이는 거짓말. 역겨운 단어 선택. 모든 게 추악해.

고개를 숙인 채 몸을 떠는 카나와 미소 짓는 미조카쿠시를 태운 열차는 기우치카와라 중학교가 있는 역으로 미끄러져 들어간다.

"안 내려, 쿄코? 그러다 지각할라."

킥킥 웃으면서, 미조카쿠시는 전철에서 내렸다.

고개를 숙이고 덜덜 떠는 카나를 태운 채 열차는 다시 달리기 시작한다. 이미 기우치카와라 중학교의 학생은 열차 안에 없을 것이다.

숨이 막힌다.

세계의 압력이, 강하다. 자신을 짜부라뜨리려는 것처럼.

긴장을 늦추면 납작하게 짜부라진 토마토가 되어버릴 것 같다.

차라리 그게 편할 것 같다고 생각한다. 하지만 세상은 어중간해서 완전히 짜부라뜨려주지 않는다. 가장 고통스러운 지점에서 멈추고 그게 상냥함이고 선의라며 의기양양한 얼굴을 하고 있다.

까불지 마, 죽이려면 죽여. 그렇게 말하고 싶다. 하지만 누구에게 말해야 할까. 뭘 밀어내야 할까. 이 고통은 뭘까.

카나는 배낭을 끌어안는다. 지금은 그것만이 생명줄. 자신을 구하기 위해 내려온 거미줄.

하지만 그것이 이어져 있는 곳은 천국이 아니다. 지옥이다. 하지만 그래도 좋다. 이 세계에서 벗어날 수 있게만 해준다면.

구역질을 참으며 전철의 진동에 흔들리다 정신을 차려보니 벌써 몇 정거장을 지나쳐버리고 말았다. 하지만 워낙 이른 시간에 탔기 때문에 쾌속을 타고 돌아가면 별 문제 없이 제시간에 도착할 수 있을 것이다.

마음이 무겁다. 하지만 가야 한다. 이시하라가 집에 온다. 어쩔 수 없다.

카나는 배낭을 끌어안고서 열차를 갈아타고 기우치카와라 중학교로 향했다.

"오, 카타시, 좋은 아침! 뭐야, 늦게까지 게임이라도 했냐? 아슬아슬하게 지각을 면했구나, 하하하하!"

쾌활하게 웃는 가무잡잡한 피부의 이시하라가 아침부터 땀 냄새를 풍기며 교문 앞을 지키고 있었다. 카나는 고개를 살짝 숙이고 그 앞을 통과했다.

"어머, 안녕, 쿄코."

현관 앞에서 쓰레기봉투와 집게를 든 미조카쿠시와 그 시녀 친구들이 카나를 보고 미소 지었다.

"카타시도 게임만 하지 말고, 미조카쿠시처럼 자원봉사 활동도 하고 좀 그래봐라. 건강한 생활을 위해서도 좋고, 친구도 많이 사귈 수 있고, 그리고 내신점수도 올려주마, 하하하하하!"

게임 따위는 하지 않았다. 이시하라는 언제나 저능한 머릿속에 있는 몇 안 되는 카테고리로 사람을 멋대로 분류하고 멋대로 이해했다고 생각한다. 참 속편한 인간이다.

카나는 그들 모두에게 등을 향하고 건물 안으로 들어갔다.

"…학교 끝나고 잊지 마."

미조카쿠시의 속삭임이 카나에게 휘감긴다. 소름이 끼친다.

4

옛날부터 도쿄에 가는 건 좋아했었다.

딱히 대도시를 동경하는 것은 아니다. 단순히 아무도 자신을 모르는 곳이라서 좋았다. 시골이라도 괜찮지만 거기서는 외부인을 귀신같이 알아낸다. 그래서 도쿄가 좋았다.

도쿄에 자신의 안식처가 있다고는 생각하지 않지만 누구라도 다 받아줄 것 같은, 그런 느낌이 드는 곳이다.

용돈을 겸한 점심값 천 엔을 모아 도쿄에서 쓴다.

덕분에 카나는 운 좋게 카페 리코리코를 만날 수 있었다.

그 카페는 근사하다.

정말로 근사하다.

점장인 미카는 이상적인 어른의 모습 그 자체. 친절하고 너그럽고 그러면서 언제나 카나를 지켜봐주는 느낌이다. 이상적인 아버지를 그린다면 아마 그의 모습이 아닐까.

미즈키는 자신에게 이런 친언니나 사촌언니가 있다면 얼마나 좋을까, 하는 생각이 들게 해준다. 적당히 허물없이 대해줘서 나이가 위인데도 이렇게 편하게 대화할 수 있는 사람은 없다. 본인도 별로 세심한 성격은 아니지만 리코리코의 성가신 일들을 뒤에서 혼자 감당하고 있는 든든한 사람이라고 생각한다.

쿠루미는 불가사의한 아이다. 나이는 아무리 봐도 카나보다 아래지만 상당히 머리가 좋다. 그 때문인지 계산이 필요한 아날로그 게임에는 압도적으로 강하지만 감각과 사람의 감정을 읽어야 하는 게임에서는 실수 연발이라 귀엽다. 그리고 그 이상으로, 처음에 리코리코에 정을 붙일 수 있도록 이끌어준 사람이 그녀였다. "같이 할래?"라고 게임 대회에 초대해준 것이다. 그저 고마울 따름이다.

그리고 타키나. 그녀는 어떤 의미에서 카나의 이상형이었다. 빈틈없고, 상대가 누구든 주눅 들지 않는다. 일솜씨도 완벽. 자신처럼 곱슬머리가 아닌 검고 아름다운 생머리의 미소녀. 그러면서도 누구처럼 눈동자에 사악함이 전혀 없다. 마치 잘 연마된 일본도 같은 사람. 어쩌다 한 번 보여주는 매력적인 미소는 같은 여자라도 가슴이 설렐 정도였다.

모두가 좋은 사람. 멋진 사람. 하지만 최고는 역시 치사토다.

마치 귀여운 강아지 같은 사람. 플로어에 나오면 일단 가게 안에 있는 모든 손님에게 말을 건네고 이야기에 꽃을 피우는 인기 직원이다. 발랄함과 애교의 화신 같은 존재다.

예쁘지만 그 이상으로 귀엽다는 말이 어울리는 사람. 그녀를 만나기 전까지는 이토록 매력적인 사람이 있다는 걸 카나는 몰랐다.

처음 만난 카나를 마치 친척 동생처럼 대해주고, 돌아갈 무렵에는 친구처럼 대해주었다. 직업상 그런 것도 아니고 불쌍한 카나를 동정해서도 아니다.

어디까지나, 정말로, 그냥 친구처럼….

—꼭 또 와! 기다릴게!

그렇게 기쁜 말은 지난 몇 년 동안 들어본 적이 없었다.

그 말을 철석같이 믿고 다음 주에 다시 찾아가자 그녀는 카나를 확실하게 기억하고 옆에 앉아 조잘조잘 잡담을 늘어놓았다. 행복한 시간이었다.

카나 쪽은 거짓말이 많이 섞여 있었지만 그래도 즐겁다…. 정말로 즐거운 대화를 해준다. 누군가와 이야기를 나누는 게 이토록 즐거운 일이란 걸 처음 알았다.

만약 치사토가 같은 반 친구였다면… 매일이 너무 즐거워서 자신의 작은 팔과 가슴으로는 감당하기 벅찰 만큼 최고의 학교생활이 되었으리라.

그녀는 주위 사람을 행복하게 해주는 힘이 있는 사람이라고 카나는 생각한다.

심지어 자기 자신을 희생하지도 않는다. 자신을 우선하면서 주위 사람들도 함께 행복하게 해주는… 그런 사람.

그래서 같이 있으면 싫지 않다.

그녀가 무언가를 해주었을 때, 부담을 느끼지 않고 진심으로 '고마워'라고 말할 수 있는 것이다.

그래서 그녀 주위는… 카페 리코리코에 모이는 사람들은 모두가 행복해 보인다. 모두 웃는 얼굴이고 마음에 여유가 있고… 자신 같은 아이를 당연하게 받아들여준다.

카페에 가면 그곳에 자신의 자리가 있다…고, 그렇게 느끼게 해준다.

그래서 도쿄로 향하는 전철 안에서는 언제나 마음이 설렜다. 또 그 카페에 갈 수 있다고. 그렇게 생각하면 매일 점심을 거르는 것쯤은 아무렇지도 않았고 한 번이라도 더 가기 위해 쓸데없는 물건은 사지 않고 참을 수도 있었다. 교통비 절약도 기꺼이 감수했다.

그런 즐거운 도쿄행 열차…였지만, 오늘은 다르다.

카나의 옆자리에는 미조카쿠시 루리가 새침한 얼굴로 앉아 있다. 음침한 자신 옆에 있으니 아마 눈길을 끌 것이다. 열차에 올라타는 사람 모두가 그녀를 한 번씩 쳐다볼 정도였다.

도쿄행 열차. 오늘은 몸서리쳐지게 싫은 기분이다.

몇 백 엔에 불과하지만, 차라리 돈을 쓰레기통에 버리는 게 낫다는 생각이 드는 전철비. 괴롭다. 힘들다. 고통스럽다. 구역질이 난다.

심지어 도착해서 뭘 할지도 자신은 아직 모르는 것이다.

도쿄에 가자마자 헤어지는 일은 있을 수 없다. 반드시 뭔가를 할 것이다.

그건 아마 하기 싫은 일일 게 분명하고, 돈도 써야 할 것이다. 미조카쿠시가 돈을 내줄 리는 없다. 밥은 사줄지도 모른다고 생각하고, 지갑에 넣어두었던 지폐는 대부분 빼서 소중한 것을 넣어둔 배낭의 두 장 있는 깔판 사이—비밀 주머니에 넣어두었다.

미조카쿠시가 재촉하는 대로 전철을 타고, 그리고 내린다. 그러자 그곳은…긴시초였다.

왜? 하고 생각하지 않을 수 없었다.

마치 흙 묻은 구둣발로 자신의 집을 침범당한 듯한, 그런 기분이었다.

"내 남친이 가게를 하거든. 따라와."

미조카쿠시가 남쪽 출구로 나간 것만이 그나마 위안이었다. 그쪽은 별로 가본 적이 없다.

유흥업소가 많은 모양인지 아직 저녁 전인데도 수상한 분위기가 감도는 잡거빌딩 사이를 지나 역에서 조금 떨어진 맨션으로 미조카쿠시가 들어간다.

"…여긴 가게가 아니잖아."

"몰라? 비싼 회원제 가게는 원래 간판이 없는 곳이 많아. …따라와."

공동현관에서 호실 번호를 치자, 안에서 "들어와"라는 남자의 목소리가 들리고, 닫혀 있던 자동문이 열렸다.

문 안쪽은 어두컴컴해서 어쩐지 마계의 문 같은 느낌이다. 카나는 등에 멘 배낭을 앞으로 가져와 꼭 끌어안고 자동문을 지났다.

엘리베이터를 타고 도착한 곳은 13층. 맨꼭대기 층이다. 역시 간판은 없다. 게다가 문은 두 개뿐이다. 하나는 비상계단이니까 한 층에 호실이 하나뿐인 것이다.

안은 평범한 현관이었다. 슬리퍼가 놓여 있어서 그것을 신었다.

내부는 확실히 가게 분위기다. 가정집 주방이라기에는 지나치게 본격적인, 일반가정에는 있을 리 없는 커다란 카운터. 주방 자체도 깨끗이 정돈되어 있고, 업무용 냉장고와 조리기구가 즐비하다. 그곳에서 앞치마를 두른 남자가 익숙한 솜씨로 채소를 썰고 있었다.

"이 사람은 여기 직원이야. 신경 쓰지 마. 그냥 없는 사람이라고 생각하면 돼."

실내의 가구도 전부 고급스러운 것들뿐이고 한눈에도 푹신하게 생긴 커다란 소파가 여러 개 놓여 있었다.

무엇보다 그곳을 개방적이면서도 비일상적으로 연출하고 있는 것은 벽 일면의 통유리로, 그 너머는 아주 넓은 루프 발코니였다. 거기에는 파라솔이 있고, 그 밑에 탁자와 소파, 그리고 핸드폰을 만지작거리고 있는 남자가 한 명.

카나 일행이 온 것을 알아차리고 이십대로 보이는 친절한 미소를 띤 장신의 남자가 소파에서 몸을 일으켰다.

도쿄의, 긴시초의 밤을 즐기는 사람인 듯 머리가 금발과 흑발의 대담한 투톤 컬러. 복장은 청바지에 록밴드 티셔츠를 입은 심플한 차림이지만 어딘지 모르게 돈 냄새를 풍기는 남자였다. 아마 손과 귀에 착용한 액세서리에서 풍기는 고급스러운 느낌이 그런 인상을 주는 걸지도 몰랐다.

"저 사람이 내 남친이야."

미조카쿠시의 재촉에, 카나는 발코니로 갔다.

"만나서 반가워, 카타시 쿄코. 루리의 남친 카도와키야. 이야기는 많이 들었어. 아, 이리 와서 소파에 앉아."

좋은 이야기일 리는 없다. 무슨 이야기를 들었는지는 모르지만 그는 더할 수 없이 상냥하고… 지나치게 상냥하다. 마치 펫숍에서 새끼고양이라도 보는 듯한 눈빛이다.

소파는 지금까지 앉아본 그 어떤 소파보다 푹신하다. 몸이 아래로 깊이 가라앉을 것만 같다. 다만 날씨가 더워진 지금은 땀이 찰 것 같은 느낌이다.

"…저어, 여기는…. 오늘은 뭘…."

"오늘은 쿄코와 친목을 다지기 위해 다과회를 할 거야. 여기는 말이지, 밤에는 회원제 바(bar)지만 이 시간대에는 젊은 사람들을 대상으로 카페 영업도 하고 있어."

카도와키가 실내를 향해 손을 번쩍 들었다. 덕분에 알게 되었는데 커다란 창이라고 생각했던 그건 매직미러였던 모양이다. 지금은 은색 거울처럼 변해 있었다.

은색의 벽 같은 그것을 열고 아까 주방에 있던 남자가 유리포트와 티세트를 들고 와 잔에 따라주었다.

허브티라고 했다. 포트 안에는 처음 보는 꽃과 풀이 둥둥 떠 있었다.

"아주 비싼 거야. 맛이 조금 독특하지만, 일단 마셔봐. …너도 아마 마음에 들 거야. …아아, 너무 맛있어."

미조카쿠시는 마치 자기가 대접하는 것처럼 말하고, 먼저 한 모금. 그리고 나른한 표정으로 한숨을 내쉰다.

설사약이라도 넣었을지 모른다고 생각했지만, 같은 포트에서 따른 차를 미조카쿠시는 태연하게 마시고 있었다. 무뚝뚝한 직원도 무심하게 다시 주방으로 돌아갔다.

아마, 정말로 그냥 허브티인 모양이다. 하지만….

"아, 실례. 쿄코, 짐은 그쪽 선반에 놔둬."

"아, 아뇨…. 저는 여기가 좋아요."

카나는 가슴에 끌어안고 있던 배낭을 발밑에 내려놓았다. 너무 멀리 두고 싶지는 않다. 지금은 이것만이 자신의 의지처다.

카나는 두 사람이 권하는 대로 잔에 손을 뻗었다. 이상한 냄새가 났지만 허브티란 대체로 그런 법이다.

커피가 더 좋은데. 그런 말이 나와버릴 것 같은 입에 잔을 가져간다. 하지만 마시지는 않았다.

이 사람들이 내주는 음식을 몸 안에 집어넣고 싶지 않았다. 몸의 일부가 되는 건 참을 수 없다. 그래서 마시는 시늉만 한다.

자신을 왜 데려온 걸까. 그걸 알 수 없다. 그래서 무섭다. 하지만 미조카쿠시와 카도와키는 아랑곳없이, 이해하기 힘든 대화를 나눈다.

이 허브티는 정말로 비싸다는 것. 심신에 굉장히 좋고, 다이어트 효과까지 있다는 것. 최근 유통량이 극단적으로 줄어 가격이 더 올랐다는 것. 매출도 조금 걱정스럽고, 그러니까 손님을 더 늘려야겠다는 것. 미조카쿠시의 그 시녀 친구 둘을 비롯해, 다른 학교 학생들도 여러 명 여기에 다닌다는 것….

"그래서 쿄코, 난 있잖아, 너도 이 다과회의 멤버가 됐으면 해서 오늘 같이 오자고 한 거야. …왜, 우린 이런저런 오해도 좀 있고 그랬잖아. 이걸 계기로 너와 친하게 지내고 싶어."

옆에 앉은 미조카쿠시의 시선이 싫었다. 예쁜 얼굴로 미소 짓고 있는데 어째서 이토록 뱀처럼 차가운 시선일까. 자신이 그녀를 싫어하기 때문에 그렇게 보이는 걸까.

카나는 견디지 못하고, 미조카쿠시의 눈길을 외면했다. 그때 갑자기 그녀가 마신 잔이 눈에 들어왔다.

이미 비어 있었다. 어라? 하고 생각한다. 그녀는 첫 한 모금밖에 마시지 않은 것 같은데. 혹시 단숨에 마셔버린 걸까? 아무리 목이 말랐다 해도, 초여름인 지금, 뜨거운 허브티를?

한편, 카도와키 쪽은 이야기를 하면서 몇 번 잔을 입에 가져간 것 같은데, 카나와 거의 비슷하게 남아 있다…. 즉, 거의 마시지 않은 것이다.

뭐지, 이 위화감.

카나는 별안간 지진이라도 일어난 듯한 공포를 느꼈다.

"그러니까 쿄코…, 우리랑 같이 다과회 멤버가 되어줄 거지?"

"하, 하지만… 난 그런 건…."

"참! 그때 그 사진 말이야, 지워줄게. 응? 그러면… 친하게 지내줄 거지?"

미조카쿠시의 웃음이 농염하다.

이상하다. 그녀는 그런 서비스를 해줄 인성이 아니다. 반드시 자기의 이익을 추구한다. 유리한 조건을 손에 넣으면, 그걸 포기하는 짓은 절대로 하지 않는다. 그런데 무슨….

"친하게 지내자. 친구가 되자, 응?"

함정이다. 뭔지는 알 수 없다, 하지만, 명백하게 함정이다.

카나는 고개를 저었다.

"난… 힘들 것 같아. 이, 이 허브티는 많이 비싸다며. 그러니까…. 우리 집은 돈 없어."

미조카쿠시가 의미심장하게 웃는다.

"─꺅?!"

갑자기 맞은편에 앉아 있던 카도와키가 카나의 머리카락에 손을 뻗었다.

"아, 미안! …하지만 잠깐 괜찮아?"

카도와키는 말과 달리 거침없이 카나의 앞머리를 들어올리고, 얼굴을 빤히 들여다본다.

"뭐야, 루리 말대로 완전 예쁘네. 귀여운걸. 미용실에도 가고, 화장을 좀 배우면 더…. 아니, 어쩌면 지금이 더 나으려나? 순진한 느낌이라… 응, 귀여워."

무섭다. 하지만 동시에 가족도 아닌 남자에게 외모를 칭찬받은 건 처음이라, 뭐가 뭔지 알 수 없는 감정이 가슴에 휘몰아쳤다.

"그래서 쿄코, 다과회 말인데, 돈 걱정은 안 해도 돼. 오히려 용돈도 받을 수 있어."

"…네?"

"특히 처음일 때는 많이 받을 수 있어. 잘됐지?"

무슨 말인지 이해할 수 없어, 카나는 미조카쿠시를 쳐다보았다.

그녀는… 빈 유리포트를 기울여, 아주 조금밖에 안 남은 허브티를 열심히 자신의 잔에 따르고 있었다. 그리고 잔에 담긴, 티스푼으로 두 스푼 가량밖에 안 되는 그것을 쪽쪽 빨아 마시더니 다시 한숨을… 아니, 황홀한 얼굴을 한다.

거기서 뭔가가 보인 기분이었다.

곤란하다. 여기에 있는 건 분명 곤란하다.

"죄, 죄송해요. 전 통금시간이 있어서 먼저 일어날게요!"

카나는 소파에서 일어나 허둥지둥 배낭을 집어 들었다.

"…만 엔."

카도와키의 목소리. 조금 전까지와는 완전히 다른 싸늘한 목소리였다.

"네가 마신 허브티 값이야. 내고 가. …먹튀는 곤란해. 그러면 학교에 연락할 수밖에 없어."

화가 났다. 카나는 입을 앙다물고 그를 쏘아보았다.

"저, 저는 안 마셨어요. 마시는 시늉만 한 거예요."

카도와키가 잔을 쳐다보더니, "아…, 그래서"라며 머리를 긁적거렸다.

"그렇다 해도 네 몫이니까."

"전 주문한 적 없어요! 멋대로 내온 거잖아요!"

"그렇다 해도… 내야 돼. 테이블 차지… 아, 말해도 넌 모르겠지만, 아무튼 여기 들어온 것만으로도 요금이 발생하는 시스템이야. 그러니까… 앗, 뭐야. 범죄자가 되고 싶어?"

누가, 어느 쪽이…!

"그게 싫으면 여기서 잠깐 모두와 다과회를 하고 가. 그냥 그러면 돼."

"쿄코, 그렇게 화내지 마. 사이좋게 지내자. 응? 다과회 멤버가 되면 정말 즐거울 거야…, 응?"

미조카쿠시가 웃으면서 가방 안에서 핸드폰을 꺼냈다. 예의 그것이 온다. 사진을 보여주려고 하는 것이다.

카나는 반사적으로 자신의 배낭 속에 손을 집어넣었다.

지금인가? 여기인가?

지금이 바로 그때인가.

하지만 지금 여기서 시작해버리면 리스트의 1번과 예정에 없었던 덤뿐.

그럼 어떻게 해야….

이를 악문다. 너무 화가 나서 돌아버릴 것 같았다.

하지만 참는 수밖에 없다. 견디는 수밖에 없다.

지금은 아니다. 아직은 이르다. 그러니까…!

카나는 배낭 바닥에 두 장 있는 깔판 사이—비밀 주머니 안에 손을 넣어, 꼬깃꼬깃한 천 엔짜리 몇 장을 꺼냈다.

매일 점심을 굶고, 사고 싶은 것도 안 사고, 조금씩 차곡차곡 모은…, 리코리코에 가기 위한 카나의 전 재산이었다.

그 대부분을 테이블 위에 던져버린다.

카도와키가 긴 한숨을 내쉬었다.

"…요즘 중딩은 돈도 많네. 쳇, 더 부를걸 그랬나. …루리, 어떻게 할까. 이 녀석을 노리는 손님이 올 때가 됐는데. 어떡하지? 네가 처음인 척하고 상대해줄래?"

"뭐야, 왜 그래, 쿄코? 우린 친구잖아. 응?"

웃고 있는 미조카쿠시지만, 손은 핸드폰을 터치해 급하게 사진첩을 열려 하고 있었다. 협박당하기 전에 나가고 싶었다.

"이… 이거면 되는 거죠? 아니면 가격을 속인 건가요?"

"쳇…, 알았어, 가봐."

외국영화처럼 침이라도 뱉어주고 싶었지만, 입안은 바짝 말라 있었다.

카나는 서둘러 배낭을 끌어안고 그 자리를 벗어나 매직미러 유리문을 열고… 그리고 입을 손으로 틀어막았다.

어느새 사람들이 있었다. 낯선 교복을 입은 여중고생들과, 그녀들의 몸을 더듬는 반쯤 벌거벗은 남자들. 탁자 위에는 허브티와 담배와 주사기. 처음 맡는 이상한 냄새에 헛구역질이 올라왔다.

카나는 현관으로 달려가 슬리퍼를 벗어던지고, 자신의 신발을 집어

들고서 그대로 엘리베이터로 달려갔다.

버튼을 누르자, 거의 동시에 엘리베이터가 도착해 문이 열렸다.

"이크! 어? 아, 쿄코다!! 뭐야, 마중 서비스인가?!"

뒤룩뒤룩 살찐 남자가 카나를 보고 반색하며 금색으로 번쩍거리는 시계를 찬 손을 뻗었다.

카나는 반사적으로 뒷걸음질 쳤다.

"쿄코, 기다려!"

열려 있던 문에서 미조카쿠시의 목소리.

떨리는 다리를 원망하며 카나는 엘리베이터를 포기하고, 비상계단으로 연결된 문을 열어젖히고 신발도 신지 않은 채 미친 듯이 뛰어 내려갔다.

그리고 그대로 어디를 어떻게 달렸는지도 알 수 없다.

정신을 차려보니 밤.

오래된 빌딩 사이에 몸을 숨기고 구토하고 있었다.

그리고 위장 속에 있는 것을 모조리 게워내면서 울었다. 무섭고 분하고 억울해서 미쳐버릴 것 같았다.

더러운 것을 보았다. 냄새를 맡았다. 거기에 자신도 말려들 뻔했다.

전부 보였다. 이제는 알 것 같았다.

분명 자신의 그 사진도 여러 명이 봤을 것이다. 최소한 카도와키와 엘리베이터 앞에서 마주친 그 남자.

언젠가 그렇게 될 것 같은 예감은 있었다. 하지만 그걸 자신의 눈으로 목격해버렸다. 부인할 수 없는 증거를 맞닥뜨리자 온몸이 떨린다.

그래서 구토가 멈추지 않는다.

하지만 눈물은 다르다.

눈물은, 리코리코에 가기 위해 모은 돈을 잃었기 때문이다.

열심히 차곡차곡 모은 돈이다. 배가 고파도 참고, 목이 말라도 화장실에서 수돗물을 마시고, 다 쓴 학용품도 남의 걸 얻어 쓰거나, 재활용 가게에서 파는 중고를 사고, 정기권이 아닌 1회권을 끊어 전철을 타고, 하굣길에는 늦어도 되니까 몇 킬로미터를 걸어서 집에 가고… 그렇게 악착같이 모은 돈.

그 카페의 맛있는 커피를 마시기 위해, 단골손님들과 함께 웃기 위해, 치사토를 비롯한 직원들과 이야기하기 위해 모은 돈이었다.

그걸 그렇게 잃고 말았다.

그게 너무 억울해서 눈물이 멈추지 않는다.

어쩌면 참아야 할 때가 아니었을지도 모른다.

시작해야 했을 때인지도 모른다.

하지만 손이 움직이지 않았다.

바로 거기에 있는데도 도저히 그걸 잡을 수 없었다.

머릿속은 지독하게 혼란스러웠지만 분명 돌발적으로 시작해버리면 계획은 반도 달성할 수 없다는 걸 알고 있었기 때문일 것이다.

그래서 참았다.

노력한 것이다. 그래, 노력했다. 그러니까—.

"저기…, 괜찮아요?"

벽에 이마를 대고 수그리고 있던 카나의 몸이 그 목소리에 소스라치며 용수철처럼 똑바로 섰다.

아는 목소리, 너무나 좋아하는 목소리.

지금 이 순간 애타게 보고 싶지만, 절대 만나고 싶지 않은 사람의 목소리.

하필이면… 하고 생각하는 목소리.

몸을 떨면서 카나는 본다.

밤의 긴시초, 그 거리의 불빛을 등지고, 어둠속에 떠오른 실루엣. 학교 교복을 입은 소녀의 모습.

그것이 니시키기 치사토라는 것은 명백했다.

카나는 외마디비명을 지르고, 얼굴을 가리고 빌딩 사이로 도망쳤다.

돌팔매질을 당한 길고양이처럼 거기에 있는 에어컨 실외기를 넘어 쓰레기가 나뒹구는 좁은 빌딩 사이를 미친 듯이 달려 뒷골목으로 도망친다.

"왜…! 왜…?!"

지금 자신의 모습만은 절대로 보여주고 싶지 않았다.

이런 비참한 모습은 자신이 아니다. 카나가 아니다.

그러니까 달린다. 도망친다.

오로지 도망친다.

모든 것으로부터―.

5

속이 쓰리다. 학교 따위는 가고 싶지 않다.

하지만 가야 한다.

이시하라가 집에 찾아올 가능성도 있지만 그보다 지금은 미조카쿠시가 문제다. 그녀가 무슨 짓을 할지 알 수 없다. 그대로 놔둘 수는 없다.

뭔가 낌새를 보이면 이쪽도 그 빌딩에서 있었던 일을 경찰에 말해야지….

말할 수 있을까? 모르겠다. 경찰에 알리면 일이 커진다. 하지만 그래도 미조카쿠시의 악행이 드러나는 일은 없을지도 모른다. 아빠와 할

아버지의 힘도 있겠지만 그보다 무엇보다 미성년자라서 가해자이자 피해자로 취급될지도 모른다.

그때, 자신이 어떻게 될지는… 알 수 없다. 만약 수사가 이루어진다면, 최악의 경우, 지금 자신이 간직한 비밀이 폭로될 가능성도 있다.

그러니까 신고를 한다면, 그것은 마지막 순간에.

하지만 협상 재료는 될 것이다.

교문 앞. 오늘은 미조카쿠시와 시녀 친구들은 없다. 긴장한 채 카나는 교실로—있다!

미조카쿠시는 오늘도 학급의 중심. 예쁜 얼굴로 시녀 친구들과 이야기를 나누고 있었다.

그녀가 힐끔 카나 쪽을 쳐다봐서 눈이 마주쳤다. 하지만 그녀는 자연스럽게 눈길을 돌려 대화를 이어가고 미소 짓고 있었다.

마치 아무 일도 없었던 것처럼.

어제 그 일이 꿈이었다고 말하는 것처럼.

그게, 오히려, 무섭다. 그 속을 알 수 없다.

서로가 조커를 잡았다고 인식하고 간섭을 피하려는 걸까. 그렇다면 영리하다고 생각한다. 하지만 미조카쿠시는 그럴 인성이 아니다. 무승부를 받아들일 수 있는 아이라면 자기 말을 안 듣는 상대를 그냥 놔둘 수 있는 아이라면… 카나도 이렇게까지 증오심을 품지는 않았을 것이다.

반드시 무슨 짓을 해올 것이다. 그건 확신이었다.

그 평온을 가장한 상황이 무섭다. 무슨 일이 일어날지 알 수 없는 상황은 정말로 공포 그 자체였다.

하지만 그런 카나의 마음과 달리 당연한 하루처럼 시간은 흘러갔다.

다른 점이라면 미조카쿠시가 철저하게 카나를 무시하는 것뿐. 괴롭

힘에 의한 액티브한 무시가 아니라, 정말로 그냥 말 그대로의 무시, 투명인간 취급하는 그것.

어떤 의미에서는 편해서 좋다. 하지만 어제부터 이어진 일련의 흐름상 그것은 한없이 불길하다.

미조카쿠시는 무시하고 반대로 카나는 주시하고 있기 때문일까. 하교 전 종례시간에 이시하라가 뭔가를 느낀 모양인지 자꾸 카나 쪽을 쳐다볼 정도였다.

"그럼 오늘은 여기까지. 주말이라고 너무 늦게 자지 않도록 해라. 그럼 차렷! 인사!"

끝났다. 아무 일 없이. 카나는 자리에 그대로 앉아 눈으로 미조카쿠시를 좇았다. 그녀는 기분이 좋은 모양인지 미소를 지으며 태연하게 교실을 나갔다.

"…뭐지?"

"뭐가 뭐야?"

무심코 중얼거린 카나의 혼잣말에 대답이 돌아왔다. 소스라치게 놀라 하마터면 의자에서 굴러 떨어질 뻔했다. 의아한 얼굴을 한 이시하라였다.

"카타시, 오늘 방과 후에 혹시 무슨 일 있냐?"

"…아뇨, 없는데요….."

"그럼 잠깐 학생지도실… 아, 지금 선생님은 다른 선생님이랑 미팅이 있어서 미안하지만, 한 시간만 어디서 시간 좀 때우다 학생지도실로 와줄래?"

"…왜요?"

"아…, 그냥 가정환경 조사 같은 거야."

주위에 아직 학생들이 있어서 그런지 이시하라는 낮은 목소리로 말했다.

예전에 며칠을 연달아 결석했을 때, 집까지 찾아온 이 인간에게 그 여자가 미주알고주알 다 고해바친 것이다. 아마 그 여파가 아직 남은 게 분명하다.

역시 리스트 4번. 언제나 그렇듯이 카나의 발목을 잡는다.

한 시간 후에 카나는 3층의 학생지도실로 갔다. 그리고 아무도 없는 그곳에서 다시 30분을 더 기다리고 나서야 비로소 이시하라가 나타났다.

미안, 미안, 하면서 그는 카나와 책상을 사이에 두고 마주앉았다. 그리고 왠지 시답잖은 잡담을 하면서 요즘 학교는 어떠냐, 즐거우냐 등등, 이 세상에서 제일 한심한 질문을 늘어놓았다.

애매한 대답 끝에 마침내 정적이 지도실 안을 지배했다.

뭐지, 이 시간낭비는. 깨닫고 보니 어느새 해도 약간 기울어 있었다.

"선생님, 저는 이만 슬슬…."

"…아, 너무 늦어지면 좀 그렇지. 걱정 마. 선생님이 집까지 태워다 줄게."

그건 솔직히 기뻤다. 조금이라도 빨리 리코리코에 갈 돈을 모으기 위해 앞으로 당분간 집까지 걸어갈 생각이었기 때문이다. 등교할 때는 지각하면 안 되니까 곤란하지만 하교는 아무리 늦어져도 상관없으니까.

키나가 저도 모르게 미소를 짓자 이시하라도 조금 기쁜 듯이 웃었다.

"그래서… 실은 이상한 소문이랄까, 이야기를… 들었는데, 카타시, 요즘 돈이 없니?"

"…네?"

"혹시 이상한 방법으로… 으음…, 돈을 벌려고 하는 건 아니지?"

"…무, 무슨 말씀이세요…?"

"그게 말이지, 실은 어떤 아이가 너를 걱정하면서 상담을 해왔거든. …네가… 몸을 팔고 있다고…."

"네에?!"

카나는 책상을 탕 치며 벌떡 일어섰다. 이시하라도 반사적으로 몸을 일으켜 진정시키려는 듯이 두 손을 들고 아니, 아니, 하고 중얼거리지만… 진정할 수 있는 일이 아니다.

"저는 그런 적 없어요! 왜… 아…!"

짚이는 게 하나 있었다.

미조카쿠시다. 앙갚음을 위해 이 멍청한 인간에게 뭔가 속닥거린 것이다. 그래서….

"그 녀석!!"

더는 못 참아. 시작해주겠어. 그 녀석을 이대로 놔둘 수 없다. 용서할 수 없다.

"잠깐, 잠깐, 잠깐! 진정해."

이시하라가 책상 너머로 팔을 뻗어 카나의 어깨를 잡았다. 커다란 손이다. 한 손으로 어깨를 붙잡았을 뿐인데, 꼼짝할 수 없었다.

"일단 앉아. 일단 좀 진정해. 쯧."

어깨를 누르는 힘에 못 이겨 카나는 의자에 도로 앉았다. 또 뛰쳐나가려고 할까 봐 걱정이 됐는지 이시하라가 책상을 빙 돌아 카나 뒤에 와서 섰다.

절도범 같은 범죄자들이 행패를 부리거나 도망치는 걸 막기 위해, 경비원들이 서 있는 포지션이다.

"그래서 실제로 어떤지 말해 볼래?"

"…거짓말이에요. 전 아무 짓도 안 했어요."

"하지만 짚이는 게 있는 얼굴인데?"

"…그건… 누가 그런 거짓말을 했는지 알 것 같아서….'

"그래, 뭐, 가정사정도 있고 힘든 건 알겠는데."

"집은 관계없어요!"

"…돈이 필요하니? 놀기 위한 돈은 아니지? 네가 성실하다는 건 선생님도 알아. 그동안 봐왔으니까."

"아니라니까요! 저는 아무 짓도….'

"아무리 그래도… 음, 실은 너를 걱정해서 선생님에게 의논한 학생이 조건 만남 사이트를 보여줬는데, 네 알몸 사진이….'

…빌어먹을!!

결국 했구나, 해버렸어.

카나는 의자에 앉은 채, 치마가 꾸깃꾸깃해질 정도로 꽉 움켜쥐었다.

네가 그렇게 나온다면 나도—!!

"카타시, 힘든 일 있으면 선생님한테 의논해줄래? 힘이 되어줄게."

"…선생님, 시, 실은…!"

"카타시."

양 어깨에 커다란 손이 놓였다. 아까처럼 꽉 누르는 게 아니라, 어쩐지 상냥하고 부드럽고 그리고… 징그럽게.

"이제 그런 짓은 하지 마. 세상엔 이상한 게 많아. 병균도 그렇고…. 그러니까 돈이 꼭 필요하면… 카타시, 선생님이—."

본능이 요란하게 경보를 울린다.

머리가 상황을 이해하기에 앞서 온몸에 소름이 끼친다. 그리고 뒤통수에 이시하라의 가슴이 밀착되고, 그의 손이 천천히 가슴 쪽으로 내려온다. 남자의 땀내 밴 체취가 카나를 에워싼다.

"싫어…!!"

"괜찮아, 선생님이 지켜줄게."

이시하라는 언제나 자신의 머릿속에서 타인을 카테고리화한다.

지금 카나는 도움을 원하는 불쌍한 소녀일까. 아니면 약점을 잡힌 편리한 장난감일까.

가슴을 더듬는 이시하라의 손을 움켜잡는다. 하지만 뿌리치려 해도 불가능하다. 상대의 힘이 너무 세다.

의자에서 일어나려고 해도, 뒤에서 부둥켜안은 이시하라의 커다란 몸이 그것을 용납하지 않는다.

무릎이 덜덜 떨리고 몸에 식은땀이 흐른다. 힘을 줄 수가 없다.

"카타시……, 얼굴을 조금 가렸지만 선생님은 금방 알았어, 너라는 걸."

"…어, 어떻게…!"

"어떻게 알긴, 네 점은 특징적인 곳에 있으니까 보면 알지."

교복 속으로 억센 팔이 들어와, 보이지 않는 점의 위치를 쓰다듬었다.

혼란스러운 머리로 필사적으로 생각하려 애쓰지만, 소용없다. 할 수가 없다.

다만, 갑자기 깨달은 게 있다. 이시하라가 과거에 폭력사건을 일으켜 쫓겨났었다는 소문―. 그건 아마 이런 종류의 사건이 아니었을까.

만약 그렇다면 미조카쿠시는 거기까지 예상하고…. 아니, 이건 너무 간 걸까. 무엇보다 지금은 미조카쿠시가 문제가 아니다. 먼저 생각할 일은 이 상황을―.

"이러지 마세요, 선생님…. 제발요…!"

"도와줄게. 카타시, 선생님에게 전부 맡겨."

간신히 의자에서 허리가 들린다. 일어섰다. 그 직후, 뒤에서 이시하라가 체중을 실어 거칠게 짓누르는 바람에 카나는 책상 위에 쓰러지고 말았다.

폐의 공기가 압력에 눌려 새어나가 숨이 막힌다.

옷 속으로 손이 들어와 몸을 더듬는 감각에, 눈물이 흘러나왔다.

"괜찮아, 카타시. 이제 고민하지 않아도 돼. 이제 다 선생님에게 맡기면 돼."

언제나 이런 일뿐이다.

자신의 인생은 언제나, 언제나.

분명 앞으로도 쭉….

그런 건―.

"저리 비켜!!"

"어허, 소리 지르지 마."

당황한 이시하라가 카나의 입을 틀어막았다. 그 순간, 카나는 그 손가락을 잘라버릴 각오로 사정없이 물어뜯었다. 표피를, 살을, 송곳니가 관통해 그의 뼈가 으드득 소리를 내는 게 이를 통해 들렸다.

이시하라의 낮은 비명소리가 울렸다. 카나의 몸을 짓누르던 그의 체중이 사라진다. 찬스―라고 생각한 순간, 카나의 몸은 벽으로 날아가버렸다.

카나는 호되게 따귀를 얻어맞고 벽으로 날아가 바닥에 내동댕이쳐졌다. 눈앞에 빛이 번쩍거린다. 너무 아파서 갓난아기 같은 신음소리가 입에서 새어나왔다.

"제기랄…, 이게… 까불고 있어!"

손가락에 피를 흘리면서 이시하라가 다가온다. 그 얼굴에 평소처럼 바보 같은 웃음기는 찾아볼 수 없다. 성난 남자의 얼굴.

카나는 순수한 공포를 느꼈다. 문자 그대로 신변의 위험.

배낭, 배낭, 배낭만 있으면!

어디 있지? 아까 앉아 있었을 때는 발밑에….

"…앗!"

지금은 거기에 이시하라가 서 있었다. 그의 발밑에 배낭이 널브러져 있다.

카나는 몸을 덜덜 떨며 죽을힘을 다해 배낭에 손을 뻗었다. 하지만 그의 발이 카나의 배를 걷어찼다.

"뭘 하려고?! 넌 돈이 필요하잖아. 좀 도와주려고 했더니만… 까불고 있어!"

발길질에 날아간 카나는 다시 바닥에 나동그라졌다. 하지만 그 손은 배낭을 움켜쥐고 있었다.

이미, 무서울 게 없다.

카나는 배낭 속에 손을 집어넣어, 두 장의 깔판 사이, 비밀 공간에 줄곧 숨겨두었던 그것을 움켜쥐었다.

"꼼짝 마!!"

카나가 그것을 겨누었다.

손에 든 것은 소형 세미 오토매틱 권총. 카나의 작은 손에 맞춤한 것처럼 손안에 쏙 들어가는 사이즈의 글록42.

"어쭈, 장난감 가지고 까불지 마."

장난감은 아니었다. 진짜 권총이다.

카나는 재빨리 슬라이드를 당겨 약실에 탄약을 장전하고, 다시 이시하라를 겨누었다.

그때의 금속음, 카나의 모습, 눈빛, 그리고 작지만 총에서 뿜어 나오는, 장난감에는 있을 수 없는 존재감을 느끼고, 서서히 이시하라의 얼굴에서 핏기가 가셨다.

카나는 오른손에 쥔 총으로 이시하라를 겨눈 채, 왼손으로 눈물을 닦았다. 미처 몰랐지만, 코피도 흐르는 것 같았다. 손등으로 그것을 쓱 훔치고 다시 두 손으로 겨눈다.

오른발을 뒤로 빼고, 앞으로 뻗은 오른손으로 총을 잡고, 왼팔을 약간 구부려 왼손으로 오른손을 옆에서 조여주듯이… 위버 스탠스. 카페 리코리코에서 만화 자료를 위해 상황극을 했을 때, 타키나가 친절하게 가르쳐준 자세였다.

확실하게 쏠 수 있다. 죽일 수 있다. 카나에게는 확신이 있었다.

"…카타시, 너 대체 뭘를…."

카나는 대답하지 않는다. 입을 열지 않는다. 필요 없기 때문이다.

이 학생지도실의 주도권은 지금, 카나에게로 완전히 넘어온 것이다.

이미 이기고 있다. 그러니까 입을 열지 않는다. 교섭 따위는 하지 않는다.

이를 악문 카나의 입술 사이로 훅, 훅, 거친 숨소리가 새어나온다. 입 안에 비릿한 피 맛이 느껴진다. 자신의 코피일지도 모르지만 아까 물어뜯은 이시하라의 피일지도 모른다. 그걸 생각하자 너무 역겨워서 책상 위에 뱉어버렸다.

"…장난감이지? 어이."

긴 침묵 끝에, 이시하라가 식은땀을 흘리며 애매하게 웃으면서 그렇게 말했다.

아마 그는 평범한 여중생이 가방 안에 진짜 총을 숨겨두고 있었다는 사실을 받아들일 수 없는 모양이었다.

그래서 '장난감 총으로 까부는 어린애'라는 카테고리에 집어넣은 것이다.

"야, 카타시, 이 일은 도저히 그냥 못 넘어가겠다. 선생님을 물어뜯고 장난감 총으로… 야, 어이."

이시하라의 머릿속에서 상황은 이미 정리가 끝났는지 아니면 단순히 장난감이라고 믿는 것 말고는 방법이 없었는지 그는 다시 기세등등하게 카나를 향해 다가왔다.

카나는 뻗고 있던 검지를 방아쇠에 올려놓았다.

이 손가락을 조금만 까딱하면 이시하라는 죽는다. 이 총의 총탄은 380ACP. 일반적인 권총의 9밀리 패러벨럼에 비하면 조금 약한 총탄이라고 한다.

하지만 제대로만 조준하면 한 방으로 사람을 죽일 정도의 위력은 있다.

"…오지 마!! 쏜다!!"

"장난감으로? 까불지 마."

쏘려고 하면 쏠 수 있다.

하지만 쏴도 될까. 그런 의문이 머리를 스친다.

이런 인간은 죽여버리는 게 낫다는 건 알고 있다. 하지만 리스트— 살해 예정 리스트에 그는 올라 있지 않았던 것이다.

총탄은 단 다섯 발. 즉, 리스트는 5번까지밖에 없다. 지금 쏘면 누구 하나를 리스트에서 제외시켜야 한다. 순번 상으로는 아빠가 제외된다.

아빠와 이시하라, 어느 쪽을 죽여야 할까.

그 고민 때문인지, 방아쇠에 놓인 손가락이 돌처럼 꼼짝하지 않는다.

"카타시, 각오해라. 너…."

이시하라의 손이 다가온다. 됐어, 생각하지 마! 카나는 자신을 다그쳤다. 하지만 그래도 손가락은 꼼짝하지 않는다—.

—따르르르르르르르르르르르르르르르르!!!

귀청이 떨어질 만큼 요란하게 비상벨이 울렸다.

카나도, 이시하라도 영문을 알 수 없는 상황에 얼어붙은 채, 소리가 들리는 복도 쪽으로 시선을 던졌다.

누군가가 달려오는 소리. 그 발소리의 주인공은 근처에 있는 빈 교실의 문을 모조리 열어보고 있는 것 같았다. 그리고 학생지도실에 다다른다. 하지만 짤칵 소리만 날 뿐, 문은 열리지 않는다. 이시하라가 어느새 문을 잠근 모양이었다.

"여기 사람 있어요?! 빨리 대피하세요! 불이 났어요! 불이에요!!"

이시하라는 짜증스럽게 혀를 차고는 문을 열었다. 이시하라의 몸에 가려 잘 보이지는 않았지만, 보건교사인 듯 흰 가운을 입은 여자가 가쁜 숨을 헐떡이고 있었다.

들키면 곤란하다고 생각한 카나는 배낭을 주워들고, 총을 쥔 채로 그 안에 손을 집어넣었다.

"아, 이시하라 선생님! 빨리 건물 밖으로 대피하세요! 어서요!!"

"아, 네. 알겠습니다. 대체 어떻게 된 거죠? …어라, 당신은…?"

"앗, 이시하라 선생님, 손을 다치셨네요? 어쩌다 다치신 거예요?"

"아, 아뇨, 이건… 비상벨 소리에 조금 놀라가지고…."

"어머나, 보건실에서 치료해드릴게요. 빨리 가요! 어서요!"

"아뇨, 저기…."

횡설수설하는 이시하라와 보건교사 옆을 빠져나와 카나는 복도를 달렸다. 뒤에서 이시하라의 목소리가 들린 것 같았지만, 전부 무시했다.

그리고 실내화를 신은 채 밖으로 뛰쳐나오자, 아직 퇴근 전인 교사와 동아리 활동 중이던 학생들이 당황한 얼굴로 모여 있는 모습이 보였다.

숨이 차기도 해서 카나는 교정 구석에 있는 창립기념비 뒤에 몸을 숨겼다. 이시하라는 쫓아오지 않는 것 같았다.

괜찮아, 괜찮아. 쓸데없이 한 발을 낭비하지 않았어. 다행이야. 괜찮아, 괜찮아. 괜찮아, 괜찮아, 괜찮아….

흐트러진 옷매무새를 정리하면서, 호흡과 정신을 가다듬고 있을 때, 갑자기 또 눈물이 왈칵 쏟아졌다. 눈물이 뚝뚝 떨어져서 그 자리에 주저앉아 손으로 입을 틀어막고 카나는 소리 죽여 흐느꼈다.

"괜찮아, 쿄코?"

먹잇감을 앞에 둔 뱀 같은 미소를 지으면서 미조카쿠시가 어느새 옆에 와 있었다.

"킥킥…. 이사하라 샘이랑 무슨 일 있었니? …킥킥킥…, 그 변태랑."

예쁜 얼굴로 소름 끼치게 쳐웃고 있다.

생각할 것까지도 없다. 알 수 있다. 그녀는 기다리고 있었던 것이다. 카나가 이시하라와 뭔가 이야기를 나누고, 그리고 밖으로 나오는 것을. 어쩌면 이시하라가 덮치는 것까지도 상정하고서.

"너…, 그 사진…!!"

카나는 벌떡 일어섰다.

"걱정 마. 체육복의 이름이랑 얼굴 절반이랑, 그리고 붙잡고 있는 손은 안 보이게 보정했으니까. …그래도 이시하라는 금방 알아본 것 같았지만. 훔쳐보기 상습범은 역시 다르더라."

"너!"

"내 말 안 들으면 그 사이트에 네 본명이랑 연락처를 뿌려버릴 거야. 다시는 나한테 반항하지 마. …어제 너 때문에 생고생했는데 너도 이 정도는 감수해야지."

지금 죽여버릴까, 생각했다. 하지만 그걸 가로막은 것은 사이렌 소리. 비상벨 소리에 출동한 긴급차량이 속속 교정으로 진입한 것이다.

소방차, 구급차, 그리고 순찰차…. 그걸 보고는 카나도 도저히 총을 꺼낼 용기가 나지 않았다.

다과회의 시녀 친구 둘이 미조카쿠시와 똑같이 우아하고 추악한 미소를 지으며 다가온다. 키득거리는 거슬리는 소리가 불쾌하기 짝이 없다.

—루리~, 오늘 다과회는 어떡할 거야~? —물론 가야지. 남친이 기다리니까. —오늘은 몇 명이나 오려나. 기대가 커.

카나는 배낭을 가슴에 끌어안고, 그녀들에게 등을 돌린 채 뛰기 시작했다.

각오는 끝났다.

오늘 한다. 반드시 한다. 죽인다. 리스트를 소화할 때가 왔다.

카나의 발걸음에 이미 망설임은 없었다.

"죄송합니다, 들것이 필요해요! 부상자가 있어요! 너무 많이 다쳐서…! 아, 지금 보건실에 있어요!"

교실 건물 쪽에서 들리는 여자의 목소리. 그 외침소리에 구급대원들이 부랴부랴 준비를 시작한다.

그런 어른들 옆을 카나가 뛰어서 지나간다.

아무도 붙잡지 않는다. 교복을 입은 소녀를 신경 쓰는 사람은 아무도 없다.

그 작은 소녀의 가방 속에 다섯 명을 죽일 수 있는 총이 있다고는 꿈에도 생각하지 못한다.

그녀가 사람을 죽이는 살인마가 되기로 마음먹었다고는 꿈에도—.

6

모든 건 카페 리코리코가 이끌어준 것이나 다름없었다.

시작은 약 이주일 전의 일.

알몸 사진을 찍히고, 미조카쿠시의 괴롭힘이 갈수록 도를 더해가는 나날이 이어지는… 그런, 당연하게 반복되는 지옥 같은 아침.

속이 쓰리다. 학교 따윈 가고 싶지 않다. 차라리 이대로 어디론가….

하지만 그럴 수 없다. 이시하라가 또 집에 찾아올지도 모른다. 그건 싫다.

루틴워크처럼 언제나 하는 생각을 카나는 속으로 곱씹으며, 평소처럼 이른 시간대의 전철에 흔들리고 있었다.

평소에는 사람이 거의 없는데 이날따라 아침연습을 가는 운동부 학생들과 시간이 겹쳐버려서 맨 뒤칸으로 이동해 시간을 보내고, 그리고 기우치카와라 중학교가 있는 역에 내린 것이다.

그때였다,

카나의 귀가 그 목소리를 포착한 것이다.

"지난번 영화도 좋았지만, 응, 배우들의 연기가 정말 대단했어…, 하~지~만~ 옛날 영화라면 몰라도 요즘 작품에서 말이야, 화면이 어두운 좀비 영화는 '도피'라고 생각하지 않아?"

"…치사토 언니?"

돌아보자, 카나가 내린 출입문이 아닌 다른 출입문에 낯익은 두 사람의 모습.

치사토와 타키나다.

카나와 교대하듯이 그녀들이 열차에 올라탄 것이다.

왜 어째서 이 시간에 이런 곳에? 그런 의문이 스쳤지만, 카나는 그런 사소한 것보다 무엇보다 그녀들과 이야기가 하고 싶었다. 아니, 그 의문을 물어보기만 해도 좋을 것 같았다. 인사를 나누고 서로 미소를 지으며 여긴 어쩐 일이에요? 라고…. 그거면 충분하다.

마치 지옥에 뻗어 내려온 거미줄 같다. 그녀들과 가볍게 인사만 나눠도, 우울한 기분 따윈 전부 날아가버릴 것이다.

적어도 오늘 하루는… 그걸로 견딜 수 있다.

허둥지둥 열차에 다시 올라타려고 했지만, 무정하게도 카나의 눈앞에서 문은 닫혀버렸다.

그럼 하다못해 두 사람의 얼굴만이라도… 눈빛 교환만이라도 창문 너머로 가벼운 인사만이라도…!

카나는 창밖에서 손을 흔들었다. 하지만 달리기 시작한 열차 안의 두 사람은 카나를 등지고, 먼저 앉아 있던 남자를 왠지 좌우에서 에워싸고 앉아버렸다. 이렇게 되면 이미 돌아볼 가능성은 없다.

"아아…, 왜…."

멀어져가는 열차를 카나는 멍하니 지켜볼 수밖에 없었다.

거미줄이 끊어진 순간의 칸다타(주10)도 이런 심정이었을까. 그런 생각이 들 만큼 절망스러운 기분이었다.

절망에서 희망을 봤다가 다시 절망으로. 미쳐버릴 것만 같다.

망연자실하고 있을 때, 열차의 진입을 알리는 소리가 울렸다. 그리고 카나는 생각했다.

─그래, 지금 들어오는 쾌속을 타면, 세 정거장 앞의 역에서 따라잡을 수 있어.

그거야, 라고 생각하고 카나는 승강장으로 미끄러져 들어온 쾌속열차에 올라탄 것이다.

그러나 세 정거장 앞 역에서, 치사토와 타키나가 탄 일반열차를 기다려 맨 뒤칸에 올라타 보니… 거기에는 이미 아무도 없었다.

실망한 카나는 그녀들이 앉았던 자리에 앉아, 그 온기의 흔적을 찾아

주10) 칸다타: 일본 설화 속의 인물. 못된 짓을 일삼던 칸다타가 죽어 지옥에 떨어졌을 때, 그가 생전에 한 유일한 선행의 보답으로 하늘에서 거미줄이 내려오지만 혼자만 살려고 한 그의 이기심 때문에 결국 거미줄이 끊어져 다시 지옥에 떨어진다는 이야기.

시트를 쓰다듬었다. 울음이 터질 것 같았다.

"…그러고 보니까 그 남자는… 치사토 언니나 타키나 언니의 남친인가?"

어쩌면 두 사람은 학교를 땡땡이치고. 그 남자와 어디론가 놀러 간 걸지도 모른다….

그런데 자신이 끼어들면 민폐가 분명하다. 그러니까 차라리 잘됐다. 오히려 다행이다. 다행….

눈시울이 젖어들었다.

안 좋은 일이 있을 때 지금까지도 늘 그랬듯이 납득하려 애쓰고 참고 어떻게든 상황을 받아들이려고 했지만 속상한 마음이 눈물이 되어 흘러넘쳐버렸다.

손으로 얼굴을 가리고 몸을 앞으로 숙인다. 이 칸에 아무도 없어서 다행이었다. 만약 있었다면 이상한 여자애라고 생각—.

"…어?"

갑자기 엉덩이에 뭔가가 닿았다. 단단한 무언가. 애들 장난감인가 하고 손을 뻗어보니… 좌석과 등받이 사이에 묘한 물건이 있다.

손가락으로 집어 꺼내보니, 소형 권총. 장난감치고는 묘하게 리얼했다. 옛날에 재활용 가게에서 만져본 에어건과 비슷했지만, 명백하게 뭔가 다르다. 슬라이드가 금속이고, 조그만데도 묘하게 묵직하다. 그리고 약간 지저분하다. 마구잡이로 사용한 공구 같은 느낌이 있다.

텔레비전과 영화에서 본 것처럼 슬라이드를 당겨본다. 약실에서 탄두가 달린 약협이 튀어나와 바닥에 떨어졌다.

"어?"

슬라이드에서 손을 떼자 그립 속의 탄창에서 다음 총알이 약실로 장전되었다. 철컥 하는 경쾌한 금속음. 그립 너머로도 느낄 수 있는 정교

한 금속의 움직임.

그리고 확신했다. 지금 방아쇠를 당기면 총알이 발사된다는 것을.

총 안에서 활시위가 팽팽해져 있는 그런 느낌이다.

절대로 건드려서는 안 되는 것.

이 평화로운 일본에서 오랫동안 금지되어온 도구가, 지금 아무도 모르게 자신의 손에 쥐어졌다.

고동이 빨라졌다.

카나는 바닥에 떨어진 탄약을 주워들고, 그것들을 얼른 가방 속에 숨겼다. 반쯤은 무의식적으로, 그리고 그것이 어떤 의미를 갖는지를 서서히 의식하면서.

그리고 한적한 시골 역에 내려, 핸드폰으로 대충 검색해 본 숲으로 향했다.

캠프장으로 이어지는 길 중간에 있는, 울창한 그곳에서, 카나는 나무를 향해 방아쇠를 당겨 확신을 사실로 바꾼 것이다.

카나의 지옥에 빛이 비친 순간이었다.

"…아아…, 너무 신나…."

하늘에서 내려온 거미줄은 눈앞에서 끊어져버렸다.

하지만 또 다른 거미줄이 내려온 것이다.

그 끝에 있는 것은 지옥. 그래도 좋다. 훌륭하다.

자신이 증오하는 다섯 명이 없는 지옥은 분명 조금은 나은 세상일 테니까.

7

집에 돌아오자 일하러 간 아빠는 물론이고, 그 여자도 없었다. 장이라도 보러 간 모양이다. 마침 잘됐다. 그녀와 아빠는 나중이다.

카나는 전부터 준비해둔 것들을 가방 속에 집어넣고 실내화에서 스니커즈로 갈아 신고 다시 집을 나와 전철에 올랐다.

왔다. 드디어 왔다. 때가 온 것이다.

지옥으로 이어진 거미줄을 달려 내려갈 때가 온 것이다.

모든 것에 결착을 짓는다. 줄곧 기다려왔다. 그리고 줄곧 결단을 내리지 못했었다.

그것이 지금 모든 조건이 완비된 것이다.

오늘밤 자신은 사람을 죽인다. 증오하는 인간을 이 세상에서 지워버린다. 그 결심은 확고하다.

전철 안의 사람들이 힐끔거리며 카나를 쳐다보는 느낌이다. 학생, 직장인, 어린아이까지 왠지 모두가 안 보는 척하며 훔쳐보는 느낌이다.

예전 같으면 모두가 자신을 비웃는 것 같아서 몸이 움츠러들었지만 지금은 아무렇지도 않다. 무시할 수 있었다.

긴시초 역에 도착해 개찰구 안에 있는 화장실에 들어가 옷을 갈아입었다. 전에 도쿄의 구제숍에서 산 얇은 바람막이 점퍼와 청바지. 머리카락은 캡 모자 안에 욱여넣고, 후드를 뒤집어썼다. 그리고 그것들과 함께 산 토트백에 배낭을 통째로 집어넣었다.

총은 청바지 뒷주머니에 쑤셔 넣었다. 바람막이가 오버사이즈라 엉덩이까지 덮어주기 때문에 밖에서는 만져보지 않는 한, 알 수 없다.

화장실 거울 앞 화장을 고치는 여자들 옆에 서서 카나는 남자 같은 모습이 된 자신의 얼굴을 보았다.

그리고 비로소 전철 안에서 주목을 받았던 이유를 깨달았다. 코피 자국이다. 문지른 흔적이 옆으로 길게 남아 있었다.

이런 꼴로 세일러복을 입고 있었으니 쳐다볼 만도 하네, 그런 생각이 들어 하마터면 웃음이 터질 뻔했다.

웃음을 억지로 참으며 세수를 하고, 소매로 닦는다. 밖으로 나온다.

짐은 역 안의 코인로커 안에. 이제부터 할 일을 생각하면, 짐은 없는 편이 좋다.

"아아, 너무 좋아!"

발걸음이, 아니, 몸이 가볍다. 자칫 마음이 들떠버릴 것 같다.

어깨의 짐을 내려놓는다는 말이 머리에 떠올랐다. 짐 이야기가 아니다. 고통스러웠던 지금까지와 고통밖에 없을 이제부터를 버렸기 때문이다. 그래서 이토록―,

지금의 기분은 리코리코에 갈 때의 그것과 조금 비슷하다.

집에서는 훼방꾼 취급을 당하고, 학교에서는 괴롭힘을 당하고 약점을 잡히고, 수상한 다과회에 강제로 참가하게 될 뻔한 불쌍한 여중생, 편리한 장난감인 카타시 쿄코가 아니다. 다른 누군가가 되는 감각.

카나인가, 살인마인가, 다른 점은 그것뿐. 아마 향하는 곳은 반대방향. 하지만 가운데 멈춰 서서 고통받을 뿐인 카타시 쿄코로 사는 것보다는 낫다.

"…미조카쿠시는 벌써 빌딩 안으로 들어갔을까?"

마치 친구를 기다리는 듯한 목소리가 나와버려서 카나 자신도 깜짝 놀라고, 그리고 다시 혼자 웃어버린다. 즐거워 견딜 수 없었다.

지난번에 도망칠 때는 어디가 어딘지도 모른 채 무턱대고 달렸지만 갈 때는 벌벌 떨면서 주위를 살피며 쫓아간 덕분에 그 빌딩까지는 쉽게 도착할 수 있었다.

잠시 기다리자, 역시 남자들과 교복을 입은 여중고생들이 빨려들듯이 안으로 들어간다. 아마도 다과회는 확실하게 하는 것 같다. 하지만 리스트 1번, 2번, 3번은 오지 않는다.

집에 들러 준비하고 역 화장실에서 옷을 갈아입느라 허비한 시간을 고려하면 그녀들은 이미 안에 있다고 생각해도 무방할 것 같았다.

상관없다. 몇 시간이라도 기다릴 작정이다.

카나는 근처 빌딩 앞에 있는 자판기에 기대서서 시간을 보냈다. 장소가 장소인만큼 불량한 남자로 보일지도 모른다고 생각하니 기다리는 시간마저 즐겁다.

하지만 그런 벅찬 감정도 두 시간이 지나자 점차 식어간다.

어느덧 밤이다 그래도 빌딩에서 나오는 사람은 없다. 너무 심심해서 참지 못하고 핸드폰을 들여다본다.

문득 학교의 화재가 어떻게 됐는지 궁금해져서 검색해 봤지만, 특별한 뉴스는 없었다. SNS까지 검색하고 나서야 비로소 같은 학교 학생이 올린 듯한 게시물을 발견했다.

〈결국 화재는 아니었네. 재미없어.〉

〈보나마나 운동부 녀석들이 장난친 거겠지.〉

〈I하라가 크게 다쳤다던데 왜? 계단에서 떨어졌나? 어이상실.〉

I하라… 이시하라가 틀림없다. 총알에 여유가 있었다면, 리스트 상위에 넣어버렸을 것이다. 오히려 2번, 3번보다도…. 다만 쏠 수 없었다.

아마 그 상황에서 리스트 교체가 가능할 만큼의 정신적인 여유가 없었기 때문일 것이다. 혼란에 빠져 뭐가 좋고 뭐가 나쁜지도 알 수 없었기 때문이다. 그래서….

다시 싫은 기분이 되살아난다. 이시하라를 생각하자 결심을 굳히기 전의 나약한 카타시 쿄코로 돌아가버리는 느낌이다.

"…안 돼."

생각하지 말자고 생각할수록, 생각하게 된다. 어렵다.

하지만, 그 인간이 크게 다쳤다는 건 좋은 소식이다. 천벌을 받은 것이다. 그때 들것이 필요했던 사람도 그 인간이 분명하다—.

"루리는 정말 인기 짱이야."

갑자기 그런 목소리가 들려, 깜짝 놀라 고개를 들었다.

미조카쿠시와 시녀 친구들이 빌딩에서 나오고 있었다. 최고다. 셋이 세트다.

카나는 자판기 그늘에 숨어 숨을 죽였다. 청바지 주머니에 쑤셔 넣었던 글록42를 빼서 오른손에 쥔 채로 바람막이 주머니에 손을 집어넣었다.

"몸이 버티는 게 용할 정도야."

"이것도 다 남친을 위해서니까. 열심히 해야지."

킥킥 웃는 세 여중생. 장소가 밤의 긴시초 남쪽 출구 근처가 아니라면, 영혼이 사악하지 않다면, 평범한 중학생이라면, 귀엽게 보이는 모습이다.

일대는 아직 유흥업소가 밀집한 빌딩가. 여기서는 곤란하다. 날이 어두워지면서 거리에는 사람의 왕래도 많아지고 있었다.

아직이다. 아직, 여기가 아니야.

어디서든 시작할 수 있다. 승리는 확정. 그러니까 남은 문제는 얼마나 스마트하게 하느냐이다.

너무 오래 기다리는 것도 좋지는 않다. 그녀들이 사이타마로 돌아가면 조금 성가셔진다. 가능하면 여기서 죽이고 자신만 집으로 돌아가 사건의 충격이 퍼지기 전에 그 여자와 아빠를 죽여버리고 싶었다.

피해자의 면면이 보도되면 동급생들은 단번에 카나를 지목할 것이다. 그러면 그 여자와 아빠는 당연히 경계할 것이다.

…아니지, 어떨까? 긴시초라면 괜찮을지도 모른다. 특히 충격 사건이라면 아무도 카나를 의심하지는….

"어떡할래? 모처럼 용돈도 많이 받았으니까, 쇼핑이나 하고 갈까?"

그렇게 말하고, 미조카쿠시 일행은 역 북쪽 출구 쪽에 있는 쇼핑몰로 향했다.

곤란하다. 쇼핑몰 안에서의 살인은 지나치게 눈에 띌뿐더러 거기엔 사람도 많을 것이다.

카나는 짜증스럽게 혀를 차면서, 그녀들을 뒤쫓았다. 놓치는 게 제일 곤란하다.

그녀들의 쇼핑은 즐거워 보였다. 나이에 비해 조금 성숙해 보이는 세련된 옷과 액세서리를 사고, 노트 같은 학용품도 산다.

농담을 주고받으며, 함께 웃으며 요즘 핫한 드라마와 아이돌 이야기를 하면서….

친구와 논다는 건 아마 이런 것이리라. 카나와는 거리가 먼 세계다.

즐겁게 웃는 그녀들을 보고 있기가 괴롭다. 점점 더 자신이 비참하게 느껴진다.

하지만 괜찮다. 명백하게 우위인 쪽은 자신. 그녀들이 쓰고 다니는 건 더러운 돈. 그러니까, 그러니까, 그러니까….

"자, 이제 집에 가자."

미조카쿠시가 말한다. 그리고 세 사람은 쇼핑몰을 나와 공원을 가로질러 역으로 향했다.

여기다. 여기밖에 없다. 주위에 사람은 없다. 가로등도 별로 없어 어둡다. 세 사람은 옆으로 나란히 서서 걸어간다. 이게 사격의 표적이 아니면 뭐란 말인가.

고동소리가 거칠어진다. 심장이 입으로 튀어나올 것만 같다.

카나는 세 사람 뒤로 다가간다. 하지만 상대가 덤벼들었을 때 손이 닿는 거리까지는 결코 가지 않는다. 총은 적당히 애매한 거리에서 최대의 효과를 발휘한다.

거리는 5미터 정도. 거기서, 카나는 걸으면서 조용히 주머니에서 손을 꺼냈다. 손에 쥔 총. 약실에 탄약은 장전 완료. 방아쇠를 당기면, 리스트의 소화가 시작된다.

그리고 발을 멈췄다. 조준한다.

최악이었던 지금까지의 세상이여, 안녕. 그리고 조금은 나은 지옥이여, 반가워.

조준은 미조카쿠시. 그 뒤통수.

쏴. 지금이야. 어서—!

"—큭?!"

총이, 손이 떨리고 있었다.

흥분? 아니다.

긴장? 그럴지도 모른다.

…공포? 그에 가깝다.

"왜… 어째서….'

죽었으면 좋겠다고 수없이 생각했다. 총을 손에 넣은 뒤로는 죽여버리겠다고 다짐했다. 진심으로.

이제 그걸 할 때가 왔는데, 뭘 망설이는 거지?

쏴. 쏴. 쏴!

방아쇠를 세 번만 당기면, 자신은 구원받는다. 세상은 조금 밝은 지옥이 된다.

그래, 자신을 위해, 세상을 위해.

앞으로 그녀들로 인해 고통받을 사람들을 구해주는 거야. 히어로야. 그러니까 쏴.

"…제발 쏴…. 왜….'

떨리는 손. 거기서 뻗어 나온 검지는 마치 자신의 손가락이 아닌 것처럼 꼼짝하지 않는다.

이게 몇 센티만 움직이면, 미조카쿠시의 머리에 구멍이 나고, 더러운 피가 사방으로 튈 것이다. 그건 알고 있다. 그런데 왜, 어째서….

이시하라를 쏘려고 했을 때도 이런 느낌이었다.

마지막 순간에 손가락이 얼어붙는다. 왜, 어째서….

"죽여도 돼. 저런 것들은… 죽는 게 훨씬… 나아…. 그러니까."

다시 눈물이 흐른다. 분해서 나는 눈물이다. 겁쟁이인 자신이 분하다.

죽일 수 있는데, 죽이기로 결심했는데, 죽일 수밖에 없다고 생각했는데.

몸이 그것을 거부한다. 그럴 수 없다고.

겁쟁이. 자신을 다그쳐도 달라지는 것은 없다. 지금 쏘지 않으면 내일부터 또 오늘 같은 나날이 언제까지나 계속된다. 그건 싫다. 죽어도 싫다. 그런데 왜 못 쏘지? 안 쏘지? 제발 쏴.

"이토록… 죽이고 싶은데…, 왜…."

살인은 좋지 않다는 멍청한 소리에 자신은 지배당하고 있는 걸까.

죽는 게 더 나은 인간은 이 세상에 얼마든지 있는데. 그 대표적인 존재가 눈앞에 있는데, 그런데, 어째서―.

지금까지 줄곧 견뎌왔다.

억울하고 슬퍼도, 아무에게도 말하지 않고, 오직 홀로 견뎌왔고….

이제 그만 끝내고 싶은데, 어째서….

미조카쿠시 일행이 멀어져간다. 역을 향해 간다. 공원을 빠져나가 인파 속에 섞여든다.

이제 쏠 수 없다. 쏴도 맞지 않는다.

카나는 그 자리에 무너지듯이 주저앉았다.

"겁쟁이… 겁쟁이! 겁쟁이!! 위선자!!"

사람 하나 못 죽이고 뭐 하는 거야. 지금까지의 고통스러운 나날은 겨우 그 정도였어? 사람을 죽이면 안 된다고 하는 기만에 넘어갈 만큼 별거 아닌 절망이었어? 아니잖아!!

왜 쏘지 못할까. 어째서 쏘지 못할까. 쏘면 편해지는데….

"…아아, 아아…."

내일부터 또 그런 나날이 이어진다. 이시하라는 어떻게 나올까. 상처가 낫고, 다시 학교로 돌아오면 가만히 있을 리 없다. 그에게 카나는 아직 그런 대상이다.

미조카쿠시는 당연히 그 사진을 이용해 괴롭힐 것이다. 이시하라의 행동을 예상하고 움직였다면, 또 다른 사람을 부추길 수도 있을 것이다.

집에 돌아가면 생판 남인 여자가 당연하게 눌러앉아 있고, 아빠는 심야 예능방송을 보면서 맥주를 마실 뿐인….

쏘면 끝낼 수 있었는데.

더는 단 하루도 겪고 싶지 않은 시간 전부를.

하지만 이미 미조카쿠시 일행은 사라져버렸다. 쏠 수 없다. 끝낼 수 없다. 최악의 나날은—.

"…끝낼 수 있어…."

문득 답이 보인 기분이었다.

오른손이 누군가에게 조종당하는 것처럼 저절로 올라가, 총구가 자신의 옆머리에 밀착된다.

모든 게 끔찍했다. 견딜 수 없다고 생각했다. 총알은 다섯 발로는 부족하다고 늘 생각하고 있었다. 그래도 고맙게 생각하고 있었지만… 그래, 다섯 발은커녕 한 발이면 충분했다.

단 한 발이면 전부 해결할 수 있었던 것이다. 지금까지도 기회는 있었던 것이다.

이 총은 거미줄. 거미줄이 이어져 있는 곳은 지옥—그래, 알고 있었다.

답은 이토록 간단하고, 당연하게 언제나 거기에 있었다.

두 무릎을 꿇은 채, 카나는 하늘을 올려다보고 눈을 감았다. 눈물이 흘렀다.

꼭 감은 눈 안쪽에 떠오르는 것은 부모도 친구도 아니다.

커피향이 감도는, 그 카페—.

"한 번만 더 가고 싶었는데…."

돈은 이미 없다. 무엇보다 이런 한심한 인간이 가도 되는 곳이 아니다.

그곳은 천국 같은 장소. 누구에게나 안식처를 제공해주는 장소.

하지만 거기에 패배자의 안식처는 없다. 절망하고, 사람을 죽이기로 마음먹고, 결국 죽이지도 못하고 바보처럼 울고, 자신의 머리를 날려버리려고 하는 멍청이가 가도 되는 곳이 아니다.

그곳은 깨끗한 곳. 자신 같은 인간이—.

이제 그만 끝내자.

살아 있으면 그 자체로 한심하고 불쌍하고 비참하니까.

자신이 혐오하는 사람이 없는 지옥으로 가자. 분명 여기보다는 나을 것이다.

그러니까—.

"…진작 했으면 좋았을걸."

돌처럼 꿈쩍 않던 카나의 검지가 지금은 쉽게 움직인다.

오히려 그 검지만이 자신의 몸인 것 같았다.

방아쇠를 당긴다.

총성이 울렸다.

8

입술에 달라붙어 혀끝에 느껴지는 분진의 불쾌감.

반사적으로 뱉어낸다. 그러자 얼굴 한쪽이 떨어져나가는 듯한 감각과 통증이 엄습해 저도 모르게 신음이 흘러나온다. 참으려 애쓰다, 지금, 자신이 엎드린 채 쓰러져 있다는 것을 깨달았다.

얼굴을 누르고 있는 오른손.

"…어?"

거기에 있었던 총이 없다. 아니, 그 이전에… 살아 있다? 어째서?

카나는 고개를 들었다. 캡 모자가 어디론가 날아가, 머리카락이 드러나 있었다. 거기서 모래라도 끼얹은 것처럼, 후드득 가루가 떨어진다.

—이게 뭐야?

혹시 머리에 구멍만 나고, 죽지는 않고, 영문을 알 수 없는 상태로… …?

카나는 핸드폰을 꺼내 화면에 자신의 얼굴을 비춰보았다. 머리에 구멍은 없는 것 같았다.

하지만 얼굴이 가관이다. 눈물자국, 흙 범벅, 산발이 된 머리. 그리고 거기서 후드득 떨어지는 것은….

"빨간 모래? …고무?"

지우개 냄새가 나는 빨간 가루.

영문을 알 수 없었다. 하지만 자신이 아직 살아 있다는 사실만은 똑똑히 알 수 있었다.

그리고 글록42가 없다. 폭발, 아니, 폭발해서 날아간 건가? 그런 느낌이었다. 마치 야구방망이로 얻어맞은 것 같은 충격이었다.

이제 아무것도 없다. 슬픔을 느낄 여유도, 남아 있는 눈물도.

죽기로 마음먹은 사람이란 그런 것이리라. 아마 아쿠타가와 류노스케도 그런 비슷한 말을 했던 것 같다.

그저 비참한 살덩이가 거기에 있을 뿐. 바라는 것도 아무것도 없이, 그저 있을 뿐.

아무 생각도 할 수 없어서, 카나는 그 자리에서 넋을 잃고 핸드폰을 쥔 손을 툭 떨어뜨렸다. 그때, 무언가가 손가락에 닿아 바스락거렸다.

핸드폰 뒤에 종잇조각이 붙어 있었다. 뭔가 보니….

〈커피세트 무료 쿠폰! 편하게 들러주세요! 카페 리코리코〉

손글씨로 쓴 쿠폰. 마치 학교 축제의 티켓처럼… 학생들이 십 초만에 갈겨 쓴 듯한 그것.

카나는 카페 리코리코라는 글자를 보고, 종잇조각을 움켜쥐고서 힘없이 일어섰다. 사막에서 길을 잃은 사람이 물을 찾듯이, 카나는 역을 등지고 비틀거리며 걷기 시작했다.

그리고 도착한 리코리코.

세련된 외관. 모두가 발을 멈추지 않고는 견딜 수 없는 그 카페.

평소 같으면 이 시간이면 이미 폐점. 하지만 아직 창문에서 불빛이 새어나오고, 문에는 아직 OPEN이라는 팻말이 걸려 있었다.

어째서? 의아하게 생각하면서도, 카나는 그 문을 열었다.

도움을 청하듯이, 의지할 곳을 찾듯이.

—딸랑딸랑.

"어서 와, 카나."

붉은색 교복 차림의 치사토가 혼자 거기에 있었다.

그녀는 카운터석의 의자를 빼서 카나를 거기에 앉혔다.

"이거…."

꽉 움켜쥐는 바람에 꼬깃꼬깃하게 구겨진 무료 쿠폰. 그것을 치사토는 미소 지으며 받아들었다.

"잠깐만 기다려."

밤늦은 시간. 엉망이 된 모습. 그런데도 치사토는 아무것도 묻지 않는다. 그저 당연한 듯이 이 자리에 있게 해준다.

사이폰으로 내리는 커피. 그윽한 향기가 퍼지기 시작한다.

따뜻하고, 고소하고, 그리고… 한없이 부드러운 향기.

"선생님한테 들었는데, 맛있는 커피에는 마법이 있대. 사람을 행복하게 해주는 마법. …난 있잖아, 밤에 마시는 커피는 더 특별하다고 생각해. 더 강한 마력을 지니고 있다고 생각해. 마음이 차분해지고 살짝 나쁜 짓을 하는 기분도 들고 무엇보다 굉장히 안심이 돼. …너는 어때?"

그렇다면, 이 무너져 내리는 마음을 감싸주는 향기는, 공간은… 그 마법의 힘일까.

그리고 완성된 한 잔의 커피. 그것을 치사토는 카운터 너머로가 아니라, 옆으로 와서 놔주었다.

"일단 한 모금 마셔봐. 선생님만큼 맛있지는 않을지도 모르지만. 어때? 마법에 걸린 것 같아?"

치사토의 권유에, 카나는 커피를 마셨다. 블랙은 평소에 마시지 않는다. 하지만… 그 커피는, 맛있다. 뜨거운 그것은, 따뜻하다.

몸에서 힘이 빠져나갈수록 마음이 편안해진다.

"맛있어…."

무심코 중얼거린 말에, 치사토는 방긋 미소 지었다.

"자, 카나. 아까 그 무료 쿠폰 말이야, 혹시 눈치챘니? 그건 커피만이 아니라 커피세트 무료 쿠폰이야. 그러니까 하나를 더 주문해도 돼. …뭐든지."

카나는 치사토를 응시한다. 묘하게 어른스러운, 그러면서도 어린아이 같은 그런 얼굴.

예쁘고, 귀엽고, 그러면서… 의지하고 싶을 만큼 상냥한.

"뭐…든지…?"

치사토가 고개를 끄덕인다.

"그래. …자, 카나. 주문은?"

그 목소리에, 카나의 두 눈에서 이미 말라버렸다고 생각했던 눈물이 다시 뚝뚝 떨어졌다.

그리고 떨리는 목소리로, 말했다.

"…도와주세요."

치사토의 눈이 가늘어진다.

"나만 믿어 ♪"

노래하듯이 치사토는 그렇게 말하고, 카나를 꼭 안아주었다.

다정하게, 따뜻하게, 살며시, 힘껏.

"지금까지 많이 힘들었지."

"어째서…."

사정 같은 건 치사토는 모를 것이다. 카나에 대해서는 아무것도….

그런데 어째서, 그녀는 그런 말을.

어째서… 모든 걸 다 안다고 믿게 되는 걸까.

"지금까지 잘 버텼어."

카나도 떨리는 손으로 치사토의 등에 팔을 휘감았다. 힘이 실린다.

도움을 청하듯이.

"…네."

"이제 괜찮아. 뒷일은 전부 나에게 맡겨."

"네!"

눈물과 오열이 멈추지 않는다. 말조차 나오지 않는다.

그런 카나를, 옷이 젖는 것도 아랑곳없이 치사토는 다정하게 안아주고, 그리고 머리를 쓰다듬어준다.

그게, 그저 기뻤다.

9

심야의 리코리코에는 두 명의 어른이 있었다.

미카와 미즈키다. 드물게 두 사람은 카운터를 사이에 두고 앉아 술을 마시고 있었다.

"하여간 엄청 성가신 일이었어. 세상 성가시고 번거롭고 귀찮게 뭐 하는 짓인가 몰라. 그냥 빨리 구해주면 될 걸 가지고."

미카가 빈 잔을 응시하며 미소 지었다.

"그럴지도 모르지. 하지만 그랬으면 그 애는 구할 수 없었을 거야."

"구할 수 있어!"

뭘 모르는군, 하고 가게 안쪽에서 노트북을 끌어안은 쿠루미가 나타나, 미즈키 옆에 앉았다.

"카나가 운 나쁘게 주운 총을 은밀히 회수, 그리고 아동상담소와 경찰에 신고…. 그게 끝이야. 그게 정말로 구한 게 돼? 기껏해야 학폭은 안 돼요, 라는 머저리 같은 프린트나 돌리는 게 고작이겠지. …그런다고 그 녀석이 웃을 수 있겠어? 치사토가 만족할 거라고 생각해?"

"쿠루미, 예의 그 건은?"

"이미 삭제 작업에 들어갔어. 그 미조카쿠시 루리 핸드폰의 원본 데이터를 확보했으니까 AI에 학습시켜서 전용 바이러스를 퍼뜨렸어. 내일이면 인터넷상에서 그 사진은 사라질 거야."

"넌 좋겠다. 여기서 컴퓨터나 만지고 있으면 되니까. …난 얼마나 힘들었는지 알아? 쭈~욱 감시였다고! 심지어 그 중학교에서 타키나 녀석은 카나를 덮치려고 한 교사를 쏴 죽이려고 했었어! 죽어 마땅하다면서. 진정해, 그러면 안 돼, 조금만 기다려, 그렇게 달래느라 진땀을 빼고 있는데…, 카나가 총을 뽑으니까 이번엔 타키나 녀석이 반대로 조용해지는 거야! 믿어져? 그러더니 한다는 소리가, 제가 쏜 걸로 해요, 그러면 아무 문제 없어요, 라네? 바보도 그런 바보가 없다니까. 문제가 왜 없어? 큰 문제지! …그래서 부랴부랴 내가 비상벨을 누르고, 흰 가운에 힐을 신고 미친 듯이 달려간 거야. 어휴, 힘들어서 진짜."

"응? 결국 막았네. 근데 그 교사는 만신창이가 되지 않았어?"

"죽이면 안 된다고 했을 뿐이고. …응징은 해야지. 아주 따끔하게. …불났다고 도망치라고 해놓고, 보건실로 데리고 가느라 좀 애먹었어. 내가 말해놓고도 말이 안 되니까 자꾸 웃음이 나서 혼났지 뭐야."

그러네, 하고 쿠루미도 웃었다.

"하지만 역시… 우리의 그 고생은 차치하고라도, 더 **빨리** 구해줘야 했던 게 아닐까 하고 난 생각해. 그러면 고통스러운 나날을 조금은 줄여줄 수 있었잖아."

"치사토 나름의 계산이야. 덕분에 정식 의뢰가 됐잖아. 더구나 이번에 카나가 가지고 있던 총은 '아시아인'이 남긴 거야. 그 건은 DA에서 경비는 물론 법적인 부분도 다 책임져준다고 했으니까, 이번 일에도 끌어들일 수 있어."

미즈키의 눈에는, 그렇게 말하는 미카가 어쩐지 자랑스러운 얼굴을 하고 있는 것처럼 보였다. 마치 딸의 실력을 자랑하는 듯한, 그런….

무엇보다, 하고 미카가 말을 이었다.

"치사토는 언제나 리코리스로서 다른 사람을 구해주고 싶어하지만 그것도 규칙을 정해놓지 않으면 제한이 없어지니까."

"규칙이라…. 어디까지나 의뢰… 도움을 요청받은 경우에만 구해준 다는 건가?"

미즈키의 말에 쿠루미가 한심하다는 눈빛으로 쳐다본다.

"모든 사람을 구할 수 있다고 자만할 만큼 바보는 아니라는 뜻이겠 지. …현실적이야."

"그렇다 해도 그 아이는 묘하게 고지식하다고 할까, 너무 성실해."

확실히, 하고 동의하면서 쿠루미가 입을 열었다.

"하지만 미카 말대로 마지막 순간까지 기다린 덕분에, 리코리스로서 만이 아니라 DA의 초법적인 힘도 최대한으로 활용해 카나를 구할 수 있었어. 청소년을 상대로 한 마약 밀매 루트도 하나 소탕했으니까 그쪽 에서도 여자애 하나 구하는 일쯤은 기꺼이 해줄 거야."

소탕했던가? 라고 미즈키가 묻자 몇 시간 전에 DA의 리코리스가 다 과회 멤버로 가장하고 들어가 모든 걸 끝냈다고 쿠루미가 대답했다.

"아. DA 녀석들, 카나를 리코리스로는… 안 키우겠지?"

"당연하지. 리코리스로 키우기에는 나이가 너무 많아. 본인이 원한 다 해도 무리야."

농담이야, 하고 웃으며 미즈키는 미카의 잔에 술을 따르고 자신의 잔 에도 따르고, 그리고 순간적으로 쿠루미에게도 따르려다가… 얼른 손 을 거두었다. 대신 미카가 따뜻한 우유를 내주었다.

"하지만 미카, 미즈키. 이번 건의 경비는 DA 부담이라고 치고… 우리의 보수는 어떻게 되는 거야?"

　"글쎄? 음, 단골손님의 미소… 아니, 치사토 친구의 미소 정도?"

　가치가 있는 건지 없는 건지 모르겠네, 라며 미즈키가 웃었다.

　"적자야. …적어도 어른들에게는."

　그러면 괜찮아, 라고 쿠루미가 말했다.

■ 아우트로덕션

덥다. 여름, 한여름이다.

견디다 못한 토쿠다는 태양이 맹렬하게 빛나는 하늘을 올려다보고 그리고 눈을 감는다.

나무도 별로 없는데 매미 울음소리가 요란하다.

"자, 얼른 가자."

토쿠다는 서류철을 옆구리에 끼고, 단골 카페—카페 리코리코로 향했다.

—딸랑딸랑.

경쾌한 종소리, 시원한 가게 안 공기.

그리고 어서 오세요, 라고 외치는 직원들의 목소리가… 맞이해주지 않는다.

"…어?"

카운터 구석자리에서 오랜만에 보는 도이가 웃음보가 고장 난 것처럼, 로버트 드니로의 울면서 웃는 얼굴을 흉내 내는 것처럼 어색하게 웃고 있고, 그 앞에서 치사토가 왠지 무릎을 꿇고 있었다. 카운터의 미카와 다른 단골손님은 침통한 얼굴로 고개를 푹 숙이고 있다.

치사토 옆에서 화난 표정으로 있던 타키나가 고개만 돌려 토쿠다 쪽을 보았다.

"아, 어서 오세요."

"…뭐야, 오늘 분위기 왜 이래?"

"아무 일도 아니에요. 늘 드시던 걸로 드리면 될까요? 아이스로 드릴까요?"

"…아이스로."

"네. 점장님, 아이스 하나요."

"어, 그래. 알았어. …아, 토쿠다 씨, 앉으세요."

토쿠다는 조심스럽게 카운터석에 앉았다. 무슨 일이 일어났는지 몰라 약간 두렵기도 하다.

자다 일어났는지 머리가 까치집이 된 쿠루미가 가게 안쪽에서 나타나 연신 웃고 있는 도이를 노려보았다.

"도이, 시끄러워. 잠을 잘 수가 없잖아."

그제야 도이는 입을 다물고 고개를 숙였다.

가게 안쪽에서 미즈키가 나오더니 도이를 조용하게 만든 것에 상이라도 주는 것처럼 빙수를 카운터에 내려놓자, 당연하게 쿠루미가 먹기 시작했다.

"저기… 무슨 일 있었어? 가게에."

"아니? 요즘은 매일이 그냥 평범한 일상이야. 좋든 나쁘든 똑같아."

쿠루미는 태연하게 말하고 치사토를 힐끔 보았다. 저것도 늘 있는 일이야, 라는 의미인 듯했다.

분명 뭔가 큰 실수라도 저지른 모양이다. 그렇다면 좋은 타이밍이다. 그녀의 기운을 북돋아줄 수 있을지도 모른다.

"치사토, 예의 물건이 완성됐어. 통과됐어."

"정말요, 토쿠 아저씨?!"

무릎을 꿇고 있다가 용수철처럼 벌떡 일어선 치사토가 우다다다 토쿠다에게 달려왔다.

그 모습을 보고 뭐야, 뭐야 하면서 단골손님들도—도이를 제외하고 토쿠다 주위로 몰려들었다.

"실은 관계자 외에는 안 되지만…, 뭐, 괜찮겠지."

오늘 아침 막 인쇄가 끝난 여성잡지의 긴시초·가메이도 특집이다. 그 메인이 바로 토쿠다가 기획한 카페 특집이다.

드디어 완성된 것이다.

미즈키가 주방에서 얼굴을 내밀었다.

"하지만 거기에 우리 카페는 안 나왔잖아. 근데 뭘 그렇게까지?"

"실은… 사진에 비밀이….'

재빨리 카페 특집 페이지를 펼친다. 그러자 모여든 사람들이 일제히 환성을 질렀다. 특히 치사토의 목소리가 제일 컸다.

거의 모든 카페 사진에 치사토와 타키나의 모습이 있는 것이다.

"엄청 예쁘게 나왔어어어어어어어어!!"

"…아, 그 사진을 이런 느낌으로 쓰셨군요."

둘이 테이블에 마주앉아 커피를 마시고, 파르페를 먹고, 서로 핫케이크를 먹여주고, 세련된 카페 앞에 서 있는 사진들. 이쯤 되면 거의 그녀들의 사진집이나 다름없다.

쿠루미가 옆에서 빼꼼 들여다본다.

"이런 게 용케 오케이가 떨어졌네."

"십대 소녀끼리 놀 수 있는 동네라는 걸 어필하는 게 목적이었거든. 아마 될 거라고는 생각했지만 역시 내 예상이 맞았어."

"최고예요, 토쿠 아저씨! 고마워요. 제 보물로 간직할게요!"

"기뻐해줘서 나도 기뻐."

페이지를 넘긴다. 그때마다 오오 하고 탄성이 터져나오는 게 기쁜 반면… 아무도 토쿠다가 쓴 글에는 관심이 없는 게 슬프다. 물론 그럴 줄은 알고 있었지만.

잡지를 든 손님들이 다다미석 쪽으로 옮겨가고 카운터석에는 토쿠다와 쿠루미만이 남았다. 그리고 도이.

"쯧쯧…. 눈에 띄는 건 좋지 않다고 했는데도."

"가게 취재를 허락해주셨으면 아마 눈에 덜 띄게 등장했을 겁니다."

"일종의 복수인가요."

"아, 아뇨! 지금은… 저도 아니까요. 아뇨, 뭐라고 할까, 지금은 이미 예전처럼 무리해서까지 소개하고 싶은 마음은…."

진심이었다.

그리고 그렇게 생각하게 된 것이야말로 자신이 이 카페의 진짜 단골이 된 증거라는 기분이 들었다.

이 카페는 좋은 카페다. 언제나 북적북적하고, 처음 온 손님에게도, 단골들에게도 사랑받는 곳이다.

세련된 외관, 명랑하고 멋진 직원들, 맛있는 커피.

그리고 누구나 이 카페에 오면 마음이 편해진다. 즐길 수 있다, 여기에 있어도 된다는 생각이 든다. 그런 불가사의한 카페.

자신이 발견했다, 자신이 세상에 소개했다…. 그렇게 자랑하고 싶은 유치한 욕구는 사라졌다. …아니, 조금은 남아 있지만, 그저 그 정도다.

자신이 이 가게에 특별한 존재가 되고 싶다고는 생각하지 않게 되었다.

자신에게 이 가게가 특별하다면, 그걸로 충분하다.

그러니까 괜히 소개해서 유명해지면 지금의 이 행복한 세계가 무너져버릴지도 모른다.

그건 싫다고 진심으로 생각할 만큼 지금 자신에게는 이곳이 특별한 장소가 된 것이다.

토쿠다는 다다미석에서 직원과 손님들이 함께 시끌벅적하게 웃고 떠드는 모습을 바라보면서 그런 생각을 미카에게 이야기했다.

"그렇습니까. …감사합니다. 저도 이런 당연한 일상이 언제까지나 계속됐으면 좋겠다고 생각합니다.…. 더치커피입니다."

유리잔에 담긴, 얼음이 달그락거리는 그것. 얼음이 검은색이다. 얼음까지 커피인 것이다. 칠흑의 한 잔이다.

한 모금 마시자 상쾌하게 씁쓸하고, 가볍고, 부드럽게 목구멍을 지나 위장으로 흘러들어간다.

오늘같이 더운 날에는 최고의 커피다.

―뭐야, 이건 뭐 거의 모델이잖아! ―그죠?! 그죠오오오?! ―핫케이크 먹여주는 이 사진, 너무 좋아요. 귀여워요! ―아, 이건 촬영이 다 끝났다고 하고서 찍은 사진이잖아요…. 이게 바로 오프 샷이란 건가. 방심한 얼굴이 귀여워~. ―둘이 웃는 얼굴과 새침한 얼굴의 밸런스가 좋네. ―아, 이 카페의 이 자리는 내 지정석인데. ―와, 여기 느낌 좋다. 가보고 싶어. ―다음에 다 같이 한 번 갈까요! ―카페 직원이 다른 카페로 유도하지 마!

그리고 터져 나오는 왁자지껄한 웃음소리. 북적북적한 카페. 평범하지 않은 카페. 가장 좋아하는 곳.

즐겁고 평온하고, 그러면서도… 하얗게 타버린 도이를 볼 필요까지도 없이 때로는 작은 사건이 일어난다.

그런 비일상이 일상인, 특별한 카페.

―딸랑딸랑.

종이 울린다. 문이 열리고 새로운 손님이 들어온다.

단골손님일까, 아니면 이제부터 단골이 될 손님일까.

"타키나, 가자!"

치사토와 타키나, 두 간판 직원이 얼른 손님을 맞이하러 간다.

"카페 리코리코에 어서 오세요!"

작가 후기

안녕하세요, 여러분. 「리코리스 리코일」의 원안 담당 아사우라입니다. 반갑습니다!

와, 깜짝 놀랐습니다. 왜 놀랐는가 하면, 이 후기가 실은 수정판이라는 거죠.

실제로 일어난 조금 거시기한 이야기를 썼더니, 저도 모르는 사이에 높은 분들 사이에서 일이 커진 모양이라, 앗, 거짓말이고요, 아무 일 없었습니다. 그냥 농담이에요, 농담.

일본인은 규범의식이 높고, 친절하고 온후하니까요. 법치국가 일본에서 출판되는 책에는 위험 따위는 없습니다. 그러니까 평화롭고 안전하고, 아름다운 후기밖에 없다… 그렇게 생각할 수 있다는 게 가장 큰 행복이고, 그걸 만드는 게 우리 글쟁이들의 역할…이겠죠!

…뭐, 가장 놀랐던 건 집필이 결정되고 나서 마감까지의 짧은 시간이었습니다.

네? 발매가 9월이라고요? 모르긴 몰라도, 9월에 책을 발매하는 다른 작가들의 마감이 지금쯤 아닌가요? 그게 스타트 지점이었습니다. 이야…, 하니까 되긴 되는군요….

자, 본 작품은 소설로서 다소 조정은 있었지만, 애니에서는 다룰 수 없었던 요소의 일부를 보여주면서 애니에서 더 많이 그리고 싶었던 카페 리코리코의 일상과 거기서 일하는 모습을 담아봤습니다.

그리고 아다치 감독님이 아마 즉흥적으로 썼을 것으로 짐작되는 맨 초기의, 총격전 요소를 전부 숨기고 쓴 거짓(?) 홍보 글을 작품으로 만들어보는 것을 콘셉트로 하고 있습니다.

덕분에 구성적으로는 종합 과자선물 세트 같은 느낌이죠. 달달한 것과 짭짤한 것, 새콤한 것부터 매운 것까지… 모아 모아 하나로! 라는 느낌입니다.

실제로 리코리코 및 치사토와 멤버들은 어떤 장르의 이야기라도 소화할 수 있는 강한 기반이 있기 때문에, 마음껏 써보았습니다. 즐겁게 봐주셨기를 바랍니다.

자, 슬슬 감사 인사를.

먼저, 아무리 생각해도 말도 안 되는 스케줄이었음에도 불구하고, 일러스트를 맡아주신 이미기무루 대선생님, 정말로 감사합니다! 훌륭하십니다! 그리고 막판까지 마감을 조정해주신 담당 미야 씨, 최선을 다해주신 출판 관계자분들, 아다치 감독님을 비롯해 최고의 작품을 만들어주신 애니 관계자 분들… 진심으로 감사드립니다!

그리고 가시와다P를 비롯한 큰 회사의 높은 분들… 뭐랄까, 여러 가지로… 불편을 끼쳐드려서 죄송합니다. 그냥 웃긴 이야기였다는 정도의 생각으로… 네.

아무튼! 마지막으로, 지금까지 본문과 후기를 읽어주신 독자 여러분, 정말, 정말, 정말로 감사합니다!

앞으로도 어디선가 다시 만나기를 바라며 오늘은 이만 총총. 그럼 또 만나요!

아사우라

■ 보너스 트랙

"자, 촬영은 여기까지야. 수고했어!"

토쿠다의 말에, 그때까지 허리를 쭉 펴고 새침한 얼굴로 앉아 있던 치사토가 녹아내린 아이스크림처럼 축 늘어져 의자 등받이에 털썩 몸을 기댔다.

"아, 엄청 긴장했어————!"

그녀 옆에 앉은 타키나는 의아한 표정으로 치사토를 본다.

"평소처럼 있으면 된다고 했잖아요. 뭘 그렇게 긴장한 거예요?"

"그치만 이건 잡지잖아! 심지어 전국에서 출판된다는 건 전 국민이 볼 가능성이 있다는 뜻이야! 긴장 안 하는 게 더 이상하지!"

"긴시초·가메이도 특집이에요. …전국구로 팔리는 책이 아니에요."

"앗, 차별! 차별이래요~! 잡지를 봐주는 사람이 한 명이든 열 명이든 백만 명이든 언제나 최고의 퍼포먼스를 보여주는 게 프로의 자세야!"

"…우린 프로가 아니잖아요."

"그렇다 해도! 이 일본이란 나라에는 국립 국회도서관이란 게 있어! 일본에서 발매된 책은 앞으로 영원히 그곳에 보관돼…. 즉, 미래의 사람들이 우리 사진을 볼 가능성이 있는 거라고! 상상해 봐. 수천만, 수억의 사람들이 '우와, 이 시대의 이 여자애, 너무 귀여워. 어느 그룹의 아이돌일까?'라고 생각할지도 몰라! 반드시 그렇게 생각하게 만들어주겠어!!"

"생각하면 뭐가 어떻게 되는데요?"

"기쁘지."

"…………………………그렇군요."

"넌 너무 쿨해! 썰렁해! 가즈아! 자, 상상해 봐. 까마득한 미래에, 인간형이 아닌 미래인이 우리 사진을 보고 사랑에 퐁당 빠지는… 그런 까마득한 미래에 행해질 멋진 전개를 말이야!!"

"그땐 이미 죽었을 테니까 관심 없어요."

"히이이이잉~~~~."

"말 울음소리인가요?"

"아니거든!"

"농담이에요."

조그맣게 킥킥 웃는 타키나와 아직도 흥분해서 조잘거리는 치사토. 그런 두 사람의 모습을 토쿠다가 흐뭇하게 바라보고 있을 때 등 뒤에서 시선이 느껴졌다. 흥미진진하게 이쪽을 바라보고 있는 카페 점장이었다.

토쿠다는 그에게 가볍게 인사하고, 이 가게의 촬영은 다 끝났다고 감사의 말을 전했다.

DSLR 카메라를 손에 들고, 낯익은 포토그래퍼가 촬영한 사진을 확인하며 다가온다.

"토쿠다 씨, 어디서 저런 아이들을 찾아냈어요?"

"실은 다른 단골 카페의 간판 직원이야. …꼭 나와보고 싶다고 해서 데려왔어. 그 카페 자체는 취재 불가였지만."

"아, 프로 모델이 아니었군요. 어쩐지 느낌이 좀 다르더라니."

"왜, 뭐가 있어?"

"렌즈 너머로 보니까 뭐랄까, 코어 근육이 단련된 느낌이에요. 묘하게 폼이 난다고 할까, 그림이 되는 것 같아요. 평범한 십대 소녀들과는 좀 달라요."

그가 하려는 말이 이해가 안 되는 것도 아니다. 저 둘은 뭘 해도 그림이 된다고 토쿠다도 전부터 생각하고 있었다. 바른 자세로 허리를 쭉 펴고 있을 때는 물론, 늘어져 있을 때도 신기하게 그림이 된다. 그것은 어쩌면 포토그래퍼가 느낀 그것 때문일지도 모른다.

"아무튼 좋은 사진이 나왔어요. 그건 제가 보장해요."

그렇게 말해주니 안심이야, 라고 토쿠다는 웃었다.

치사토의 부탁을 받아들이기는 했지만 과연 모델도 아닌 일반인 소녀들의 사진에 OK가 떨어질지 아직도 불안하기는 하다. 최종적으로는 편집부에서 기획 내용을 고려해 판단하겠지만 어쨌거나 일단은 사진이 좋아야 가능한 이야기다.

"아, 토쿠 아저씨, 토쿠 아저씨. 이 핫케이크, 식기 전에 먹어도 돼요?"

"욕심 부리면 안 돼요, 치사토. 이건 촬영용이잖아요."

"그치만 봐봐! 엄청 맛있게 생겼는걸! 시럽을 듬뿍 뿌려서, 그게 지금 사르르 스며드는 중이야! 그야말로 절묘한 타이밍…!! 이걸 놓치는 건 죄야! 죄!! 큰 죄!! 지옥행!!"

"그래, 그래, 먹어도 돼."

신이 난 치사토 앞에 놓여 있는 핫케이크는 그 카페의 시그니처 메뉴였다.

폭신한 핫케이크를 세 개나 쌓아올린 푸짐한 양에 시럽을 듬뿍 끼얹은 그것은 'SNS 사진용으로 최고'지만, 여자 혼자 다 먹기는 힘든 사이즈다.

환상적으로 맛있어 보이지만 너무 커서 둘이 각자 하나씩 앞에 놓고 있으면 대식가처럼 보이기 때문에 이번 촬영에서는 둘이 하나를 나누어먹는 콘셉트로 촬영을 진행했었다.

"하아~, 너무 맛있어! 폭신폭신해, 이렇게 멋진 카페가 이 동네에 있었구나."

치사토의 황홀한 표정과 자연스럽게 나오는 칭찬에 멀리서 보고 있던 점장은 싱글벙글한 얼굴이다.

"자, 타키나도 먹어봐. 진짜 짱 맛있어, 짱!"

"저는 별로⋯."

"자, 어서."

거절하려고 하는 타키나 앞에, 치사토가 한 입 사이즈로 자른 핫케이크를 내밀었다. 타키나는 하려던 말을 삼키고 순순히 치사토가 내민 포크에 입을 가져갔다.

그 모습을 보고 토쿠다는 알 것 같았다. 이 둘이 그림이 된다고 생각한 것은, 몸매가 좋다거나 얼굴이 예쁘다거나⋯ 그런 이유가 아니었다.

이 아이들에게는 뭔가 특별한 힘이 있다. 사람을 끌어들이는, 옆에 있기만 해도 이쪽까지 즐거워지고 웃는 얼굴이 되는⋯ 주위를 행복하게 해주는 그런 힘―.

―찰칵

작은 셔터 소리. 포토그래퍼가 토쿠다 뒤에 숨어 카메라를 향하고 있었다.

"⋯찍었어?"

"프로니까요. 장담컨대 오늘의 최고 컷이에요. ⋯보실래요? 자."

확실히 평소처럼 자연스럽게 아웅다웅하는 두 사람은, 이날 보여준 어떤 표정보다 매력적이다. 그것을 프레임에 담았다면⋯ 확실하게 잡지에 실릴 수 있을 것이다.

그러니까 걱정거리가 있다면 단 하나.

토쿠다가 쓴 카페 특집기사보다 저 둘의 사진에만 시선이 더 쏠리는 게 아닐까⋯라는 것뿐이다.

"뭐, 당연히 그렇겠지만."

　그렇게 중얼거리며 토쿠다는 사진을 보고, 한숨 섞인 쓴웃음을 지은 것이었다.

리코리스 리코일 Ordinary days

2024년 8월 15일 초판 인쇄
2024년 8월 31일 초판 발행

저자 · ASAURA
일러스트 · IMIGIMURU
역자 · 장혜영
발행인 · 황민호
콘텐츠4사업본부장 · 박정훈
콘텐츠4사업본부장 · 강경양 이예린
마케팅 · 조안나 이유진 이나경
국제업무 · 이주은 김준혜
제작 · 최택순 성시원
일본어판 오리지널 디자인 · HIROKAZU WATANABE
한국판 디자인 · 디자인 우리
발행처 · 대원씨아이(주)

서울 특별시 용산구 한강로3가 40–456
편집부 : 02-2071-2104 FAX : 02-794-2105
영업부 : 02-2071-2061 FAX : 02-794-7771
1992년 5월 11일 등록 3–563호

http://www.dwci.co.kr/

Lycoris Recoil Ordinary days Vol.1
©Asaura 2022
©Spider Lily/Aniplex, ABC ANIMATION, BS11
Edited by 전격 문고
First published in Japan in 2022 by KADOKAWA CORPORATION, Tokyo.
Korean translation rights arranged with KADOKAWA CORPORATION, Tokyo
through Korea Copyright Center Inc.

한국어 판권은 대원씨아이(주)의 독점 소유입니다.

ISBN 979-11-7245-748-8 03830